京师艺术论丛

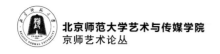

北京师范大学艺术与传媒学院
京师艺术论丛

总 主 编 肖向荣
执行主编 甄 巍

新时代中国法治题材剧中的 "法律人" 形象研究

邵 将／著

中国国际广播出版社

图书在版编目（CIP）数据

新时代中国法治题材剧中的"法律人"形象研究 / 邵将著. —北京：中国国际广播出版社，2023.2

（京师艺术论丛）

ISBN 978-7-5078-5289-9

Ⅰ.①新… Ⅱ.①邵… Ⅲ.①电视剧－人物形象－研究－中国 Ⅳ.① I053.5 ② J906

中国版本图书馆CIP数据核字（2022）第248911号

新时代中国法治题材剧中的"法律人"形象研究

著　者	邵　将
责任编辑	屈明飞
校　对	张　娜
版式设计	陈学兰
封面设计	邱爱艳　赵冰波

出版发行	中国国际广播出版社有限公司 ［010-89508207（传真）］
社　址	北京市丰台区榴乡路88号石榴中心2号楼1701
	邮编：100079
印　刷	环球东方（北京）印务有限公司

开　本	710×1000　1/16
字　数	250千字
印　张	17.5
版　次	2023 年 11 月 北京第一版
印　次	2023 年 11 月 第一次印刷
定　价	58.00 元

京师艺术论丛
编委会名单

坚守学术研究初心　铸造艺术学科灵魂

肖向荣

北京师范大学艺术与传媒学院院长、教授

北京师范大学的前身京师大学堂师范馆自创立伊始，便为"各省之表率，万国所瞻仰"，更被誉为"众星之北斗""群学之基石"，会聚了一大批学贯中西、融汇古今的学术大师和思想名家，不断引领着中华文明的发展走向。2022年是北京师范大学120周年华诞，120年以来，北京师范大学与时代共同进步、一起成长，各项事业取得了长足的发展，已经成为中国教育改革的示范引领者、国家自主创新的重要基地、文化传承与创新的国家重镇，综合办学实力位居全国高校前列。

北京师范大学艺术学科自1992年改建为艺术系，成为中国重点高校复合型艺术创建性学科之始；2002年成立艺术与传媒学院，是中国高校第一个全学科艺术学科汇聚、艺术与传媒结合的新兴学院。2022年，迎来了艺术与传媒学院建院20周年，恢复艺术教育30周年的独具意义的年份。

本套京师艺术论丛通过深入基础艺术与高等艺术教育教学研究，建立了适应国家艺术学科发展需要、弘扬艺术文化精神的新型人文艺术研究体系，是站在百廿师大与艺术学科的悠久历史基石之上，坚守学术研究初心、表达严谨学术态度的艺术学科专业研究著作。

广度与深度：全学科艺术重镇　厚重式学术基地

北京师范大学艺术学科的综合性教学研究体系的形成，伴随着国家发展而克服艰难曲折前行，建立在北京师范大学丰厚的人文艺术的厚实土壤之上。北京师范大学艺术与传媒学院是我国高校首批具有艺术学一级学科博士学位授权点单位，有艺术学理论、戏剧与影视学两个一级学科博士点，戏剧与影视学、艺术学理论、音乐与舞蹈学、美术学四个一级学科硕士点。可以说，在艺术学科的学术理论研究与人才培养方面，具有全国领军的优势地位。

在近百年历史背景下，北京师范大学的艺术学科逐渐形成了具有现代性特征的独特艺术学科，伴随着中国艺术教育事业的发展，成为包容音乐学、美术学、设计学、书法学、戏剧影视学、舞蹈学等多门类综合艺术学科群的全学科艺术重镇。这也促使本套丛书兼具了全面学科广度与厚重学术深度为一体的特色。

时代与前沿：立足时代需求　探索前沿视野

文艺是时代前进的号角，要与时代同频共振。这一点同样体现在艺术学术研究上。可以看到，本套丛书的时代特征十分明显，比如许多关于新时代中国艺术发展的流变特征、热点现象，以及创作观及价值取向等多元化的时代议题，通过立足于新时代文艺事业，扎根人民生活，跟随时代多方拓展，让学术研究真正服务于时代需求和国家发展建设。

本套论丛注重学术研究的前沿探索性，以多学科交叉融合展开创新研究。艺术的灵魂与本质要求就是创新，多学科交叉融合是艺术院校学科发展的必然趋势。通过借助科学技术的快速发展进行艺术学科研究，可以获得更新的学科视野和扩张力。本套丛书遵循这一学科发展方向，通过利用学科之间的有效融合、适应时代科技发展、优化学科结构、打通学科壁垒，不断探究新文科建设背景下艺术学科的交叉创新潜能，并进一步提升艺术学科的发展活力。

传承与创新：春风桃李根深枝茂　木铎金声源远流长

本套丛书集结了北京师范大学百年艺术学科研究的中坚力量，集中展示了最前沿的艺术学科学术研究成果，虽为"科研专著"，却也可以很好地保留艺术色彩，为各位"艺术家"生动形象地描绘出了一个精彩纷呈的艺术世界，相信各位定有所获。

2022 年 8 月

新外大街19号的艺术研究与写作

——"京师艺术论丛"主编序语

甄 巍

北京师范大学艺术与传媒学院副院长、教授

2022年，京师艺术论丛首期专著付梓。欣喜之余，想提笔写下几句话，为在这个特殊时代、特殊情境下默默耕耘的京师艺术学者，表达心存的感激。

北京师范大学的艺术教育与人文学科底蕴深厚，经由120年前的京师大学堂师范馆赓续至今。艺术与传媒学院于2002年成立，是中国高校第一个全艺术学科汇聚、艺术与传媒结合的新兴学院，下设影视传媒系、音乐系、舞蹈系、美术与设计系、书法系、数字媒体艺术系、艺术学系。在百廿师大的校园里育人，在"影·视·剧·音·舞·书·画·新媒体"相互交融的氛围中开展学术研究，学者们感悟与思考的角度自有其独特之处，这些也在此次入编丛书的著作里有所体现。

首先，我所感受到的，是一种自由探索的气息。人类文明发展至今，进入了以数字为特征的信息技术时代。AI人工智能介入知识的生产与传播链条当中，容易让人对规模、速度、效率、效果以及"智能"产生一种过度的信赖与追求，不知不觉中忘记了人文艺术学科的深厚意蕴，往往来自个人内心原始和原创的天赋性情。我很赞成集体合作式的研究，也认同命题写作的意义与价值。但翻阅人类古代典籍和文献，会发现很多重要思想与观念，出自个人与他人、与宇宙、与自我的对话中。专著的意义，就在于这种具身性的书写体验是无法用"智能"检索出的人性的洞察。有时是偶然，有时是疑惑，有时是欣喜若狂，有时又会充满悖论与反思。人类的理性和逻辑性，体现在艺术学的研究与写作中，最有趣的恰恰是个体思考与经验的唯一性与偶然性。我在论丛专著的作者身上，就看到了这种不事"算计"的质朴与自由，弥足珍贵。

其次，是一种跨越学科界限，以问题为导向的求真之风。学问就像生活本身，并非按照学科与专业条分缕析，有那么多界限和藩篱。论丛专著写作的问题意识，凸显的是把著作"写在祖国大地上"的笃实与扎实。为了解决实际的学术问题，可以采取跨文化的视角，可以运用多学科的方法，也可以在本学科的工具范畴内做深入钻探，但最重要的是"实事求是"的求真态度。论丛中影像与心理学、舞蹈与社会学、艺术与管理、影视与法律等选题体现了艺术学研究的文化思维特征。知识的重新链接与整合，以及新知识、新命题的创建与探索，既需要勇于迈入学术"无人区"的勇气，也需要对学问审慎、认真的郑重与尊重，以及对于情感与个体局限性适度的体认与把控。借助北京师范大学独特的学风、校风，充分展现多学科交融、艺术与传媒两翼齐飞的学术姿态，京师文脉的研究写作之风可期可待。

最后，我还读到一种朴素的美育情怀和向善力量，渗透在京师艺术学者的血脉之中。论丛作者既有潜心笔端耕耘的理论专家，也有长于创作实践的学者型艺术家。他们的共同点，是笔端墨迹中流露出的兼善天下、以美育人的情怀。即便是充满理论性的学术探讨，也具有价值导向和知识传递的潜在意涵。仿佛在这样的写作中，总有那未来时态的、跨越时代更迭的读者对象——写作是为了让所有的一切变得更好。只有充满理想的土壤，才能生长出有温度的知识。北京师范大学，新外大街 19 号，这片颇显局促又充满生机的校园，大概就是这样一个还能安置住学术理想的地方。

谨以春天动笔、冬天出版的序言，祝贺并致敬我的同事们、学者们、老师们！

2022 年 8 月

引　言

20世纪八九十年代到21世纪初，法治题材剧一直是比较红火的，但在2005—2009年，该类型电视剧出现了短暂的萧条期。2010年，法治题材剧开始回暖，并出现了一批思想性、艺术性较高，子类型丰富，且深受观众欢迎的作品。本书以2010年以来的法治题材剧及其代表作品为研究对象，力图深入系统地探讨这一阶段该类型电视剧作品中的警察、检察官、法官、律师等"法律人"形象所蕴含的法律职业伦理、现代法治精神等丰富的精神内蕴与思想内涵，把握该类型电视剧作品所呈现的人物形象的类型谱系、叙事策略、审美风格等，剖析其主要创作症结，并进行文化反思，以裨益于未来同类题材电视剧的创作，进而促进整个电视剧行业的创作与产业实践。

一方面，本书综合运用影视叙事学、文化学、母题学、美学等艺术与文化理论进行史论研究与文本分析，通过以点带面、点面结合的梳理与论证，努力在中国电视剧发展史，特别是法治题材剧的历史流变中准确把握2010年以来人物形象的拓展与开掘。另一方面，本书结合21世纪初期的时代语境、法治环境、融媒体发展及全球化影视的大背景，力图全面、准确地把握法治题材剧中"法律人"形象的艺术化呈现及其精神内蕴的丰富与深化。

本书的论证结构依循创作美学的系统研究路径展开，第一章探讨"法律人"形象的类型谱系，第二章分析塑造"法律人"形象的具体叙事策略，这两章侧重于对表现内容进行归类、提炼与分析，以把握研究对象的基本特征与表现手法。第三章聚焦"法律人"形象承载的精神内蕴，第四章把握其影像风格和审美追求，这两章主要从思想性与艺术性的总体高度分析和把握研究对象。第五章主要对"法律人"形象的总体创作情况进行总结和反思。

具体来说，第一章以社会职能、角色功能和艺术特征三个角度来把握、剖析"法律人"的形象谱系，遵循从宏观（第一节）到中观（第二节），再到微观（第三节）的论证演进路径。较前期作品，新时代法治题材剧所展现的"法律人"形象谱系更为丰富多元，具体体现在行业覆盖面的广阔及同一行业系统内"法律人"的精细化职能分工上。很多优秀作品对这些多元"法律人"形象进行了卓有成效的艺术探索。在以"法律人"社会职能的划分标准中，"人民性"清官、非体制的"邪魅"游侠、"智德统一"的"正义的使者"等形象展现着法治题材剧对"法律人"群体的文化人格和职业精神气质的艺术想象；在承担不同角色功能的"法律人"形象类型中，运筹帷幄的指挥者、大智大勇的执行者、职责明确的助手、堕落迷失的阻挠者等四类形象都表现出鲜明独特的审美特色；在"法律人"形象的艺术类型中，部分优质作品中的扁形、圆形人物形象塑造到位，体现出较高的艺术审美价值。

第二章紧紧围绕塑造"法律人"形象的叙事策略展开，从"人物组合"到"人物关系"，再到"事件+人物关系"的戏剧冲突建构的角度把握"法律人"叙述策略的技巧与匠心，范围由小到大，层层递进。第一节主要论述对比共构的群像特色。"一超多强""双雄联盟""多点交织"的人物群像结构所形成的内部"张力场"不断影响着正邪对立的外部"张力场"，进而有效地调节着电视剧的叙事节奏和情节脉络。第二节厘析出"法律人"职业线与非职业线中的多重人物关系，并重点分析表现这些"法律人"人物关系的叙事手法和叙事功能。"法律人"间多重人物关系也在职业线与非职业线中广泛展开，职业线中的"传帮带"制、小组作战、男女搭档勾连了师徒情、战友情以及若即若离的暧昧情愫；非职业线中则通过公私冲突中的两难抉择、"显""隐"叙事来表现"法律人"的家庭危机及其突围方式。第三节主要分析渐变式/突变式的戏剧冲突营造。刑侦、检察剧中"高潮前置"+"戏核"事件结构对正邪对立大冲突的建构以及律政剧、法庭剧中串珠式结构对磨合型、渐变式小冲突的展开都颇有特色，大小冲突交织，也使得电视剧的节奏呈现出波澜起伏的美感。

第三章通过正邪对峙中的正向价值内涵、冲突中的人文内涵和反面警示教化意义等内容全面探讨了"法律人"形象精神内蕴的丰富性和复杂性。第一节分两部分论述"法律人"形象所承载的现代法治精神与主流意识形态；第二节通过梳理剧中"法律人"对情、理、法的冲突和对权与法的冲突的处理和选择，对其中所凸显的精神格局进行探讨和总结；第三节主要论述罪与罚的警示和教化作用。总体而言，本章的三节内容之间、每节中的各部分内容之间均呈现出严密的并列关系。第三章在方法论上注重将研究文本放置于法治题材剧的历史发展脉络，并将其与同类电影作品、国外同类作品进行横向、纵向的对比分析，力图全面立体、清晰明确地展现"法律人"形象所承载的多重精神内涵。

第四章通过"以'剧'带'人'"的研究思路分三节内容——论述本阶段丰富多元的影像风格，三节内容总体呈并列关系，并具有严密的内在逻辑性。首先，法治题材剧中的子类型（刑侦、检察、法庭等一批主旋律法治题材剧）呈现现实主义的影像风格，主要以真实鲜活的"法律人"和"法律人"的日常工作、家庭生活为观照对象，镜头语言客观写实、悬念钩织，暴力场面的展现冷静克制、富有时代质感，彰显着中正平和的影像审美；其次，多数国产律政题材剧追求时尚感、都市感、幻梦感的整体审美风貌，满足了都市年轻观众的审美趣味和消费需求；最后，网络罪案题材剧则钟情于奇观化的视听风格，在整体偏暗的色调与光影交错中凸显剧集惊悚、奇异的影像特色，这种以营造快感为目的的影像审美往往能够迅速收获一大批网生代粉丝、悬疑推理迷。

第五章以哲学、美学、文化学为理论根基，重点剖析"法律人"形象塑造脸谱化、"审丑"误区、情感泛化、"权谋书写"等创作症结，并结合具体创作现象分析了这些现象背后的原因，反思融媒体环境的大众趣味与文化脉搏，希冀对未来的创作实践提供学理启示。

本书最后提出了对于法治题材剧未来创作的展望，即继续坚持现实主义美学原则，借鉴中外电影等媒介艺术的创作经验，大力提升优秀作品的传播效果。

目　录
CONTENTS

绪　论

一、研究缘起

（一）新时代法治题材剧的多姿景观与"法律人"形象的"窗口"功能

法治与政治、经济、文化有着天然而广泛的联系。在当代中国，作为取材于中国现实法律案件的法治题材剧，对时代社会各层面的涉猎广泛，对受众的影响力、渗透力不容忽视。国产法治题材剧创作中的刑侦题材剧、反腐题材剧曾经一度火爆，产生了一批质量较好的作品。但2004年国家广电总局颁布通知，规定"涉案反腐题材的作品都不建议在黄金时段播出""对于涉案剧中展示血腥、暴力、凶杀、恐怖的场景和画面，要大幅度删减、弱化和调整"等。一系列相关政策出台后，该类型创作基本退出了黄金档。2010年后，随着法治环境的优化、创作环境的宽松、电视剧市场的时代需求以及创作者的不懈探索，包括刑侦题材剧在内的一大批优秀作品脱颖而出，这些剧目内容涉及公安、检察、法院、律政、司法、海关等多个领域，显现出强势回归的繁盛发展面貌。一方面，子类型不断扩充，刑侦题材剧、法庭题材剧、检察题材剧、律政题材剧呈现多点开花、多维创新的格局。它们虽然形态各异，故事内容也不尽相同，但是大都坚守着以人民为中心的创作导向，大力弘扬时代主旋律，彰显了时代法治精神，传播了社会主义核心价值观，提振了英雄主义与浩然正气。另一方面，一批优质的网络罪案题材剧在媒介融合业态下也如雨后春笋般迅猛发展。作为法治题材剧的有效补充，这些诞生于互联网语境的网络罪案题材剧虽然起步较晚，但它凭借较为成熟的网络IP故事架构、独具特色的推理体语言以及较高的影像品质，吸引了一大批年轻受众和网生代粉丝。

作为法治题材剧的表现主体，"法律人"镜像更像是透视中国法治文化建设、法律行业发展的一个窗口，它折射出纷繁复杂的社会问题和人性情感，能够引导人们理解世界的丰富性、复杂性，了解不同角度的事实争议、警惕人类理性的有限性，并思考善恶观、是非观，以及应该如何身体力行助力法治建设、维护社会的合理与公平正义。"法律人"在中国法治文明和法律职业现代化的进程中扮演着非常重要的角色，他们推动中国法治事业的全面进步，是流动的行业文化发展史，也是能够展示中国法律行业景观和法律知识的百科全书。法治题材剧通过塑造法律职业共同体彰显法律至上、尊重程序、团结合作、为民服务的现代法治精神和职业伦理，不仅能让观众体悟传统与现代的碰撞、法律与道德的冲突、理智与情感的抵牾等深刻主题，还能将其引向更深层、更细微化地对人生观、价值观、生死观、荣辱观、情感观等多维度的思考，进而引领观众重新体认更高层次的生命承担、职业理想与精神信仰。

（二）"法律人"形象艺术呈现的喜与忧

毋庸置疑，新时代的法治题材作品综合运用多元化的叙事手段塑造了众多血肉丰满、栩栩如生的"法律人"形象，他们身上蕴含着中华传统文化精髓、现代职业伦理和时代法治精神，具有较高的艺术价值、审美价值。作品在表现这些"法律人"群体时运用了丰富的画面构图（动、静）和景别、景深、时空切换、音乐、影调、灯光、节奏、色彩等视听手段，并由此构成了法治题材剧多姿多彩的影像风格表征。可以说，新时代法治题材剧对"法律人"形象的塑造呈现出健康向上、蓬勃发展的良好趋势。

当然，客观来讲，法治题材剧中的"法律人"形象塑造也存在着不同程度的专业"硬伤"，并为内行和细心的观众所诟病，比如专业性不足、思想不深刻、娱乐性过强、社会问题的复杂性承载不够等。真正的"法律人"形象塑造，不应该包裹着爱恨情仇、钩心斗角、插科打诨的娱乐外衣，而应该是立体勾勒警察、法官、检察官、律师的行业风貌和呈现法治精神、法律常识、职业伦理、行业规则的理想审美载体。回归到社会现实生活中，人与人、人与社会的关系，情、理、法的冲突所造成的人性困顿、人心挣扎及人情考验，必然是人物内心最深层的构成。因此，法治题材剧如何更好地通过"法律人"形象的艺术化呈现，深入表现法律职业共同体的职业内涵、精神价值与核心追求，进而实现对受众春风化雨般的渗透式教化，是值得学界和业界进一步思考和探讨的问题。

新时代环境中"华丽归来"的法治题材剧的"类型大家庭"不断扩充，律政题材剧、法庭题材剧、检察题材剧、网络罪案题材剧等多元化发展。与以前的法治题材剧相比，这些作品在人物形塑、叙事手段、视听影像等方面都有着较大的创新和改观，也由此构成了本书研究的"大范围"。电视剧艺术是塑造人、表现人的艺术。法治题材剧以"法律人"职业共同体为载体，展示着中国波澜壮阔的法治建设进程以及全面依法治国的宏伟蓝图，传递着法律行业最本质的精神信仰与职业理想，书写着现代"法律人"在多元矛盾冲突中面临的艰难选择与内心撕扯……"法律人"形象在艺术化呈现上既存在着血肉丰满、栩栩如生的高品质形塑，也存在着泛情化、脸谱化、"审丑"等突出创作症结。通过对这些问题的思考和探讨，笔者在法治题材剧大范围的基础上进一步锁定"法律人"形象为本书的核心研究对象，力图以以点代面的研究思路和小角度切入，来把脉和梳理新时代法治题材作品的创作全貌。

二、研究对象和概念界定

本书涉及的重要概念包括"现实题材剧""法治题材剧""法律人"等。笔者在充分掌握、观看已有文献资料、影像文本资料的基础上自制图表，显示和分析2010年以来中国法治题材剧的创作发展趋势、题材类型、艺术质量及学术研究的状况等。

（一）主要概念界定

1.关于"法治题材剧"的概念界定

本书所研究的法治题材剧属于现实题材剧的分支。现实题材剧主要表现新中国成立之后的社会生活，以区别于各种类型的历史题材剧、革命历史题材剧，追求对现实展现的真实性，以区别各类奇幻故事，现实题材剧在题材类型上主要包括改革题材、刑侦反腐、农村题材、军旅、医疗及家庭伦理、都市情感等。

法治题材剧作为现实题材剧的子类型，故事的发生时间和表现手法遵循现实题材剧的一般规律，而在表现范围上则涉及公安、检察、法院、司法、纪检、律政、海关、审计等多个领域。因此，法治题材剧可以界定为故事时间发生在新中国成立之后，表现手法上追求对现实展现的真实性，以警察、检察官、法官、律师等法律从业者和各行各业的涉案者为叙事主体，以各类刑事或民事案件的预谋、发生、侦破、惩处、审判、辩护、申诉为叙事主线，重点描述涉案经历、侦查流程、法庭审理及辩护过程，以惩恶扬善、维护公平正义为核心价值的电视剧类型。

根据表现内容的特色和重心，法治题材剧可以划分为多个子类型。在此，为了逻辑的周延，笔者按照叙事内容的主体角色不同将法治题材剧具体划分为检察题材剧、法庭题材剧、刑侦题材剧和律政题材剧等子类型，这些题材类型剧的发展是不同步的。法庭题材剧和律政题材剧发展较为滞后、数量较少，在新时代环境中渐有起色，而刑侦题材剧、检察题材剧则起步较早，发展较为成熟，也因此构成了我国法治题材剧的主体部分。检察题材剧以检察官群体为主要表现对象，通过对职务犯罪侦查的核心事件呈现来探讨法律问题、传播法治精神；法庭题材剧主要围绕法庭审判和法官群体展开，以打击犯罪、庭外调解、对抗制诉讼法庭审判、辩论、推理、论证等为主要表现内容；刑侦题材剧也称为公安题材剧、警匪题材剧、涉案题材剧，是以公安人员和案犯的斗智斗勇、刑事侦查机关的侦查活动为主要表现内容的电视剧类型，同时，网络罪案题材剧或网络悬疑题材剧也归为刑侦题材剧的范畴；律政题材剧则以当代律师群体为主要表现对象，以具体民事案件的法律服务为核心叙事，并辅之以表现主人公在案件之外所发生的婚恋情感故事。

2.关于"法律人"的概念界定

对于"法律人"概念的界定，要从"法律职业共同体"概念论起。目前，国内外学者对"法律职业共同体"的概念的理解不尽相同，尚无统一论述，但研究者大都是在"对'法律职业共同体'的内涵有着共识的基础上对其外延予以扩大或缩小。这种共识即是当一个群体或社会以法律为其连接纽带或生活表现时，就可称其为法律共同体"[①]。

"法律职业共同体"往往具有一些共性特征，在这些共性特征中又可归纳总结出核心特性，具体包括五个方面。首先，"法律职业共同体"是一个知识共同体，他们具有相同的法学教育知识背景，即法律知识教育；其次，"法律职业共同体"是一个专业共同体，他们拥有自己通用的法律语言，即"法言法语"；再次，"法律职业共同体"是一个思维共同体，他们拥有自己独特的法律思维和职业方法；从次，"法律职业共同体"是一个信仰共同体，他们拥有共同的法治信仰和法治精神；最后，"法律职业共同体"是一个价值追求共同体，他们共同捍卫、追求着公平正义。

通过以上对法学中"法律职业共同体"的概念及特征的梳理整合，我们可以对电视剧中的"法律人"形象概念做出梳理。首先，在内涵方面，"法律人"应该具有一定的法学知识储备和法律技能，有资格用一定权力从事法律工作和以法律思维处理法律相关事务，并能够为公平正义的价值目标而孜孜不倦地奋斗。其次，在外延方面，狭义的"法律人"是指以律

---

① 张文显，卢学英.法律职业共同体引论［J］.法制与社会发展，2002（6）：13-23.

师、法官、检察官为代表的，受过专门的法律知识教育，具有专业的法律技能与共同的法律职业伦理要求的法律事务岗位从业人员；广义的"法律人"除包括上述职业外，还包括公安人员、公证员、书记员、仲裁员、法医、法学学者、企事业单位中从事法务的人员等。

本书中的"法律人"形象，即供职于国家公检法系统或企事业单位，受过专门的法律知识教育，具有一定的法律专业技能与共同的法律职业伦理要求，有资格用一定权力从事法律事务，以实现公平正义为最高价值追求的法律职业人士，具体以警察、法官、检察官、律师等四类法律相关从业者为代表。

（二）研究起点选择

研究起点的选择，主要基于以下三个方面的原因。

首先，从生产数量来看，2010年是该类创作回暖的标志性时间节点。笔者全面搜集了1979—2020年（1—5月）法治题材剧剧目，依此自制了创作变化的折线图（附录1附图1）。该图表明，自2004年起，法治题材剧的创作数量出现断崖式下滑：从2004年的38部锐减到2005年的7部。2005—2009年，法治题材剧的生产数量一直保持在7—11部。但从2010年开始，创作数量陡升至15部，且一直到2015年都保持在10部或10部以上，由此可见，2010年法治题材剧复苏的势头加速，出现了生产创作大暴发的拐点。而2010年也成为法治题材剧发展的第四阶段①（详情见下文说明）的起点。从21世纪初期开始至今，每年至少有5部作品新鲜出炉，呈现出较为明显的创作回暖迹象。

---

① 根据作品创作的脉络走向，笔者将法治题材剧划分为萌芽起步期（1979—1993年）、蓬勃发展期（1994—2004年）、低谷波折期（2005—2009年）、回暖复苏期（2010—　）等四个不同的发展阶段。

其次，从题材类型和艺术质量来看，2010年以来该类型创作更加丰富多样，艺术品质有了较大提高。这一阶段，在法治环境、文艺创作大环境的优化以及关于此类剧创作的一系列利好政策的助力下，一大批形式多样、手法新颖、叙事独特的法治题材剧脱颖而出，尤其是各子类型剧发展齐头并进、百家争鸣，确实迎来了艺术探索的"暖春"或者说创新创优、提质增效的小高潮。

最后，有关2010年以来法治题材剧的学术研究比较薄弱。通过后文的文献综述可知，相对成熟的学术成果主要集中在1994—2004年（法治题材剧蓬勃发展期），而对2010年以来的优质法治题材作品的系统深入研究则相对滞后。需要说明的是，本书虽以2010年以来的法治题材剧为主要研究对象，但仍对法治题材剧的整体创作发展脉络进行了细致的史论梳理（详见附录2），以为后文的专题分析打下基础。

三、2010年以来法治题材剧发展概况

从1979年播出的首部作品《神圣的使命》起，法治题材剧已走过40多年的发展历程。一路走来，有起有落、风雨兼程。在萌芽起步期（1979—1993年）、蓬勃发展期（1994—2004年）、低谷波折期（2005—2009年）[①]、回暖复苏期（2010—　）等四个不同的发展阶段中，法治题材剧始终在国家法令、社会关注和受众需求中努力寻找平衡点，在探索中变迁，在变迁中成熟，风格、手法、影像也都在不断发生着变化。

在新时代背景下，承载着观众多重期待和情感诉求的法治题材剧强势归来，迸发出直击时代法治现实的思想力量，呈现出以提质增效为主调的

---

①　笔者对前三阶段法治题材剧中"法律人"形象的创作概况亦进行了系统的研究和梳理，具体内容参见附录1：1979—2009年法治题材剧中"法律人"形象塑造的发展流变。

新景观。从"寒冬"到"暖春",法治题材剧的高质量发展无疑得益于多元因素的集体合力。

首先,从现实法治环境来看,党中央高度重视依法治国。2014年10月召开的十八届四中全会通过了《中共中央关于全面推进依法治国若干重大问题的决定》,为进一步推进依法治国提供了强有力的制度保障。与此同时,我国也加大了反腐力度,2015年10月,中共中央发布了《中国共产党廉洁自律准则》《中国共产党纪律处分条例》。这一系列政策、规定的相继出台,使我国的法治环境越来越优化,全面依法治国的理念亦逐渐深入人心。

其次,从法治题材剧的创作环境来看,随着反腐、法治实践的深入开展,党和政府要求相关文艺部门和文艺工作者通过文艺作品切实满足人民群众日益增长的精神文化需求。2014年10月,习近平总书记在文艺座谈会上提出了以人民为中心的创作导向;不久后,国家新闻出版广电总局电视剧管理司副司长刘梅茹在一次会议中首次强调对法治题材剧应该"区别对待";国家新闻出版广电总局电视剧管理司司长李京盛也用"反腐、倡廉、正能量"七个字概括对反腐倡廉法治题材剧的要求和期待。2015年10月,在国家新闻出版广电总局电视剧管理司和公安部宣传局的大力支持下,中国广播影视出版社等多家企事业单位在北京联合举办了法治题材电视剧创作研讨会。会议提出"将推出一批反腐倡廉剧在黄金档播出"。2019年7月,国家广播电视总局电视剧管理司和中央政法委宣传教育局、公安部新闻宣传局举行座谈,大家一致认为,政法题材是电视剧创作的富矿,深受人民群众喜爱,对承载社会主义核心价值观,营造公平正义、法律至上的现代法治氛围,提升人民群众安全感、幸福感发挥了重要作用;应当切实加强新时代政法题材电视剧创作引导,宣传好党的十八大以来政法战线涌现的英雄事迹、英模人物,推出更多聚焦现实、讴歌英雄的现实主义精品力作。

最后，从法治题材剧的时代需求和现实基础来看，刑侦、反腐、打黑、除恶一直是人民群众持续关注的社会焦点和热门话题，受众对法治题材剧的需求与渴望也在几年中不断积聚。而随着网络平台成为法治题材剧的第一播出渠道，相对宽松的网络审查和播出机制也必然会加大"重口味、强刺激、感官化"内容出现的风险。对此，播出平台唯有积极应对，匡正法治题材剧的创作缺失、引领主旋律的创作潮流、指引受众的审美情趣，才能够在法治题材剧的创作阵营里树立传统媒体的品牌与品质。而经过一定时期的整改，法治题材剧对一些血腥、暴力、凶杀、恐怖的场景和画面进行了删减、弱化和调整，在艺术水准和文化价值导向等方面都有了一定程度的优化和提升。

法治环境上的优化、创作环境上的宽松以及电视剧市场的时代需求和现实基础直接导致法治题材剧数量的相对增加，该类题材剧在本时期以触及社会现实的锐度、展现戏剧冲突的烈度、拷问人性的深度，成为电视剧创作中独树一帜的重要组成部分。如2012年9月在中央电视台综合频道黄金时段播出的《盘营镇警事》及2014年播出的《湄公河大案》《清网行动》均反响极佳。2015年，《别让我看见》《于无声处》《大江东去》《后海不是海》《草帽警察》《刑警队长》《特警力量》等近10部剧作再次出现在央视和上星卫视的黄金时段，显示出法治题材剧逐步回暖的趋势。2017年在黄金时段播出的《人民的名义》更是创造了法治题材剧的"现象级"收视盛况。2019年8月，国家广播电视总局遴选的"庆祝新中国成立70周年推荐播出参考剧目名单"中便有《决胜法庭》《你好检察官》《警官王快乐》《小镇警事》等多部法治题材剧，可见国家对优秀法治题材作品的期待与重视程度。

从笔者自制的图0-1中可以较为明显地看出，2010年以来，法治题材电视剧创作逐渐回暖，已播出或待播出的法治题材电视剧超过了100部，每年都有超过5部新作品被搬上荧屏。在本时期各电视台播出的法治题材电视剧的各子类型中，数量最多的为刑侦题材电视剧（总量已达50部）。此外，法庭题材电视剧、检察题材电视剧、刑侦题材电视剧、律政题材电视剧等法治题材电视剧的子类型也明显增多。

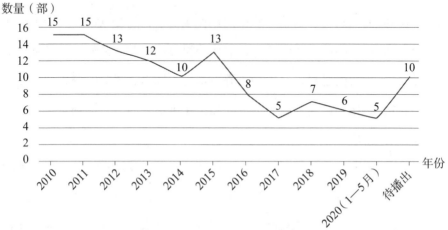

图0-1 2010—2020年（1—5月）法治题材电视剧变化折线图

数据来源：《中国电视报》、《中国电视艺术发展报告》、电视猫、豆瓣网等网站

与此同时，随着数字技术、网络技术的更新换代及网络视频影响力的扩大，尤其是在"优爱腾"等网络平台的强势助力下，一批集解剖学、犯罪心理学等多学科、法治和人文精神于一身的网络探案题材剧开始崛起。该类题材网络剧具有鲜明的类型特征，且其创作类型也在发展过程中不断更新，越发体现出融合杂糅的发展态势，同时，刑侦悬疑、冒险探秘以及备受网生代受众关注的校园青春和职场爱情的内容也在此类剧作中得到叠加运用与深度开发。如图0-2所示，从2012年的《金三角之无法伤悲》开始，生产创作数量一路高歌猛进，至今已经有40多部网络罪案题材剧与观众见面，无论从创作数量还是影响力都能在网络剧类型市场中占据一席之地。

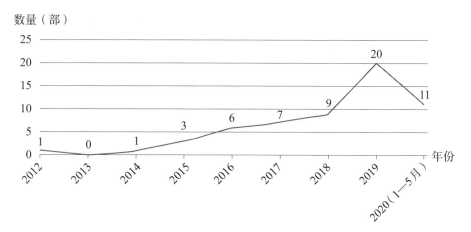

图0-2 2012—2020年（1—5月）法治题材网络剧变化折线图

数据来源：《中国电视报》、《中国电视艺术发展报告》、电视猫、豆瓣网等网站

这些带有刑侦、悬疑、探案色彩的新时代网络剧天然蕴含互联网基因，迥异于传统的法治题材电视剧。两者的不同之处体现在两个方面，一方面体现在多部剧集改编自已有原生粉的文学小说或网络文学小说，具有超级IP的特性和跨媒介叙事的特征。如《暗黑者》改编自国内著名推理悬疑小说作家周浩晖的《死亡通知单》、《心理罪》改编自雷米的犯罪推理小说《心理罪之画像》、《无证之罪》改编自紫金陈的同名网络小说等。另一方面体现在拍摄、播出方式更具网络气质，即所谓"网感"。比如，《暗黑者》采用了边拍边播边剪的"全民导演"模式，主创人员也会根据网友的吐槽或意见及时修正剧情；《白夜追凶》和《心理罪2》都采用了周更季播的播出方式，通过这种与饥饿营销模式类似的播出方式让受众产生"欲望得不到满足的不适感"[①]，从而获得最大的讨论和搜索热度，而且周更往往伴随着会员付费制，有利于付费用户市场的开拓。

无疑，这些插上媒介融合翅膀的新时代法治题材电视剧和网络剧在对传统制作模式有所继承和沿袭的同时，也在以新视野、新理念和新模式继续刑

---

① 罗素.心的分析［M］.贾可春，译.北京：商务印书馆，2010：58.

侦探案、法庭对抗和打击反腐等内容的深耕，力图以满满的诚意和优质的制作水平呈现出高潮迭起的烧脑剧情、严谨缜密的推理逻辑和云谲波诡的震撼视听，尤其是这些新时代作品所呈现出的"法律人"群像较前三个时期具有明显的创新特色。笔者将对新时代法治题材剧进行文本细读，力图通过深入研究和理论阐释，厘析出"法律人"形象的立体化艺术呈现脉络与精神图谱。

四、研究文献综述、研究方法及创新性

（一）研究文献综述

在电视剧的史论书籍中还没有关于法治题材电视剧中"法律人"形象研究的专项或相近成果，可以借鉴的研究成果散见在张筱强著的《电视剧人物塑造艺术》（北京广播学院出版社，1998年版）、郝建著的《中国电视剧：文化研究与类型研究》（中国电影出版社，2008年版）、魏南江主编的《中国类型电视剧研究》（中国传媒大学出版社，2011年版）、贾磊磊著的《中国电视批评》（中国广播影视出版社，2015年版）、曾庆瑞著的《电视剧原理（第一卷·本质论）》（中国广播学院出版社，1997年版）和《电视剧原理（第二卷·文本论）》（中国传媒大学出版社，2007年版）等书籍中，这些学术论著分别从各个角度、各个层面检视法治题材电视剧的发展，具有一定的学术分量，富于启示意义。

笔者在中国知网上，以主题限定搜索"电视剧法律人物"关键词，共获得233篇相关文献，通过总体趋势分析可得基础的文献年度变化趋势线性图（图0-3）。统计可见，"电视剧法律人物"相关论文的数量变化总体呈现波动上升的趋势，特别是2011年之后，每年均保持在15篇以上的发文量，并于2019年达到23篇文献的最高年度发文量，可见关于"电视剧法律人物"形象的研究在近些年成为热点问题。

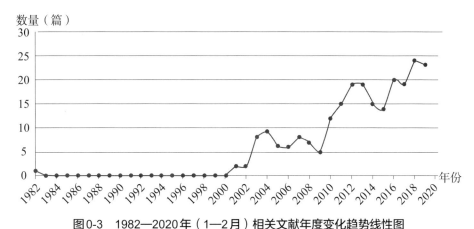

图0-3 1982—2020年（1—2月）相关文献年度变化趋势线性图

数据来源：《中国电视报》、《中国电视艺术发展报告》、电视猫、豆瓣网等网站

笔者通过仔细分析和梳理硕博论文、期刊论文和报纸文章中法治题材剧职业人物研究的相关论述，发现现有研究成果主要体现在以下三个方面。

第一方面，法治题材剧整体研究中对"法律人"形象的阐释和剖析。这些研究成果主要集中在两篇博士论文中。文洁的博士论文《近年中国法制题材电视剧的问题研究（1994—2002）》（2003年上海戏剧学院硕士论文）以刑侦题材剧、法庭题材剧、律政题材剧为研究文本，部分章节对其所呈现的"法律人"形象进行了较为细致的分析，并探讨了法治题材电视剧中所承载的精神内涵、行业知识、职业道德和情感表达；李传华的博士论文《社会表演学视野下电视剧中法律工作者的表演》（2006年上海戏剧学院博士论文）运用社会表演学对法律工作者现实生活与影像情境中的社会表演形态进行分析，把原来被传统表演观念割裂开来的存在于现实与影像之间的"表演链条"连接起来，从现实生活与影像情境中两种不同社会表演形态关系的视角出发分析法律工作者这一特殊群体的形象塑造。

第二方面，法治题材各子类型剧研究中有关"法律人"形象的分析和论述。这些研究成果主要集中在硕博论文中。

首先，一些硕士论文部分章节对律政题材剧中的律师形象进行了分析和阐述。叶锋的硕士论文通过对众多香港和内地生产的律政剧中的人物和叙事分析，探讨了现代法治精神、律政职场的生存法则以及中华传统的人伦道德；徐婉悠的硕士论文《人性之镜——日本律政剧的叙事及文化价值研究》（2017年南昌大学硕士论文）中的第二部分从影视叙事学的角度分析了日本律政剧对以律师、检察官、裁判员为代表的司法从业者们的形象塑造；税安礼的硕士论文《当前美国律政剧叙事研究》（2018年黑龙江大学硕士论文）对律师形象塑造、象征符码和精神内核及其创作的模式化窠臼有着或多或少的论述和展现。

其次，一些硕博论文在部分章节中对刑侦题材剧中的警察形象进行了较为细致的剖析，揭示出作为正面审美理想载体的侦破者所体现出来的正能量价值观和职业道德伦理。如夏荔的博士论文《中国涉案电视剧叙事审美研究》（2006年中国传媒大学博士论文）中的第二章、曹爽的硕士论文《TVB刑侦剧研究》（2011年河北大学硕士论文）中的第二章第一节、高磊的硕士论文《香港TVB警匪题材电视剧的叙事研究》（2015年山东师范大学硕士论文）中的第二章第三节、王浩的硕士论文《新世纪美国罪案剧叙事类型与文化分析》（2016年山东艺术学院硕士论文）中的第一章第二节、韩聪聪的硕士论文《反腐题材电视剧的人物塑造与叙事建构——以〈人民检察官〉与〈人民的名义〉为例》（2018年浙江师范大学硕士论文）中的第一章及笔者的硕士论文《中国大陆刑侦类纪实电视剧研究》（2017年南京师范大学硕士论文）中的第二章等。

最后，还有一些硕士论文从叙事学或传播学的视角总结了反腐题材剧中“法律人”形象创作的经验和误区、其所蕴含的职业意识和职业精神以及剧中“法律人”形象的传播效果，如况中华的硕士论文《破解政治顽症的影像乌托邦——中国反腐题材电视剧叙事策略研究》（2007年南昌大学硕士论文）、舒婷的硕士论文《反腐剧受众接受心理研究》（2016年暨南大学硕士论文）、陈东妮的硕士论文《反腐剧中党员干部形象塑造研究》（2017年河北大学硕士论文）、曾卓益熳的硕士论文《国产反腐剧中的女性形象研究——从1996至2017年》（2018年西南大学硕士论文）、崔力方的硕士论文《我国反腐剧热播因素分析——基于传播学的视角》（2018年河北大学硕士论文）、韩嘉成的硕士论文《电视剧〈人民的名义〉叙事分析》（2018年河北大学硕士论文）、吕怡然的硕士论文《当前反腐舆论场中反腐剧受众的认知与态度研究——以〈人民的名义〉为例》（2018年山东大学硕士论文）、王艺静的硕士论文《反腐题材电视剧的大众传播研究》（2018年浙江传媒学院硕士论文）、孙璐的硕士论文《主旋律电视剧〈人民的名义〉的意识形态表达研究》（2018年内蒙古大学硕士论文）、马维超的硕士论文《国内反腐剧的叙事与传播研究》（2018年南京师范大学硕士论文）等。

上述硕博论文通过对律政题材剧、刑侦题材剧和反腐题材剧等法治题材子类型剧的整体分析，较为深入地剖析了剧中所对应职业人物所体现的职业理念、职业意识和行业价值观及人物塑造的艺术表现手法。

第三方面，法治题材剧中的单一文本对"法律人"形象的厘析和评述。

首先，在期刊文献中，马剑良的《公安题材电视剧创作的互动体验与类型创新——论电视剧〈鹰巢之预备警官〉的现实意义》（《当代电视》，2012年第11期）、邵明的《讲好中国故事——电视剧〈湄公河大案〉的思想与艺术分析》（《文艺理论与批评》，2014年第6期）、苏苏的《法制题材电视剧的机遇与挑战》（《电视指南》，2015年第11期）、李娜的《电视剧〈小镇大法官〉：法治文明与中国式智慧的相遇》（《当代电视》，2017年第5期）、王海丽的《从〈人民检察官〉看国产行业剧的发展》（《当代电视》，2017年第7期）、《中国电视》记者的《一部直面现实的专业律政剧——电视剧〈继承人〉创作研讨会综述》（《中国电视》，2017年第8期）、董亚鸥的《演绎质检情怀阐释质检精神——浅析电视剧〈国家底线〉》（《当代电视》，2018年第2期）、戴清的《打造法治题材剧的新高度——以〈阳光下的法庭〉为例兼谈行业剧的艺术创新》（《中国电视》，2018年第7期）等论文都从电视剧个案的角度分析了剧中所呈现的立体鲜活的法律职业群像及其在职业生涯中所面临的命运困境、性格困境、心理困境、经济困境，并对剧中法律职业人在追求职业信仰和职业理想过程中的命运轨迹进行了细致入微的剖析，肯定了电视剧中的"法律人"在职业伦理和职业精神传递中的重要价值，具有一定的理论意义和参考价值。

其次，在报纸文章中，陈宏光的《有律，无政剧》(《上海法治报》，2013年11月1日)、田水泉的《电视剧〈中国式法庭〉的崎岖之旅》(《人民法院报》，2014年12月12日)、张成的《信仰与职业责任感塑造动人刑警队长》(《中国艺术报》，2015年6月29日)、刘琼的《电视剧〈谜砂〉：刑侦剧的类型突围》(《光明日报》，2016年10月10日)、赵卫防的《〈小镇大法官〉：中国特色的司法认知和表述》(《中国艺术报》，2016年5月18日)、徐颢哲的《告别脸谱化，反腐剧抓住观众心》(《北京日报》，2017年4月28日)、孙仲的《反腐剧何以叫好又叫座》(《中国新闻出版广电报》，2017年4月7日)、吴学安的《〈破冰〉之后，涉案剧如何"破冰"》(《检察日报》，2019年5月31日)等文章以具体涉案剧为例，指出对于法律职业人物的痕迹应该在特定人群身上留有隐约可见的影子，如机敏干练的警察、心思缜密的律师、正气凛然的检察官等，而职业人物的塑造更应该让观众感受到特定行业的行业魅力、行业荣誉、行业操守、行业贡献和行业风险。

总的来看，已有研究对法治题材剧中的部分"法律人"形象进行了较有成效的论述和分析，但缺乏系统性，在学理性和时效性上也有明显欠缺。本书将以电视剧发展史为参照系，立足当下全球化语境和媒介融合的新生态，借助中外艺术文化理论资源，尝试从多维度出发，相对系统地对新时代法治题材剧中的"法律人"形象进行分析与把握，以期对未来的创作精进及产业的健康、可持续发展贡献绵薄之力。

（二）研究方法

本书采用定性研究与定量研究相结合、理论分析与实证研究相统一的研究策略，综合运用影视艺术学、美学、文学、文化学、新闻传播学、法学等多学科的相关理论和知识，立足于法治题材剧中的"法律人"的形象问题，采用案例研究和理论分析相结合的方法，具体研究方法如下。

1. 文献研究法

在撰写本书之前，笔者已经广泛查阅、搜集、鉴别、整理了相关的文献资料，并对其进行了重新的分析、整理与归类，撰写了完整齐全的文献综述。此外，笔者尽可能地穷尽法治题材剧文本，通过数据整理制作了多样化的数据图表，为进一步研究做了充分的准备。此外，笔者在充分掌握前人研究成果和文本资料的基础上，不断提出新观点并进行理论性分析。

2. 文本分析法

本书通过各种媒介渠道广泛搜集、穷尽新时代播出的法治题材剧文本，对文本中的"法律人"形象进行了全面的分析和阐释。从文本的表层深入文本的深层，提纲挈领地找出论证分析的"点"，综合运用叙事学、影视艺术学以及文化学的知识进行分析阐释研究，从而完整系统地把握研究对象的艺术呈现特征与深层意义。

3. 纵横比较法

本书将主要研究对象"新时代中国法治题材剧中的'法律人'形象"放置到中国法治题材剧的历史发展脉络以及国外同类作品中进行纵向、横向对比，从宏观上、整体上把握"法律人"形象艺术化呈现的优与劣、得与失，力求得出的研究结论或成果全面、明晰、准确。

（三）创新性

本书的创新性主要体现在以下三个方面。

首先，通过前文的文献综述可知，目前学界尚未有对法治题材剧中"法律人"形象的系统研究成果，已有的相关文献资料呈现出单一化、片面化倾向，并且存在滞后性，参考价值有限，尤其是缺少对新时代"法律人"形象全面而深入的研究成果。因此本书的研究具有一定的创新意义。

其次，本书的研究视角和分类标准也具有一定的创新性，力求保持研究的系统性、全面性与科学性。本书的总体论述呈现出"大团块"（创作现象）+"小团块"（创作反思）的逻辑架构。"大团块"中的各部分存在一定的关联性和条理性，第一章和第二章呈因果关系，第三章和第四章呈表里关系，从第一章、第二章偏论形象的微观研究到第三章、第四章偏论精神、审美的宏观论述，范围由小到大，循序推进。各章节之间也具有严密的内在逻辑性和独特的论述视角。

第一章创造性地将"法律人"形象谱系划分为社会职能、角色功能和艺术特征三个类别，从宏观到中观再到微观推进式论证"法律人"形象类型呈现的内在机理；第二章从"人物组合"到"人物关系"再到"事件+人物关系"的戏剧冲突建构来把握"法律人"叙述策略的技巧与匠心，三节内容范围由小到大，层层递进；第三章则以崭新的论述角度从正向价值内涵、冲突中的人文内涵和反面警示教化意义三方面来探讨"法律人"形象精神内蕴的丰富性和复杂性；第四章从"以'剧'带'人'"的论述视角分别阐释主旋律法治题材剧、律政题材剧、网络罪案题材剧中塑造"法律人"形象时所体现出来的多样化影像风格；第五章则全面兼顾哲学、美学、文化学的理论视野对"法律人"的突出创作症结进行审美反思。五个章各节之间的立体化逻辑建构旨在对新时代法治题材剧中的"法律人"形象进行全方位、系统化的研究厘析。

最后，本书秉持综合对比论述的思路，具有一定的创新特色。其一，本书对新时代"法律人"形象的系统研究注重参照21世纪初期法治题材剧的历史发展脉络，通过与早期法治题材剧中"法律人"形象的纵向细致对比，梳理出新时代人物形象塑造的老问题与新收获。其二，本书注重将"法律人"形象放置于国外同类作品及文学、电影、戏剧等同类型文本中进行横向对比，总结出其人物塑造的经验和教训，希冀通过本书的"去粗取精"，能够对未来"法律人"形象创作起到"他山之石，可以攻玉"之功效。其三，本书充分结合中国电视剧艺术史、中国当代文艺创作主潮以及当下的法治环境、融媒体语境来把握研究对象，力求从宏观上、整体上把握"法律人"形象艺术化呈现的成败得失。

第一章
"法律人"形象类型谱系
及其审美表现

如绪论中所述,"法律人职业共同体"由警察、检察官、法官、律师、法学家等职业构成。他们的社会分工和专业分工各不相同。但他们作为法律职业共同体的作用和使命又是相似的,即各司其职,保护公民财产和权利不受侵犯,捍卫社会的公平正义。

由于"法律人"形象的社会职能比较复杂,在法治题材剧创作中他们往往承担着不同的角色功能,在不同的子类型剧中也具有多元化的艺术呈现。笔者尝试从"法律人"的社会职能、角色功能和艺术特征三个角度来把握、剖析"法律人"形象谱系,遵循从宏观(第一节)到中观(第二节),再到微观(第三节)的论证演进路径。其中,第一节从宏观角度把握"法律人"形象的社会职能及其艺术塑造的内在机理;第二节重点论述承担不同角色功能的指挥者、执行者、助手、阻挠者等四类"法律人"的审美特色;第三节从传统的艺术特征角度,以更微观、更具体的艺术构型把握"法律人"形象在各子类型剧中的多元艺术呈现。本章力图通过以上三种类型谱系的解析,对创作中"法律人"群像的基本类型特征做出较为全面、系统的梳理与分析。

第一节 社会职能视域下的"法律人"形象构成

一、警察/法官/检察官系列:融媒体环境中的多元艺术呈现

我们通常所说的"公检法"即国家机关为公民执法的三大部门(公安局、检察院、法院)的简称。这三个机关既分工负责又互相配合、互相制

约。①法院和检察院、公安机关在实践中通力合作，协调一致，共同完成打击犯罪、保护人民的任务。②

作为国家政法系统形象的代表，"公共权力"和"公仆服务"的双重角色集中在公检法工作人员身上。他们不仅是国家安全稳定和时代法治进步的践行者与引领者，更是和平时期匡扶社会正义、传播法治理念、树立政府良好执法形象、解决人民诉求的公仆。

首先，在社会主义初级阶段、社会运行机制有待完善、民主法治建设正在摸索的现实语境中，法治题材剧对这些公检法机关工作人员的典型塑造和时代想象，体现为一种"人民性"清官形象，它有机涵容了现代理念的"人民性"文化，同时也扬弃并继承发展了中国传统文化中的"清官文化"与儒家"君子文化"的优秀成分。

第一，文艺创作的创作者应该关注人民普遍的生存状态和生存困境，以获得对中国社会广阔现实的切身感受和普遍认知。第二，文艺创作强调人民的价值本位，即通过多样化的故事书写奋斗在各个领域的广大人民的"众生相"，体现出"为人民"和"为人生"的价值立场。第三，文艺创作也强调文艺象征体系和意义表达方式。而在法治题材剧就是以人民喜闻乐见的艺术形式来表达人民价值本位的思想立场。通常情况下，法治题材剧是通过塑造众多栩栩如生的"法律人"形象来实现其价值立场的。

---

① 根据《中华人民共和国宪法》第一百四十条和《中华人民共和国刑事诉讼法》第七条之规定："人民法院、人民检察院和公安机关办理刑事案件，应当分工负责，互相配合，互相制约，以保证准确有效地执行法律。"

② 警察、法官、检察官是分属于公安机关、法院和检察院的国家公职人员，维护社会的公平和正义是他们的共同目标。作为我国法律系统高效有序运行的具体"代理人"或"操盘手"，他们具有行政执法权力并承担权力监督的职能。在具体的职责分工上，人民公安负责维护社会治安和社会秩序，在刑事诉讼中，有侦查、拘留、预审和执行逮捕的权力；检察官负责行使的是国家检察权，依法履行法律监督职能；法官负责行使的是国家审判权，其任务是审理刑事案件和民事案件。

法治题材剧中的优秀"法律人"形象体现出"人民性"的价值意识和精神立场，践行着执法为民、公正司法的初心使命以及改革创新、攻坚克难的责任担当。"人民性"是"法律人"的内在政治属性，他们手中的权力是人民所赋予，最终也要回归于为国家、集体、人民利益服务的职责轨道。他们更多的是如鲁迅所说的"真的猛士""中国的脊梁"，坚持依靠国家法律和党性机构造福于民，生动诠释着公平正义、以法治国、"法与时转则治，治与世宜则有功"的现代"人民性"思想，完成着新时代语境下的文化人格共同体想象——"人民性"清官形象。

具体来说，这些人民公仆在践行人民伦理时表现出多种现代"人民性"理念或"意识"的集合。新时代背景下，习近平总书记多次提到人民性的问题，尤其提出了"民心是最大的政治""人民性的重点就是人民利益"等重要论述。法治题材剧中的法官、检察官和警察等公检法机关工作人员将"以人为本"的服务意识深深镌刻进改善民生福祉、维护人民利益的目标和行动中。《湄公河大案》《阳光下的法庭》《人民的名义》中的"领导型""法律人"为护佑人民的利益、维护社会公义，从宏观层面上重塑清正廉明的政治生态、纵横捭阖地协调国际警务合作、依法严厉打击贪腐势力，以实际行动践行着为民担当、执政为民的"人民性"情怀；《营盘镇警事》《小镇大法官》《江城警事》等剧中的"法律人"通过"多费点唾沫星子"等"接地气"方式调解民事纠纷，和人民打成一片，架起了干群关系的连心桥，彰显了基层调解员为民解难纾困、心系百姓的职业追求。

其次，法治题材剧对公检法机关工作人员的典型塑造和时代想象体现为"人权至上，程序正义"的人权精神和人权观。法谚有云："正义不仅应得到实现，而且要以人民看得见的方式加以实现。"《阳光下的法庭》《人民的名义》《谜砂》等剧作中"法律人"的具体行政执法行动注重程序的正当性，努力让每一个案件的处理都在"阳光"下显现，潜在传播着"实体公正与程序公正并重"的执法、司法理念；《因法之名》《人民检察官》中的新一代公检法机关工作人员敢于"刮骨疗毒"、推翻冤假错案，努力捍卫人民最基本的生存权和自由权，也生动诠释着"自我纠偏""疑罪从无"的现代法治精神。

最后，法治题材剧对公检法机关工作人员的典型塑造和时代想象体现在"适应人民新期待，全面深化改革"的改革意识。改革是当今中国的时代主旋律，《小镇大法官》中的小镇法官王德忠为方便百姓生活，大胆革新"流动法庭"、身体力行推进惠民殡改方案；《阳光下的法庭》中东方省高级人民法院院长、二级大法官白雪梅在反改革的保守势力质疑中坚守原则，对中央精神不打折扣、坚持推进司法改革；《人民的名义》中的李达康敢为天下先，带领群众集资修建公路、发展经济，改造塌陷区、组建高科技开发区，体现着一名为政为官者的深远眼光和为民改革的责任意识。

上述严肃公正、具有法治理想和法治情怀的法律工作者的"众生相"表征着人民的意志和人民的伟力，他们是人民的坚强后盾和"保护神"。与之作为对比，不少法治题材剧也以丰富多彩的艺术形式展现了众多"堕落"的"法律人"形象，而且剧中他们的腐败、堕落多是由外在和内在的共同因素促成的，具有一定的复杂性，如《破冰行动》《人民的名义》中的反面"法律人"塑造等。但无论如何，创作者都没有给他们任何谅宥的机会，因为他们违背了"人民性"的价值立场，挑战了人民的权威。

"清正廉明"的"清官文化"与儒家"内圣士风"的"君子文化"根植于中国传统文化的特殊土壤，对中国传统社会清廉"官风"的形成、官吏理想人格的培育等都具有重要的作用。法治题材剧对这些儒家思想倡导的主流文化进行去粗取精，将其中的优秀成分有机涵容在"法律人"的形象塑造中，以达到潜移默化地教化受众之目的。

首先，法治题材剧中的"法律人"形象继承了古代廉吏叙事中的清正廉洁、执法如山、刚正不阿、勤政爱民、铁面无私等品行，旗帜鲜明地反对因循守旧、懒政怠政、徇私舞弊、蔑视法律等"权大于法"的机制弊端，寄寓着人们对"现代清官"的美好想象。如《人民的名义》中面对汉东省的"窝里斗""帮派林立"等政坛乱象敢于"整风"的汉东省委书记沙瑞金，《湄公河大案》中坚决"捍卫国家尊严和人民利益"的公安部禁毒局局长江海峰，《人民检察官》中一心为民、不惧强权，与践踏人民利益的国企高官进行坚决斗争的燕都市人民检察院反贪局副局长方大庆，《刑警队长》中坚持"命案必破、不破不休"的刑警队队长顾铭，《莫斯科行动》中坚决"不放过任何一个劫匪"的海外追逃行动队队长陈尔力，《决胜法庭》中"疾恶如仇、不徇私情"的江东市检察官高剑，《国家底线》和《国门英雄》中誓死严守"国家大门"的国家干部丁达和关汉生以及《草帽警察》《小镇大法官》《江城警事》《营盘镇警事》中的"基层调解员"等。他们身上所体现的"清""正""廉""明"等人格魅力，也深度继承了中国传统儒家文化中的"为政以仁""守中达和""济众爱民""敬事而信"的君子人格，从而具备了历史的传承性与时代的超越性，在法治题材剧中充满改革/保守、人治/法治、公义/私利、信仰坚守/精神堕落、克勤克俭/私欲蔓延等二元对立因子的矛盾叙事结构中，不断获得内涵的丰富和性格的饱满。

其次，如果说刑侦题材剧的"法律人"更多的是承载主流价值观、富有现代法治精神的"英雄"形象的话，那么，网络罪案题材剧中的主人公则不够主流，有些主人公身处体制外，甚至还带有一定的叛逆感和"游侠"气质。网络罪案题材剧的主人公不再是刑警队队长、业务骨干，更多地以体制外的专家、案件顾问、大学生等身份出现，如《心理罪》中的方木、《漫长的告别》中的连舟都是大学生，《暗黑者》中的罗飞、《他来了，请闭眼》中的薄靳言都是大学教授兼犯罪心理学专家，《白夜追凶》中辞去工作的老刑警关宏峰则以警队顾问的身份参与破案，这些都成为网络罪案题材剧重要的表意策略。另有些作品中的主人公即使身在体制内，但身份多为走偏锋的边缘刑警，如《无证之罪》中的颜良等，显示出与互联网受众，尤其是"90后""00后"群体青春叛逆、追求新奇刺激的审美偏好，这些体制外人员、边缘刑警带有极大的传奇色彩，总是能够出奇制胜。其实，这也再次印证了传奇叙事与传奇审美的老少咸宜，有勇有谋、剑走偏锋的传奇英雄始终有其独特的魅力和巨大感召力。

网络罪案题材剧中这些非体制的"游侠"法律人尤其擅长机智的解谜与精妙的推理。为将这些警察形象最根本的社会职能——缉凶破案发挥到最大化，作品对人物进行了传奇化的摹写，重在凸显其"邪""魅"气质。其中，"邪"一方面体现在他们的孤僻高冷、带有神秘色彩，另一方面体现在人物身上的创伤型人格设定。它往往是由人物童年的创伤所致，也可能是后来亲人、战友的牺牲所造成，这种创伤经年累月，逐渐形成人物的心结。如《暗黑者》中的罗飞就因女朋友孟芸和老师袁志邦被炸死这一创伤性经历产生严重的心结，以至于影响他后面的行动；《白夜追凶》中的关宏峰因为紧张过度射伤警队探员而患上"黑夜恐惧症"；《心理罪》中的邰伟因父亲的牺牲而患上心理疾病；《漫长的告别》中的刑警付翔因中学时母亲不幸被歹徒所害、人生轨迹发生了急转弯，而放弃了进国家击剑队的机会，毅然决然地选择进入警校……因为种种心理创伤，这些人物往往在性格上心思缜密、严肃冷漠，戴着一副"人格面具"[1]。他们同时又带有一种阿喀琉斯般的巨人特质，个个天赋异禀、神勇无敌，但童年的阴影或者心理创伤等恰恰是这些"阿喀琉斯"的脚踝，即软肋，如一把"达摩克利斯之剑"悬在他们头上，影响和制约着他们的行动力和战斗力。如关宏峰多次出现精神恍惚、心理幻觉；邰伟多次因内心执念脾气暴躁、难以控制住自己的情绪，险些导致线索丢失；付翔也因复仇执念作祟，在多次行动中横

---

[1] 荣格从心理学范畴出发进行了新的定义，"人格面具是一个人公开展示的一面，其目的在于给人一个很好的印象以便得到社会的承认"。参见霍尔，等.荣格心理学入门［M］.冯川，译.北京：生活·读书·新知三联书店，1987：48.

冲直撞、我行我素，丧失了捕获真凶的大好时机。另外，日剧《信号 长期未解决事件搜查组》、美剧《犯罪心理》等也都深入刻画了有着创伤型人格的"邪"气质警察形象。

"魅"体现在剧中人物具有倾倒众生的容貌和魅惑人心的气质，暗含着青春偶像剧中"杰克苏"的人物母题，再兼以惊人的破案天赋和智商。如《心理罪》中的方木、《法医秦明》中的秦明、《十宗罪》中的画龙、《如果蜗牛有爱情》中的季白等男性"法律人"形象。为突出主人公的光环气质，这些角色的身边多会安排一个性格与之相反的男性角色作为陪衬，以期在二人之间形成一种对比张力。如《心理罪》中的邰伟、《法医秦明》中的林涛、《十宗罪》中的包斩、《如果蜗牛有爱情》中的赵寒等。剧中的女性"法律人"形象常常被塑造成男性"法律人"的助手，男女"法律人"也会在矛盾和摩擦过程中产生情感的火花，在风雨同舟中共同成长。

从风格源流上来说，这种暗黑系的"邪魅"人物形象塑造源自美国20世纪二三十年代的"硬汉派侦探小说"（hard-boiled detective fiction）[1]和20世纪四五十年代的"黑色电影"（Film Noir）[2]。这些经典作品中的"硬汉侦探"都有一个共同的特征，即内心深处充满了矛盾，常常会纠结于对与错之间，并试图用暴力的手段使社会不再有黑暗。显然，亦正亦邪的他们代表的是一种另类的"正义"。

---

① 硬汉派侦探小说是指兴起于美国20世纪二三十年代的侦探小说流派，它不同于欧洲尤其是英国的传统侦探小说，硬汉派侦探更多是行动式的英雄，他不得不随时面对危险，应付黑帮和腐败的警察，案件的解决往往取决于他能否坚持沽到最后。达希尔·哈米特是硬汉派侦探小说的创始人，雷蒙·钱德勒则为之树立了经典，且使得洛杉矶成为这类侦探小说的永恒标志。参见李荣睿.城市空间认知图绘：托马斯·品钦的《性本恶》对硬汉派侦探小说的改写［J］.国外文学，2016（1）：114-123，159.

② 黑色电影，即20世纪四五十年代的好莱坞侦探片。参见施拉德.黑色电影札记［J］.郝大铮，译.世界电影，1988（1）：63-79.

与之不同的是，国产罪案题材剧（如《白夜追凶》《心理罪》等）中的这种邪魅硬汉其实是"形邪而实正"的，即无论其性情如何"邪魅"，都不会影响他们的正义立场。他们的行为最终也是为了正义的实现，为了维护法治的尊严，一切凶险厄难都只为考验邪魅硬汉的意志和勇气。如《无证之罪》中的严良虽然有"混世魔王"的童年经历，还曾经帮助具有犯罪嫌疑的高中同学洗脱罪名而违背了警察的职业道德，但实际上他对刑警工作有着崇高赤诚的职业感与荣誉感。这位"硬汉"执拗的正义感和"邪魅气质"鲜明地体现在他为完成骆闻的嘱托以及为东子复仇而辞掉职务的孤胆追凶过程中。尽管脱下了警服，他依然坚守着警察的职业操守，在最后与李丰田的两两对峙中也保持了足够的克制与隐忍，并没有行"法外之举"。显然，邪魅"硬汉"的"放纵"仅仅是暂时的，而结尾处林奇的一句"我喊你归队"也暗示着他终将回归到刑警队伍中。

"邪魅"是网文中的高频词，通用乃至滥用于网络小说对男性魅力的书写中，是网络写作与网生受众趣味及其审美偏好的集中代表。"邪"，对应着某种"放纵"与"反叛"意味，更增加了魅惑本身的吸引力。由此，硬汉的"邪魅"气质也更加令人无从抗拒。这一修辞策略从根本上说是一种消费主义大众文化的表意套路，一方面人物以超高的智商、俊朗的外表满足女性观众对男性偶像的幻想与观看欲望，另一方面人物身上的明显弱点或性格缺陷又更容易赢得女性受众的爱怜、同情与心理认同。

网络视频上一股脑儿出现的这些"邪魅"警察形象是耐人寻味的，他们喻示着传统正面英雄形象在大众接受中的某种遇冷，折射了当下网络文化环境对传统宣导的潜在抗拒姿态。从积极层面上看，它包含着网生代的精神独立意识与审美求新求异的冲动，这一点也正是类型剧创作不断创新的推动力。但同时也要看到，这种流行形象对传统正面英雄的取代所带有的后现代娱乐化趣味，猎奇化、偶像化的人物形象在网生代中每每有着更强有力的号召力。当下的网络文化也必须符合主导意识形态的要求，体现在网络罪案题材剧中，警察形象必须通过自身行为有效地宣导国家意识形态，这是其基本使命。这一审美风尚是当下融媒体环境中主流文化借力网络视频艺术输出价值观的有力证明，也是当下多元文化环境中网络文化与主流文化彼此交融共生、创作不再泾渭分明的又一鲜明表征。

二、律师/法学学者/法律顾问系列：市场化时代的多维人格想象

除了警察、检察官、法官等公检法机关工作人员之外，新时代法治题材剧也以多样化的艺术手法表现了市场化时代众多律师、法学学者和法律顾问等体制外"法律人"的众生百态和多维人格，他们中的正面形象依然坚守着法律至上的法治信仰和维护公平正义的职业伦理，而另有少部分负面角色在金钱、权色的诱惑下自私贪婪、践踏公益，违背了化解社会纠纷、维护人民合法权益的职业操守，有些甚至走向了违法犯罪的道路。以下内容将对此进行逐一分析。

首先，新时代法治题材剧塑造了一批在法律市场时代扮演"排头兵"角色的律师群像。这些律师群体不仅是当事人权益的维护者，也肩负着化解社会纠纷、维护人民群众合法权益、促进社会公平正义的重要使命。

一方面，新时代法治题材剧对众多具有较高道德良知、坚守职业操守、维护社会公平与正义的正面律师群体进行了浓墨重彩的艺术表现，他们身上体现出了推进时代法治文化发展、化解社会纠纷的强烈社会使命感，履行自身职责的同时也像正义斗士一样坚定勇敢地捍卫着法律的原则和职业的尊严，完成着法治题材剧对律师职业群体的文化人格和职业精神底蕴的艺术想象——智德统一的"正义的使者"形象。

其一，他们提供法律知识、法律技能和法律服务，竭尽全力地维护当事人的合法权益，通过对委托人利益的维护来实现法律的有效实施和正义的

伸张。在这种间接维护公平正义的过程中也彰显了他们卓越的专业能力、工匠意识以及诚信尽责的职业素养。在《精英律师》中，权璟律所的金牌律师罗槟在知识产权、离异夫妻纠纷、职场潜规则、遗产继承、养老纠纷等案件中展现出了极强的专业素养。他沉着干练、一招制敌，积极维护当事人的合法权益；《离婚律师》中的池海东为能及时赶赴当事人家中调解，险些负伤住院，罗鹂为多起离婚案件通宵"补课"、撰写辩护词，他们对工作执着坚定、踏实认真，彰显着律师群体敬业、精益、专注的工匠精神；《继承人》中律师郑昊、汤宁以当事人的委托为己任，做到了受人之托，忠人之事。他们拒绝被胁迫、收买，以实际行动践行着诚信尽责的律师职业精神。

其二，这些优秀的职业律师身上也肩负着维护社会公平正义和人民群众合法权益的重要使命，生动诠释着新时代中国律师的优良道德品质与职业精神气质。《金牌律师》中"能理性地拥抱生活的浪漫主义者"贝老和"纯粹的理想主义者、执着的追求者"苏东所代表的两代律师群体的职业理念虽有些许不同，但他们"为捍卫时代民主法治事业、维护法律尊严和法治权威"的时代法治信仰是统一的；《精英律师》中权璟律所执行合伙人封印成立法律援助中心，传递出"只有小律师，没有小官司"的大众服务意识……这些作品中的律师职业群体坚守了法律的公正、公平，不仅使案件得到圆满解决、维护了当事人的权益，也体现了社会的公正、律师的正义和人性的真善。事实上，法治题材剧中对正义的职业律师维护当事人的合法权益、捍卫社会公平正义的细致描摹也与现实语境中对律师的职业伦理要求是一致的。①

①　新时代新形势下，全面推进依法治国要求加强律师职业道德建设，促使律师为当事人提供更优质的服务。2012 年修订的《中华人民共和国律师法》规定："律师，是指依法取得律师执业证书，接受委托或者指定，为当事人提供法律服务的执业人员；律师应当维护当事人合法权益，维护法律正确实施，维护社会公平和正义。"

另一方面，法治题材剧也对一批市场化时代一心为钱、丧失道德、毫无价值底线的负面律师群体进行了真实可感的艺术化呈现。这些负面律师形象过于重视经济利益、忽视职业道德，遮蔽了公共服务的职业性质。作品则通过对其进行审美批判引导观众辨别是非美丑。

其一，反面律师群体的一部分"滑头律师"见利忘义、自私贪婪，为金钱及更大的利益不顾或故意损害当事人的利益，违背了律师"竭尽全力为当事人服务"的职业伦理。《因法之名》中的律师老丁在听同事陈硕意外得到了一份"肥差"后立马决定参与其中，他的目的很简单，一心只想骗到癌症晚期患者庄桂花手中的20万元代理费。律师老丁的戏份虽然不多，但却将职业理想单薄、只顾逐利的"商人"律师演绎得淋漓尽致。

其二，这些负面律师群体中的另外一部分人遵循的是"拿人钱财，替人消灾"的职业信条，在为自己的委托方争取权益的过程中使用一些不合法的手段或伎俩，不仅让律师职业蒙羞，也使法律的尊严受到怀疑。

在《继承人》中，海明律师事务所的创办人钟克明表面上博学多才、为人谦和、通晓经商之道，实则利欲熏心、毫无道德底线。在李天然继承案、汤业集团继承案中，他多次违背职业操守，为了使委托人郑昊胜诉、成为唯一合法继承人，不惜背叛朋友、伪造证据，让观众看到了职业律师金钱至上、人性堕落的一面。而在现实语境中，律师群体一方面要竭尽全力维护当事人的利益，另一方面要维护社会的公平正义。若当事人的利益不合理、不正当或与司法正义、法律至上的法治观念格格不入，那么以维护当事人利益谋生的律师则较容易陷入两难的职业伦理困境。就目前来看，国产律政题材剧对律师群体的两难困境着墨较少，对律师职业表现悬浮的商业化处理也与此类群体的真实情况严重不符，需要进一步反思和纠偏。

其次，近年来还有一些法治题材剧中呈现出了法学学者的"众生百态"，为市场经济时代下法学家的多维人格做了生动的诠释。

一方面，剧作中优秀的法学知识分子依然固守着传统知识分子教书育人的身份，承担着法律修订、法学启蒙的使命，潜心治学、教书育人，是公平正义的价值理想和职业信仰的坚守者。在《人民检察官》中，刘文作为燕都市政法学院的教授、法学家群体中的佼佼者，专业素质过硬、温文尔雅。但在家庭生活中，他的热情、体贴却屡屡遭到妻子夏静茹的"冷脸"相对，而此时，学生陆立清对其展开了猛烈追求。一冷一热的反差并没有动摇刘文的道德底线，他始终支持妻子的工作，并一再向陆立清表明要继续保持彼此之间纯洁的师生关系，坚守着一名师者的职业底线与道德良知。

但总体而言，新时代法治题材剧对优秀法学学者的表现较少，有些作品的表现存在一定的隔膜感，如《离婚律师》中一位配角法学学者被妻子嫌弃收入低、地位低、支付不起女儿的留学学费，遭遇着"被离婚"危机，而现实语境中，高层次的法学学者一般在经济收入、权力地位、社会声望等方面都处于相当高的地位，剧中所述显然与现实不符。

法学学者作为法律职业共同体的重要一员，在重要法律修订、国家法治建设进程中享有特殊的地位，理应在法治题材剧中得到真实、细致的描摹与展现，但作品对优秀法学学者及其身上所体现出的立身之德、立学之德、施教之德等精神特质的表现是不足且弱化的，亟待加以补足和修正。

另一方面，新时代作品中所展现的另外一些法学学者完全失去了价值信仰和职业操守。《执行利剑》中，郑怀山表面上是中国法学会常务理事，实际上却是百川控股集团的幕后操控者。他充分利用自己的知识和人脉追名逐利，在司法界与商界如鱼得水；他开着豪车出入高档会所与情人寻欢作乐、隐身在大学教师的身份后操纵被执行人规避执行、转移财产，完全逾越了一名师者的道德底线。

《人民的名义》中的汉东省委副书记兼政法委书记高育良早年是一名法学学者，曾任汉东大学政法系主任，他的学生中有多位已经成为政法系统的佼佼者，如最高检反贪局侦查处处长侯亮平、汉东省公安厅厅长祁同伟、汉东省人民检察院反贪局局长陈海等，作为一名教师他是十分成功的；他走向官场后也一度左右逢源，逐渐变为一个虚伪狡诈的官场老手。

创作者在表现这些法治精神启蒙者堕落的同时，也对时代环境因素进行了揭示，他们无法抗拒权力和财富的诱惑，放弃良知、任由私欲泛滥。《人民的名义》中除了塑造了高育良这一最终被权力和色欲吞噬的学者型官员形象外，还塑造了其他具有很强的启示性的形象，如高育良的妻子吴惠芬教授。她和高育良多年貌合神离，也深知高育良早已移情别恋，但强烈的虚荣心让她无论如何都不能放弃这个爱情早已死亡的婚姻，她要的是学校因她的高官丈夫而对她多方照顾，也满足于不了解内情的同事对她的高看和羡慕。这一对人性的表现是有一定的现实基础的，让人们透过电视剧"视窗"看到了市场经济、金钱权力的强大消解力和人性的复杂性。

最后，《继承人》《人民检察官》《人民的名义》《阳光下的法庭》《执行利剑》等一批法治题材剧还塑造了一批法律顾问①形象。这些形象虽然戏份不多，但同样有血有肉、令人难忘。在《阳光下的法庭》中，离职法官穆国柱因家庭重负无奈调离法官岗位而转做企业法律顾问。在此期间，主管迈克让穆国柱利用自己在法院的人脉资源来确保案子获胜，穆国柱心怀坦荡，笑着否定并坚决选择了回避，坚守着一名法官和法律顾问的职业操守；《人民检察官》中的陆扬原是燕都市检察院副检察长，他个性随和、处世圆滑、没架子，善于协调各种人际关系，常被后辈戏称为"老狐狸"。退休后他继续发挥余热，利用在燕都宇天集团法律顾问的身份，暗中调查取证，在扳倒金铭山犯罪集团的过程中发挥了重要作用，体现着新时代"法律人"

---

① 法律顾问是指解答法律询问、提供法律帮助的专门人员。广义而言，法律顾问指具有法律专业知识，接受公民、法人或其他组织的聘请，为其提供法律服务的人员，以及法人或其他组织内部设置的法律事务机构中的人员。狭义而言，法律顾问是指接受公民、法人或其他组织的聘请为其提供法律服务的执业律师，是传统意义的法律顾问。法律顾问的责任是为聘请单位就业务上的法律问题提供意见，草拟、审查法律事务文书，代理参加诉讼、调解或者仲裁活动，维护聘请单位的合法权益。

对法治事业的无限忠诚与法律信仰。《精英律师》《继承人》等剧作也展现了几位善于趋权附势、丢失"社会良心"的负面法律顾问形象。他们或为满足特殊利益集团、跨国资本的非法目的而钻法律的空子，戕害法律尊严；或为了谋取个人利益而损害公共利益，违背了传统道德和法治信仰。这些法律顾问在金钱和权力诱惑下暴露出种种丑态，创作者通过审美否定，批判了剧中"把知识视为贩卖的商品、把身份当作交换的筹码"的堕落法律顾问形象，从而引导观众明辨是非美丑。

第二节 承担不同角色功能的"法律人"形象类型

在法治题材剧尤其是其刑侦题材剧、检察题材剧、法庭题材剧等子类型中，"法律人"在故事中具有明显的"角色功能"[①]，也正是因为这样，才使得法治题材剧中的人物塑造有更多规律可循。苏联语言学家弗拉基米尔·雅可夫列维奇·普洛普（Vladimir Propp）在二元特征的故事文本的31种功能基础上，提炼出"对立面（侵犯者）、提供者、助手、公主或父亲、委托者、英雄、假英雄"[②]等7种人物角色。立陶宛裔语言学家阿尔吉达斯·朱利安·格雷马斯（Algirdas Julien Greimas）将普洛普的7种人物角色进行了简化，形成了主体/客体、授者/受者、助手/敌手三组行动元。随后其将"二元对立"模式进行扩展，提出了"格雷马斯矩阵模型"。笔者在充分梳理和吸收名家学者对人物角色功能的理论阐释的基础上，以现实语

① "功能性的人物观"重在阐述人物的叙事功能，其将人物视为从属于情节或行动的"行动元"，情节为主，人物为辅，主要表现叙事情节中的人物形象，从而与"心理性人物理论"或"审美性人物理论"相区别，而后者注重人物的性格刻画和分析，并将其作为引导作品前进的核心要领，重在强调人物的形象塑造。

② 怀宇.普洛普及其以后的叙事结构研究［J］.当代电影，1990（1）：74-83.

境中"法律人"在侦查过程中真实角色构成、职能分工以及剧中"法律人"所承担的不同角色功能作为一种划分标准,将"法律人"的人物谱系分为运筹帷幄的指挥者、大智大勇的执行者、职责明确的助手及堕落迷失的阻挠者。几组人物角色和具体职能在剧中承担着相应的角色功能,也较为符合现实中案件侦查中的角色构成。本节对剧中四类"法律人"角色之间的关系一带而过,重点论述其审美特色。

一、运筹帷幄的指挥者

新时代法治题材剧塑造了一批高层领导者形象,他们在剧中常常是配角,在案件侦查过程中运筹帷幄、决胜千里,特别是在案件停滞或万分危急时刻给予主要执行者一臂之力,在叙事功能上起着加速推进或延宕叙事的作用。

在作品呈现中,这些高层领导者的正面形象往往是"法律人"群体中的优秀分子、人民的公仆、时代的改革者和带头人。他们清正廉明、勤奋务实、关爱下属,对党和国家无限忠诚,一心一意为人民谋福利。典型人物有《湄公河大案》中的江海峰、《破冰行动》中的李维民、《善始善终》中的韩楚东、《莫斯科行动》中的段会军、《国家底线》中的周致通、《天下无诈》中的关前线等。具体来说,他们兼具"棋手""伯乐"等身份特征。

首先,这些新时代的政法干部是一名优秀的"棋手",高瞻远瞩、运筹帷幄。他们本身拥有丰富的实战经验,善于从大局观上分析和把握问题。在与案犯的对弈中巧妙布局、精心谋划,为其布下天罗地网。如在电视剧《破冰行动》中,省禁毒局局长李维民富有韬略、善于布局,堪称"围棋高手"。当他也无法准确辨别卧底身份时,只得小心谨慎地暗中试探,同时也几乎是失去原则地纵容"愣头青"李飞的横冲直撞,让李飞性格里的青涩和冲动一次次撞出案情的新疑点。

李维民深知对于密不透风的"制毒王国"塔寨村必须从内部瓦解，于是他计划安插卧底赵嘉良（李建中）里应外合。为了能够让赵嘉良顺利进入塔寨村，他采用欲擒故纵计——赵嘉良接受广东省纪检委的调查并和联合调查组一起撤出东山。毒贩林耀东因此放松警惕，赵嘉良有机会进入塔寨村。而当赵嘉良深入塔寨村后，又与李维民上演了一出釜底抽薪计——赵嘉良到了东山后随即联系市长陈文泽，直接"摊牌"刘浩宇索要51%的份额，最后与李维民里应外合将林耀东逼入绝境。正是由于李维民战术得当、布局精妙，才攻克了严密管控、滴水不漏的塔寨村。其他的剧例还有很多，如《清网行动》中东州市公安局集合刑侦、督察、技侦等部门的精英展开针对各路重大案犯的"清网行动"；《善始善终》中韩楚东亲自指挥方末、齐侠的卧底行动，一举捣获了金三角的大毒枭。

其次，这些领导者也是一名名伯乐。他们公道正派、知人善任，善于发现人才并关爱、信任下属。当执行者在生活中遇到难处或在工作中犯下错误时，他们也会像慈母一样悉心关怀或像严父一样批评教育。每当执行者的侦破进程或者反腐事业遇到阻力时，往往是他们的表态、支持和暗中保护确保了正义事业的顺利推进。如《湄公河大案》中的公安部禁毒局局长江海峰便是一位知人善任、唯才是举的"伯乐"，他深知高野是个难得的缉毒人才，能够委以重任。在高野能否加入"10·5联合专案组"一事中，江海峰突破重重阻碍力保高野加入专案组，并指挥其不断取得侦破工作的新突破。虽然是公安部高级官员，但他对下属没有一点儿官腔，能在适当的时刻给予高野必要的保护和指点。当高野因失去6岁女儿而陷入生理、心理的双重困境时，他能像母亲一样给予高野暖心暖意的安慰和鼓励；当高野不听、不顾专案组的行动计划、孤身直扑虎穴而去的时候，他也会像父亲一样严厉批评、及时规劝；当高野身份暴露、在基洛遭遇生命危险时，他则以领导的身份尽力联络当地警力保护下属的安全。正是在江海峰的悉心栽培和暗中保护下，经历生死考验的高野也逐渐认同了依靠纪律的权威凝聚起来的集体主义精神，从而完成了孤胆英雄的自我超越与成长。

二、大智大勇的执行者

"法律人"执行者通常是法治题材剧中的主角，是叙事进程中的主要"行动元"。他们身上往往凝结着观众的英雄情结和想象投射。这些超凡和平凡结合、"神性"和"人性"融汇的执法者通常有着智勇双全的审美特征，澳大利亚华裔学者雷金庆将中国传统社会中理想的男性气质分为两种——武和文。武代表了具有男性气概的英雄传统，而文则强调一种吻合的理性与智慧。儒家传统中推崇的男性气概都是文武双全或刚柔并济。智、勇合一体现着法治题材剧对"中国式神探"的审美想象。

首先，在以犯罪与反犯罪为主要叙事内容的法治题材剧中，"中国式神探"的智、勇的品质恰恰体现在其与案犯/对手斗智斗勇的深度较量中。在这场猫捉老鼠的游戏中，案犯是设谜者，"法律人"是解谜者。案犯处于隐蔽的地位，费尽心机地百般掩饰，制造假象，以便逃脱罪责。案件就是案犯设置的谜，案犯作案留下的蛛丝马迹，就是解谜的线索，"法律人"运用种种侦破手段，或细致的调查取证，或严密的逻辑推理，或巧妙的心理攻势，或先进的科技手段，找出真凶，将其绳之以法，最后破解案情之谜，将谜底揭示给观众。如在网络罪案题材剧《白夜追凶》中，关宏峰仅凭几个脚印和车辙印就掌握了凶手体貌特征的关键数据：依据凶手在提重物、抛尸时脚步发力重心点的不同，在众多取证的脚印中推测出前浅后深的41号鞋码的脚印即为凶手的足迹；通过凶手步伐的间距推算出了凶手的身高；从尸体切口的发力方向上推断出凶手是左手持械且惯用手是左手；从部分路段对轮胎取证的痕迹和发力的角度推断出凶手携带尸体的交通工具是电动车。"中国式神探"精妙的逻辑推理背后展现的是高度的专业知识积累、敏锐的直觉、精准的判断等职业素质，让人叹为观止的同时产生由衷敬佩。

表面看来，"法律人"是主动的，他们在案发后迅速登场，勘查现场，调查取证，可以主动出击，审讯嫌疑人，拘捕案犯。但同时，他们又往往是被动的，"法律人"被案犯留下的种种线索所牵制，只能按犯罪现场提供的线索展开调查，甚至经常被案犯故意布置的疑阵所误导。但法治题材剧的叙事逻辑是"魔高一尺，道高一丈"，"中国式神探"往往能够在"山重水复疑无路"时，"柳暗花明又一村"。在电视剧《谜砂》的开始阶段，刑警队队长齐雁南就麻烦不断：最好的战友焦峰被枪杀、自己被栽赃陷害；但他仍然坚守信念并一路"过五关，斩六将"：先是卧底"龙哥"，识破"假警察"，捣毁"小曹操"的贩毒窝点；后又多次深入虎穴与柯世兰犯罪集团斗智斗勇，为解救林茹甘做人质，冒着生命危险取得了柳陶朱的信任，在与"花姐"的枪战中负重伤仍然能处变不惊，正是其孤胆英雄的智勇表现让他在关键时刻突出重围，最终将案犯绳之以法。在此过程中，"法律人"内在的智勇品质得以凸显。

其次，"法律人"（主要执行者）的智和勇品质并不是完全对等的，而是在不同的作品中有所侧重。一方面，在以展示悬疑探案为主的法治题材剧，尤其是大多数网络罪案题材剧中，智是"法律人"角色的首要特征，过人的智慧、超常的逻辑推理能力是他们的共性。如《暗黑者》中的省警官学校教授罗飞、《心理罪》中的犯罪心理学天才方木、《他来了，请闭眼》中的犯罪心理学家薄靳言、《十宗罪》中的警察画龙、《法医秦明》中的法医秦明、《灭罪师》中的侦探唐朔等人物角色如同拿着燃烧的大烟斗（这个烟斗是思考的表现、智慧的象征）的福尔摩斯，常常依据分析、推理、论辩、实证步步深入，以自己的机敏和凶手较量并机智地布下迷阵，以智取胜，最终巧妙地捉拿案犯。

而在重点突出"法律人"智的法治题材剧中，往往将智勇双全的他们置于一种"勇"不能施展的险境之中，使其智得到极大程度的彰显。在

《莫斯科行动》中，跨国追凶小队队长陈尔力决策果断、作战能力强，堪称智勇双全。但在没有执法权、不能携带任何武器、语言不通、犯罪团伙又极其凶狠狡诈的环境下秘密展开调查时，他的侦查缉凶只能以智取为主。剧中，以陈尔力为首的行动组孤立无援，俄罗斯正处于历史敏感期，中国与俄罗斯尚无引渡协议，他们一方面要小心隐藏警察的身份，另一方面要想办法抓捕劫匪，可谓困难重重。在这种环境下开展工作，陈尔力充分发挥了"万金油"的特长。其一，他借力打力，争取获得俄罗斯警方的支持；其二，他深谙人情世故，笼络在俄罗斯的中国商人，团结一切可以团结的力量；其三，他善于判断形势，避免陷入麻烦：中国"倒爷"抱团要与劫匪朱三火拼，陈尔力及时报警，并救走了受伤的"倒爷"；其四，他奇思妙想，总能在危急关头化险为夷：朱三怀疑他的身份、逼迫他给厂子（陈尔力谎称自己曾在厂子工作）的同事打电话，他拨电话给警局同事并用语气暗示自己在朱三身边，巧妙化解危机。在行政执法权不能合法运用的异国他乡，陈尔力的智谋得到极大彰显。

　　另一方面，众多反腐题材剧以及以塑造孤胆英雄为主的法治题材剧重在突出主要执行者的勇者品质。其一，勇可以着重突出"法律人"的硬汉气质。从其源流开始的美国强盗片和西部片便常通过塑造散发着雄性激素的西部牛仔硬汉形象来传递一种赤裸的男性英雄主义和"美国精神"。如《正午》《关山飞渡》《荒野大飚客》《与狼共舞》等美国西部片中铁骨铮铮、足智多谋的硬汉警察往往拥有一副健美强壮的身形，更有一身真功夫，在与敌手一次次的交锋中能够以一当十，搏击"拳拳见肉、招招致命"，用枪百步穿杨，枪枪命中。如《谜砂》中的齐雁南在与案犯较量的一招一式中传递着独特的阳刚之美，尽情挥洒着男性的雄浑、豪情和斗志，淋漓尽致地表现出其仗义执言、疾恶如仇的英雄气质和男性魅力，谱写了一曲嘹亮的硬汉之歌。观众通过对影片人物的认同，投射出自身的勇气、光荣与梦想，进而获得了横扫现实中一切困难挫折的替代性满足以及弗洛伊德所谓的"快乐原则"。其二,勇也能够突凸显出孤胆英雄不怕牺牲的精神以及成长、蜕变过程。如《湄公河大案》中的高野、《破冰行动》中的李飞、《人民检察官》中的方大庆等孤胆英雄型的"法律人"往往职业能力超群而又自负叛逆,在案犯设置的重重险境中,他们总能以不服输的精神与其展开勇敢斗争。尤其是在面对种种不可控的压力时,他们往往能够以强劲的抵抗意识在重重磨难中艰难前行、在逆风中全力拼搏。也正是在这种尖锐的矛盾、对立和斗争中,性格饱满丰韵的孤胆英雄型"法律人"才能够爆发出无穷的能量,并显现出最可贵的勇者气质与大无畏精神。

再次,有些法治题材剧将两位男性角色设置为"智勇"CP,分别承担智和勇的品质。CP是coupling的缩写(也有说法是character paring的简写),泛指读者将虚构故事中的人物进行配对的行为。"在网络的通俗用法中,很多人将CP理解为couple,但事实上,这个词强调的是观众/读者将人物配对的行为和过程,CP本身描述的不一定是客观现实,且必然带有观众的主观观点和解读。"①法治题材剧在人物组合和情节设定中都有意无意造成CP感,一方面,智和勇天然的区隔和对抗因素有利于建构剧集的矛盾冲突和戏剧张力。如《心理罪》中的年轻气盛、热血阳光的方木是一名有着惊人犯罪心理分析能力的天才,而外表粗粝冷漠、成熟干练的邰伟则是一名武艺高强的硬汉刑警队队长。在建立搭档关系之初,"智勇"CP矛盾不断,呈现出针尖对麦芒之势。但经过多起大型连环凶杀案后,"智勇"搭档也在相互磨合中不断成长、成熟,彼此体悟到唯有"智勇"合璧才能成功破案的秘诀。另一方面,"智勇"CP的性格转换也能够增强剧集的紧张感与悬疑度。如《白夜追凶》中哥哥关宏峰心思缜密、性格沉稳,弟弟关宏宇身手敏捷、强壮有力,两人的一文一武组合在白天与黑夜之中不停地转换身份,悬念感十足。而且两人在转换成对方的角色中,智、勇品质也在

① 肖映萱."宅腐双修":"女性向·耽美"单元导读[J].文艺理论与批评,2018(5):131-133.

潜移默化中发生着变化，而随之的情节反转也使得案情更加扑朔迷离。

最后，主要执行者的智、勇只是外在表现，而这种外在特征最后都会统御到忠、义的精神内核中。

忠、义在中国人的思想中占据重要地位，其存在多层内涵与动态的演化过程。从源头看，忠、义最早见于春秋文献。如《论语》中的"夫子之道，忠恕而已矣"将"忠"看作"仁"的体现、对道德准则的遵从。"义"的观念也有多层，《中庸》云："义者，宜也。"即适宜做某件事就是义。而"忠义"一词连用则最早见于东汉，王充《论衡·齐世篇》中云："语称上世之人重义轻身，遭忠义之事，得己所当赴死之分明也，则必赴汤趋锋，死不顾恨。"[①]因此，在士大夫看来，"忠是对社稷、人生、事业、友谊之忠；义是对此所担当的应尽义务"[②]。在中国古典小说的人物塑造中，人需要"依义而行"，将"义"放在重要地位，在朋友之间尤其强调"义"字。正如孔子所言，"君子之于天下也，无适也，无莫也，义之与比"[③]，《三国演义》中刘备、关羽、张飞的"桃园结义"被后世传为美谈，其代表兄弟之间"不求同生、但求共死"的情怀。《三国演义》中，关羽被俘后虽得到曹操厚待，但他"身在曹营心在汉"，为保全刘备妻室，过五关、斩六将，可谓仁至义尽。但忠义思想强调"忠大于义"，在"忠"和"义"发生冲突时，"义"是可以舍弃的，故而《三国演义》因崇尚"忠君"而流芳百世，而《水浒传》中的"聚义厅"被改为"忠义堂"正反映了"忠君思想"的不可动摇性。

而在法治题材剧中，忠、义思想更多地体现为忠于国家、忠于人民、忠于社会主义法治事业，最大限度地维护公平正义与社会道义。在电视剧《善始善终》中，主人公方末以卧底身份潜入沧澜，一举捣毁了境外贩毒组

---

① 王充.论衡校注[M].张宗祥，校注.郑绍昌，标点.上海：上海古籍出版社，2013：85.

② 张建英.三晋文化中的"忠""义"思想[M]//李元庆.三晋文化学术研讨会论文专集.太原：山西古籍出版社，1999：102.

③ 杨伯峻.论语译注[M].北京：中华书局，2007：17.

织。为了缉毒大业，卧底警察方末面临着多重心理和生理压力，他果断拒绝了毒贩顾涛的"深厚"江湖兄弟"义"气，誓死捍卫社会公义。尤其顾涛团伙的国内毒品运输网络被捣毁以及毒枭马斯戒怀疑其身份的关键时刻，他完全可以选择全身而退（事实上处长韩楚东为其安全也极力主张这么做），但为国尽忠、守义为民的职业信仰让他再次深入敌后，在保护同胞齐侠安全撤离的同时与敌人斗智斗勇，以自己的实际行动践行着新时代"法律人"的忠、义信仰。

三、职责明确的助手

与智勇双全的主要执行者相比，法治题材剧中的助手角色往往具有某些特定的技能或个性化的性格特征。作为配角的他们也通常具有勾连叙事脉络、丰富叙事情节、调节故事节奏、衬托主人公等角色功能。

首先，他们是专业化侦破/检察/反腐/诉讼团队中的一员，往往性格鲜明、职责明确、专业单一且突出。

一方面，剧作中的助手角色能够对侦破/反腐/诉讼进程的成功或顺利开展起到关键性的助推作用。如在网络剧《暗黑者》中，专案组成员除罗飞外，其他成员也都是"人中龙凤"：心理学博士穆剑云虽高冷嘴损，但执行力和"心灵侧写"能力都堪称一流；"扑克脸"组长韩灏沉稳大气、身手敏捷，是破案率最高的警员；"哥特萝莉"的法医梁音个性另类，依靠超强的专业技术能够"通灵"死者，略带有几分神秘色彩；"网游超人"曾日华是专案小组中智商最高的电脑高手，其高超的电脑技术往往成为专案组破案的关键；"痕迹学达人"尹剑虽胆小怕事，但却有着超于常人的观察力，是案件侦破过程中隐藏的"利剑"；不说话先动手、脾气暴躁的熊原看似粗鲁，实则心地善良，是组内的拆弹专家。这些各有所长的助手成员分工明确，形成了一支高度专业化的团队。在任务中他们因个人的专项能力使个人英雄主义精神得以完美体现；而当他们作为一个集体出现在每一次任务中时，团队作战的高度协作性也凸显出强大的集体主义精神。

另一方面，剧作中的助手角色也会因为单一化的专业背景和性格缺陷将案件带向错误的方向，对案件侦破形成一定的阻碍。这既使案情更加扑朔迷离，也进一步凸显出英雄主人公的胆大心细、稳重成熟。如《清网行动》中，鲁齐鸣办案莽撞冒失，在一次行动中误伤了人质、放走了真凶，遭到受害者家属投诉；《刑警队长》中警员林之华在医院看守毒贩的过程中严重失职——毒贩拿到医生（该毒贩是导引医生之子走向吸毒之路的元凶）故意放到皮鞋里的毒品，过量吸食导致瞬间死亡；在《人民检察官》中，检察官于跃龙一行人在抓捕案犯——太平县四季乡的乡长崔鹏的途中因燕都市国资委主任冯路的"通风报信"而走漏了消息。在于跃龙的步步紧逼下，慌不择路的崔鹏在沿着外水管从高楼爬下的过程中坠楼而亡。而此事引起了一系列的连锁反应，也使得反腐进程更加错综复杂。"幕后黑手"金铭山利用媒体力量对崔鹏之死大做文章，不断向检察院施压，使于跃龙被迫辞职、方大庆接受处分。然而这种处理结果依旧没有让腐败势力满意。崔鹏的事情被反映到了北京，反腐势力遭到了重创：检察长赵军自请处分，副检察长郭兆民提前退休，方大庆的副局长职务也被撤销。而在该剧的另外一处情节中，检察官陈晨为保护女朋友田青遮掩了事情的真相，也影响了夏静茹对所涉案件的调查进展。

其次，剧中的助手角色和主要执行者的关系多为一种上下级关系、师徒关系，可以为叙事悬念的植入与情感元素的铺陈提供便利。一方面，协助者与执法者的主从关系和年龄差距导致了彼此之间的分歧与内部摩擦，也增强了作品的悬疑感、节奏感与可看度。如在电视剧《营盘镇警事》中，高宇成对师父范党育处理问题的方式有诸多不满，因此在民主测评中投了范党育的反对票。这使两人的关系产生了一定嫌隙，也为接下来高宇成违规救师、化解危机埋下伏笔。在电视剧《精英律师》中，天赋异禀但桀骜不驯的精英律师罗槟与善良热心但不计后果的助理律师戴曦在阅历、观念、性格等方面存在较大差异，在处理具体问题时也偶有摩擦。因此，电视剧的节奏"一波未平一波又起"，令观众充满好奇。另一方面，剧集也常常会插入一些助手角色与主要执行者之间的爱情、亲情、兄弟情，以丰盈作品的情感元素和艺术能量。如《刑警队长》《清网行动》《小镇大法官》《天下无诈》《国家底线》等剧作中主要执行者与助手之间的师徒情，《破冰行动》《谜砂》《人民的名义》《莫斯科行动》《十宗罪》等剧作中主要执行者与助手之间的兄弟情，《警花与警犬》中主要执行者与助手之间的爱情都让人印象深刻，而且这种在并肩作战中培育起来的深厚情谊随时都可以转化为"士为知己者死"的牺牲精神，精神内蕴升华的同时也让观众为之扼腕叹息。

四、堕落迷失的阻挠者

法治题材剧中的堕落者/阻挠者形象往往职务较高、业务出色、反侦察能力强，是剧中第一反派，常充当一些不法分子的"保护伞"。这些迷失型"法律人"形象原本都拥有正直善良、无私无畏的秉性，但出于某种原因或压力，迫切希望改变现状的他们往往采取极端的方式行"法外之事"，最终酿成了无法挽回的恶果。因叙事视角的差异，他们在剧中也承担着不同的角色功能。在限制性叙事视角下，这些堕落者/阻挠者形象在剧集的大部分时间处于隐匿状态：维持着良好的职业形象，承担了作品"最大反派之谜"的悬念功能，如《谜砂》中的戴文星等；而在全知性的叙事视角下，他们常利用手中的权力优势与不法分子里应外合，为侦破者设置重重障碍，承担着调节叙事节奏、阻碍侦查进程、延宕破案时间的叙事功能，如《人民的名义》中祁同伟等。

一方面，法治题材剧塑造了一批因权、情、物而迷失的堕落者形象，主要细分为权欲型堕落者、物欲型堕落者、情欲型堕落者等。罗伯特·麦基曾说："人物真相的关键是欲望，欲望后面便是动机。"①动机（motive）是一种心理状态，是在情感、心理、物质需要的驱动下，通过某种行为方式得到满足的心理活动，是一种意志活动的诱因。正常的心理状态不会导致犯罪行为的发生，而不正当的诉求却是使人产生犯罪动机的一种内驱力，也是具有原动力性质的犯罪心理。在现实世界中，会出现种种不同形式的欲望集结体，当基本物质条件得到满足、生存关系得到解决的同时，更高的物质欲望会应运而生。这些堕落者"法律人"往往会在金钱、职位、名誉等欲望的驱使下丧失原有的职业信仰与道德准则，变得冷漠无情。

在2001年播出的《大法官》中，复员军人出身的法院党委副书记张业铭便是一个典型的权欲型堕落者。他原本在工作上勤勤恳恳，事业一帆风顺，但在与杨铁如竞争院长职位的过程中，他极力拉关系、找靠山，最后牵扯进市长孙志的腐败案中，自知难逃法律惩罚的他以自杀的方式结束了生命。在《善始善终》中，边防局副处长罗同彪是一个典型的情欲型堕落者。他早年在异国执行任务时与康邦的女子相爱并生下女儿咪楠，而当时他在国内已有家室，无法随时照顾咪楠母女。这一隐藏的关系正好被同在康邦又有求于罗同彪的大毒枭马斯戒利用，而此时罗同彪已知身边的女儿罗菲并非自己亲生（妻子被负情男子抛弃怀孕后才嫁给罗同彪），为了保护亲生女儿咪楠以及自己的职业声誉，他答应与马斯戒进行内幕交易。而权欲、物欲、情欲的堕落者也并非泾渭分明，他们往往可以合为一体，如《谜砂》中的戴文星、《人民的名义》中的祁同伟等都是权、色、利均沾的人。剧集通过对这些"蛀虫"的贪污受贿、侵吞资产、权色交易行为的批判，在凸显正义"法律人"精神意义和文化价值的同时强化了罪与罚事件对广大观众的警示意义。

---

① 麦基.故事：材质·结构·风格和银幕剧作的原理［M］.周铁东，译.天津：天津人民出版社，2014：370.

另一方面，法治题材剧也塑造了一批处于善恶之间的"中间型"/灰色堕落者形象。很多中外犯罪电影多通过塑造灰色地带的人物形象来表现善恶杂糅、亦正亦邪的复杂人性。这种中间人物的设计既可以是"法律人"也可以是不法分子，多展现对人性善恶的反思和恶行背后的良知。如在2009年上映的中国香港警匪电影《窃听风云》中，梁俊义、杨真、林一祥三名警察有着各自的人生困境，他们为求尽快解决危机而进行违法窃听交易并销毁证据，参与职务犯罪并陷入道德困境，最终也难逃杀戮。这些中外警匪片通过对灰色警察人物的塑造，重点突出其在两难选择中的心灵缠斗与复杂人性内涵。

对主旋律法治题材剧来说，塑造良知未泯的匪徒不难，难的是塑造犯错或作恶的"法律人"形象。跟案犯作案的原因（金钱、利益等谋取私利）不同，法治题材剧中所表现的"法律人"职务犯罪常常裹挟着情、理、法的冲突、权法博弈、人性善恶的复杂及其冲突，"法律人"或陷入"救"违法而"不救"违情的伦理困境之中，或为突破强权压迫、维护朴素的社会正义而违背程序正义，如若把握不好尺度既不利于普法宣传，也有将观众引向善恶、美丑难辨误区的风险。《破冰行动》《无证之罪》等剧作塑造的马云波、骆闻等"中间法律人"形象让人耳目一新。他们或是授人以柄被迫充当"保护伞"，如马云波为救妻被毒贩抓住把柄；或以"正义"之名而充当法外制裁者，如骆闻为找出妻女而通过连续作案方式让警察帮其寻找嫌疑人。面对是非、善恶两难抉择，这些堕落"法律人"的困境煎熬和内心挣扎跃然于荧屏之上。

事实上，游走于黑白之间、善恶杂糅的灰色"法律人"的塑造也表现了现实主义的创作倾向，在尊重社会现实多维性的同时也生动诠释着正义的多面性和复杂性。正如阿马蒂亚·森在《正义的理念》中主张："秉持一种现实视角，关注人们实际的生活和多样性的现实，承认正义的多面性和复杂性，承认正义存在不同角度和标准，而非寻找一种绝对的、完美的正义标准。"① 但这种以私利为目的的"正义"必然不能得到法律和道德的救赎，法治题材剧通过惩罚情节和审美批评，旗帜鲜明地捍卫着传统的绝对正义，进一步明确了受众的善恶观和价值取向。

第三节　艺术审美形态中的"法律人"形象类型

英国作家E. M.福斯特（Edward Morgan Forster）在其短小精悍的《小说面面观》中提出的"圆扁形人物说"，为后世文艺创作所广泛接受和运用，而作为功能性人物观的一种对应和补充，该学说也提升了文艺批评对"心理性"人物的美学把握程度。在20世纪80年代中期，我国学者刘再复在典型人物理论的基础上，进一步提出"人物性格二重组合论"，划分了单一型、向心型、层递型和对立型等四种人物类型。刘再复将人物的单一型性格表述为"性格结构只有一极，它表现出来的只有单一的性格特征"，近似于福斯特所说的"定型人物，有时也叫漫画式的人物。扁形人物的最简洁的形式就是他们是环绕着一个单一的概念或品质塑造起来的"，而向心型和层递型人物则更多的是作为创作原理与技巧来考虑的，也拓展和深化了人们对典型性格的理解与把握。对立型人物就是性格内部具有深刻矛盾性的典型，"性格正反两极的对立统一，这种性格模式能最大限度地反映人的性格真实，揭示人的性格运动的内在矛盾性"。法治题材剧大多严格遵循二元对立的叙事模式，剧中的人物类型主要有扁形人物、圆形人物两类。在剧作中，扁形人物数量多且种类丰富、形态各异，圆形人物数量虽少但性格丰富立体，且具有一定的变化性或层递性。

① 森.正义的理念［M］.王磊，李航，译.刘民权，校译.北京：中国人民大学出版社，2012：64.

一、鲜明突出的扁形

E. M.福斯特在《小说面面观》中对扁形人物做了这样的描述:"扁形人物有时被称作类型人物或漫画人物。他们最单纯的形式,就是按照一个简单的意念或特性而被创造出来。在最纯粹的形式中,他们依循着一个单纯的理念或性质而被创造出来。"①很明显,福斯特所说的扁形人物就是指一种"简单的意念或特性"的人物。应该说扁形人物广泛地存在于法治题材剧中,其中的多数次要人物大都是扁形人物,而且部分作品中的主要人物也是扁形人物。如早期剧作中的警察安志民(《大潮中的枪声》)、警察林枫(《金海岸》,又名《猎豹行动》)、检察官肖剑(《反贪局长》)、检察官叶子菁(《国家公诉》)、法官赵杰与钱炳坤(《执行局长》)、警察赵刚(《国家形象》)以及新时代作品中的国家海关干部关汉生(《国门英雄》)、国家质检干部丁达(《国家底线》)、检察官侯亮平与退休检察官陈岩石(《人民的名义》)、警察葛大杰(《因法之名》)等。这些作品中的扁形人物因为其单一化的性格,往往较容易传递"惩恶扬善"的价值取向;也正是由于扁形人物自身的简单性,其也常发挥着丰富情节、衬托主要人物的叙事功能;而且,扁形人物的独特审美价值也往往是黑格尔的"理想人物"以及马克思、恩格斯所提出的"典型人物"所无法包含的。扁形人物通常为了充分体现某个理念而被作家赋予独特而鲜明的特征,因此这类人物身上体现出来的性格和品质都是绝对化、单一化的,其所体现的极致化审美效果就是要通过夸张、变形来超越观众的审美期待,打破旧有的人物塑造方式,从而带领观众进入一个全新的审美视觉和想象空间。

这些有着"奇妙的人情深度、容易记忆"的人物形象在中外文学作品

---

① 福斯特.小说面面观 [M].冯涛,译.北京:人民文学出版社,2009:38.

中大量存在，比如狄更斯的《双城记》中的复仇女神德伐石太太、恶的化身埃弗雷蒙德侯爵；王尔德的《道林·格雷的画像》中的道林·格雷、亨利勋爵、画家贝泽尔·霍尔沃德、西碧儿、詹姆斯；拉伯雷的《巨人传》中人文主义理想化人物的象征卡冈都亚、庞大固埃；吴敬梓的《儒林外史》中的严监生等。

首先，法治题材剧常常通过丰富的正面扁形人物来传递主流价值观、现代法治精神等积极的思想内蕴。在法治题材剧中，以"法律人"为代表的正面人物，通常是国家法治形象和人民利益的代表，也是主流价值观和道德观的集中体现者，蕴含着崇高的精神品格与理想信念。扁形人物是创作者为了表达对人、社会的某些观念和思想上的看法而塑造的，因此扁形人物在这些作品中成为传递创作者思想和理念的载体。这些正面"法律人"形象所具有的献身社会主义法治事业的雄心壮志、奋发有为的担当精神、笑对逆境的顽强意志以及疾恶如仇的正义感等都需要通过单一化性格的扁形人物体现出来，从而强化受众认知，引起观众的情感共鸣。《人民的名义》中"老石头"陈岩石这一廉洁干部的扁形化塑造让人颇为感动。他一生两袖清风、一心为民、不惧强权，深受爱戴，但是也因此遭到时任省委书记赵立春的报复。退休后他依然初心不改，利用自己早年积累的威望和人脉不断帮助普通百姓解决实际困难：为阻止山水集团拆迁队的非法强拆，他守在大风厂门前一整夜未合眼；大风厂的下岗职工王文革由于断了生计而绑架老板蔡成功的儿子，陈岩石知道后以己之身将孩子换下，中途虽被王文革刺伤但一直劝说他回头是岸，最后这起绑架案逼得高小琴答应了职工的诉求，王文革也放下了刀，但是陈老也因此身心受损、病逝在儿子陈海的床前。从这位"老革命"陈岩石的行动和态度中，观众能够深切感受到他心系百姓的一腔赤诚和热忱，从而唤起内心对清正廉洁党员干部的热切希望。《阳光下的法庭》中因家庭重负无奈调离的法官穆国柱心怀坦荡、却又充满悲情与不舍，让人心疼怜惜、由衷敬佩。在剧中，穆国柱是环保案中被告的主要攻关对象：王大利在穆法官的妻子病情加重时"仗义相助"，但当穆法官得知其图谋后果断拒绝了这种变相贿赂并因此遭到对方的报复。然而，生活的重压、奸人的敲诈使穆法官不得不放弃自己挚爱的法官工作。在脱下法袍之时，他送给助理审判员斯薇一本书——《司法过程的性质及法律的成长》，书中卡多佐的思想"干净、利落、简练、精当"，这是他对自己的职业要求；而送给书记员张文文的《安徒生童话》也暗示了他对见惯了人间善恶与生死的法官要始终保持一颗童心和善心的职业信仰与坚守。剧中穆国柱法官虽然着墨不多，但其坚守原则、不惧威胁以及坚持智慧断案和仁爱之心的职业信条让人深深动容。

此外，某些法治题材剧中正面扁形人物的塑造也因过于强调人物的某些优秀品质而存在失真、失度的创作误区。如《国家底线》中为表现新一代质检人铁面无私的特质，将主人公丁达夸张化地塑造成性格执拗、行事鲁莽、爱钻"牛角尖"的扁形人物。在面临来自同学、同事、师父、恋人、领导的多重压力，甚至连女儿的生命安全都难以保障时，他始终坚定不移地向违法行为"亮剑"，坚决"当好国门卫士，守住国家底线"。《国门英雄》中的海关副关长关汉生一家四口均遭劫难：自己被恶意诬陷、锒铛入狱；妻子郑颖萍饱受癌症摧残；儿子关双意外发现自己的身世（并非关汉生亲子）；关母更是一时接受不了打击而辞世。面对如此悲惨、坎坷的遭遇以及后来被朋友误解、被同事猜忌、众叛亲离、积劳成疾等一系列的人生变故，关汉生始终坚守着底线、从未放弃：在妻子病重后，他始终不愿意接受来路不明的钱财和关内的困难名额补助；在被诬陷后，他毫不气馁、明察暗访，与曾经的战友——张怀兵斗智斗勇；在关汉生知道关双不是自己的孩子后，仍对其视如己出、悉心培养。扁形、单一的"法律人"的多重压力和悲情经历着实让闻者伤心、见者流泪，有助于观众明确"法律人"群体大公无私、惩奸除恶的价值导向。但与此同时，失去了生活真实感的作品也会引发观众的争论和质疑。

其次，法治题材剧也通过某方面（性格、心理、行为等）突出、夸大的反面人物角色的塑造来承载"恶有恶报"的道德内涵。知名学者斯拉沃热·齐泽克曾说："认同性的特征也可以是某种程度的失败、衰弱，对他人犯罪所以通过指出失败，我们能够神不知鬼不觉地强化认同。"①通过对犯罪人变态性格和有违常理行为的放大突出，可以深刻提示其内涵，从而会对观众产生更大的震撼力。法治题材剧中的案犯常常变态残忍、无情无义，即使是正常的品格也总是带有病态的、过分的，甚至是不稳定的色彩，如勇敢应该是正面积极的人物品格，而案犯所谓的"勇敢"则是不计后果的狂妄自大、麻木不仁。如电视剧《善始善终》中的大毒枭马斯戒、《猎毒人》中的"楚司令"（楚天南）等"赌徒"好战狂妄、杀人不眨眼。多年的毒枭生涯造成了他们谨小慎微、盲目杀戮的病态心理，即使跟随自己多年的手下稍有犯错也会被立即"正法"，让观众感到阵阵战栗。再如《莫斯科行动》将牛振凶狠残暴又变态的形象刻画得入木三分，尤其是他对女友秀秀（玩偶）表达爱的方式让人难以理解甚至觉得惊悚恐怖，其夸张变形的扁形人物形象"深入人心"，让网络平台不少观众通过弹幕形式发表感想："童年阴影2.0版""要是我有这样的男友分分钟报警"……法治题材剧正是通过塑造这种扁形的反面人物来表达强烈的情感倾向性，从而为大众宣泄"恶有恶报"的心理提供合理渠道，而这也是扁形犯罪人物可以在法治题材剧中大量存在的基础。

最后，扁形人物也具有一定的叙事学功能和价值。其一，在以侦破叙事为主要表现内容的法治题材剧中，承担着助手功能的扁形"法律人"形象的塑造无疑可以加快叙事节奏、推进叙事进程。如《清网行动》《天下无诈》《骨语》等剧的助手角色多为扁形化处理，他们单一化的性格特征或特

---

① 齐泽克.意识形态的崇高客体：第2版［M］.季广茂，译.北京：中央编译出版社，2017：65.

殊技能对于加快案件侦破、勾连叙事情节等具有明显的作用。其二，法治题材剧通过性格单一的扁形人物的对比叙事，能够较为明显地传递出法治观念、司法实践、办案方式的时代变化与进步。如在电视剧《因法之名》中，葛大杰敬业果断但刚愎自用，其在破案压力和好友殉职所产生的急躁与悲痛交织的情绪中忽视了证据瑕疵而造成冤案。年轻一代检察官邹桐、律师陈硕在多年后复查此案时均提出不少疑点，但倔强执拗的葛大杰始终不承认自己的失误，形成与年轻一辈的尖锐对立。在此过程中，扁形人物葛大杰始终捍卫着自己的传统办案方式和司法观念，同时承担着阻挠程序正义原则及"疑罪从无"的现代法治理念等叙事功能。两相对比，"法治进步在艰难与曲折中行进"的叙述以及"法律是治国之重器、中国的进步需要依靠法治"的主旨得以更加清晰流畅地展现。

二、纵向渐变的层递型

层递型人物形象的特征是有一个性格发展史，这种发展史可分为若干层次，由于前后不同，不同的性格层次具有不同的性格特征。因此，也使性格具备单一性格所没有的丰富性（这与单一化性格那种起点与终点性格同一的情况不同）①，即性格的纵向发展，有一个逐步演变推移的过程。这一人物类型在法治题材剧中主要存在于主角角色的塑造中。层递型人物形象的广泛存在与着力表现"法律人"的情感历程和人格成长这一精神内涵有着直接的联系。层递型人物并不是一成不变的，无论性格变好还是变坏。他们处于动态发展之中，具有一定的弹性空间或者流动性。层递型人物的角色特征对接受者来说会起到"激活"的作用，使接受者摆脱日常的麻木状态而产生对心灵现象的关注。无论性格的反常还是理想主义、英雄

---

① 刘再复.关于小说进化历史轮廓的一般描述［J］.小说评论，1985（2）：41-51.

主义都是产生这种"激活"的重要条件，关键是要运用得当、找到各自适合的表达形式，从而使故事接受者的心灵受到触动而产生共鸣。当然这种性格的变化也潜藏在创作者所要建构的特定叙事链条中，创作者要想充分发挥自己努力为人物编织的情节网的效用就必须让人物在情节发展中逐渐自我显露、自我觉醒，最后自我完善或者坠落。总之，层递型人物形象主要突出一个"变"字——揭示某种成长、某种启示、某种转变过程。

早期法治题材剧《英雄无悔》中的高天、《黑冰》中的鲁晓飞、《大法官》中的杨铁如、《我是警察》中的肖文平和孙一凡以及《绝对控制》中的薛冰都属于层递型人物形象。2010年后法治题材剧中逐渐"向成长和成熟"转变的层递型人物形象有《守望正义》中的李大康、《婚里婚外那些事》中的郑立君和李达仁、《湄公河大案》中的高野、《破冰行动》中的李飞、《草帽警察》中的刘五四、《小镇大法官》中的姜浩和肖丽云、《继承人》中的郑昊、《警花与警犬》中的李姝寒和倪娜、《精英律师》中的戴曦等。而向负面发展的层递型人物形象则主要有《谜砂》中的戴文星、《善始善终》中的罗同彪、《暗黑者》中的韩灝等。

在《小镇大法官》中，刚刚分配到荷塘法庭的法官姜浩专业素养高，工作上麻利干练、雷厉风行、充满干劲，但也存在做事过于毛躁、急于求成等缺点。在起初处理民事纠纷案件的过程中，他过于"纸上谈兵"，造成了一些"调解事故"，也因此与老庭长王德忠产生了不少工作上的摩擦与分歧。但通过王德忠的言传身教以及自身对基层法治现实的全面理解，姜浩开始懂得换位思考并逐渐改变了自身过于毛躁的性格弊病，完成了向一名成熟稳重的合格法官的成长蜕变。

作为荷塘镇唯一女法律援助工作者的肖丽云工作态度严谨认真、思维活跃、自我要求极高，常常能在联合处理案件时提出"灵光一现"的解决方案，是一位典型的"事业型女强人"。在生活中她却因亡母而与父亲王德忠矛盾重重。正是这种执拗的性格和严苛的自我约束力让她承受着不小的精神压力，从而也干扰了她的工作效率和内心的情感成长。之后在男友姜浩、"后母"万长虹及同事何小青、何见的悉心开导下，她也意识到自身性格和工作方式上的缺陷，不仅在家庭生活中逐渐修复了与父亲的关系，还在工作中赢得了小镇民众的普遍赞誉。这些层递型人物形象的描摹，既合理呈现了"法律人"的精神成长历程，也循序渐进地实现了法治精神及法律知识的有效普及和传达，不仅能够给人以眼前一亮之感，还能给人留下深刻的印象。

在《破冰行动》中，层递型人物形象李飞让观众又爱又恨。爱他的正直善良、重情重义、兼人之勇，明知禁毒事业危险重重，仍要"深入虎穴"；"恨"他的鲁莽性急、一意孤行，多次违抗命令不计后果。而李飞这种"一根筋"的偏执型人格的形成似乎是有先天因素的。在剧中，李飞的母亲在他几个月大时因公殉职，父亲李建中为追查妻子殉职的真相而远走他乡。在与外婆一起生活一段时间后，李飞被送到李维民身边。没有父母陪伴的童年生活让李飞变得独立而孤僻，做事激进冲动、不轻信他人，而一旦相信某人某事便会死心塌地、至死不渝。

在李飞的成长过程中，有两个对他至关重要的人：好兄弟宋扬（陪伴他成长）和师父马云波（教会他擒敌的本领、做人的道理），也正是这两人加速了李飞（孤胆英雄）的成长。在剧中，匪徒用李飞的配枪在他面前打死了宋扬。失去了好兄弟的李飞更加坚定了要把案犯绳之以法的决心，尤其是面对毒贩的诬陷、同行的怀疑，以及各种凶险的场面的时候，他变得比以往更加机智、更能沉得住气。可以说，正是宋扬的牺牲让昔日的热血青年（李飞）变得更加勇敢坚定、成熟坚忍。

与此同时，师父马云波真实面目的揭露也让李飞开始不再感情用事。在剧中，当李飞得知马云波是"黑警"时，内心非常痛苦和愤怒，他一直尊敬和爱戴的师父对正义的背叛、对自己的利用和欺骗都深深地伤害着李飞的感情。这种痛苦和震慑来得如此猝不及防、雷霆万钧，也加速了李飞向更加成熟、睿智的优秀警察迈进的步伐。在兄弟情和师徒情的逐渐逝去中，青涩莽撞的"愣头青"（李飞）也逐渐学会了忍耐与宽容。当他发现错怪蔡永强后也能够积极认错并与之共担"扫毒"大任。这样的层递型人物形象真实可感又充满戏剧张力，让观众感同身受、为之动容。

三、多维立体的圆形

按照福斯特的界定，圆形人物是人物的不单一平面，指的是"性格复杂，宛如人世间的一个真人一般"的人物。"检验一个人物是否圆形的标准是看它能否以令人信服的方式让我们感到意外。如果它从不让我们感到意外它就是扁的。假使它让我们感到了意外却并不令人信服它就是扁的想冒充圆的。"[①]圆形人物和我国学者刘再复所提出的"二元组合人物"具有异曲同工之妙，"性格的二重组合就是性格两极的排列组合，或者说是悲与喜、刚与柔、粗与细、崇高与滑稽等性格世界中正反两大脉络对立统一的联系"[②]，人物的二元组合也可以衍生为人物的三重组合。关于与"圆形人物"有着二重性格结构或多重性格结构人物的内在关联，刘再复也有清晰的揭示："圆形人物则是指单一性格结构的人物身上再增多一个因素以至多个因素，这也就是我们所说的二重性格结构或多重性格结构的人物。"[③]中国学者马振方在批判福斯特和刘再复的人物形态二分法观点的基础上构建了自己的人物形态三分法。在其学术著作《小说艺术论》中，他提出了尖形人物的概念，"尖形人物是立体人物，有突出的尖端特征，但还融合着其他特征，构成独特、完整的性格，虽然有不同程度的漫画化、类型化特点，却又有常人的心性、情态、生活血肉，是个活生生的人"[④]。应该说，马振方

---

① 福斯特.小说面面观［M］.冯涛，译.北京：人民文学出版社，2009：38.
② 刘再复.性格组合论［M］.合肥：安徽文艺出版社，1999：34.
③ 刘再复.性格组合论［M］.合肥：安徽文艺出版社，1999：34.
④ 马振方.小说艺术论［M］.北京：北京大学出版社，1999：37.

教授提出的尖形人物丰富了人物二分法,具有一定的学术价值,但由于扁形人物、圆形人物、尖形人物三分法概念并没有那么明晰,可操作性较弱,所以他的观点并没有被广泛接受。

从艺术认识论来看,"一般与个别"的相互辩证关系是构成典型人物的哲学认识论的基础,即典型人物是"一般与个别"的统一体。我国古典理论中的"以近知远""以小寓大"正蕴含着艺术最本质的特征,其强调创造艺术典型必须从单一感性形象出发,通过"特殊"而显现"一般"。即在单个人物形象的身上蕴含着具有普遍性的、更广阔的社会时代特征,注入了生理的、心理的和社会乃至审美的普遍性。而关于典型人物的塑造,众多名家学者均有经典表述,在此不一一赘述。

通过平行比较,本书认为圆形人物、尖形人物、二元组合型人物主要是从他们所呈现的艺术审美形态这一美学范畴来确立的,侧重于对人物性格的刻画,而典型人物则主要是从它所显示的社会学和哲学的范畴来刻画的。典型人物的创作要求作品通过塑造鲜明、独特个性的人物性格和具体的矛盾冲突来反映某一特定时代的社会面貌和阶级关系,而且每一个典型人物所反映出来的这种社会本质意义要具有时代观念和特征映射的功能以及重要的审美教育和认识价值的作用,因此典型人物的创作要求和审美价值无疑是更高的。尽管如此,典型人物、圆形人物、尖形人物和二元组合型人物仍然具有较高的相似性,四者均具有性格的复杂性和丰富性,并能够给人带来一种新奇的感觉。笔者在论述时也不再做具体的细分。这种多维立体的复杂人物形象在法治题材剧中一般为主角人物,虽然从数量上没有扁形人物多,但无疑有着更高的审美价值。早期剧《控辩双方》中的张波、《刑警本色》中的常闯、《永不瞑目》中的欧庆春、《玉观音》中的安心、《高纬度战栗》中的劳冬林、《第二面》中的杨岭东以及2010年之后的电视剧《离婚律师》中的律师池海东、《小镇大法官》中的法官王德忠、《阳光下的法庭》中的律师鹿鸣、《江城警事》中的警察杨先、《继承人》中的律师钟克明、《因法之名》中的律师陈硕、《破冰行动》中的警察马云波、《白夜追凶》中的警察关宏峰、《无证之罪》中的警察严良以及《人民的名义》中的李达康、祁同伟等,都可算作多维立体的圆形人物。

法治题材剧中的典型人物都是具有多维复合性格的统一体。美国著名导演、剧作家罗伯特·麦基提出了"人物维"的概念。"维"源自几何学和空间理论,构成空间的每一个因素即是一维,如长、宽、高。"维"不同于"层"和"面",因为"层""层"之间、"面""面"之间可以彼此平行、相似、交叉,但"维"与"维"却基本上呈现为矛盾关系。但麦基所说的人物"维"则是指处于人物深层性格之内或人物塑造和深层性格之间的、具有连贯一致的矛盾。①麦基以莎士比亚笔下的哈姆雷特为例来说明人物的多维性格:哈姆雷特倦怠而又活泼,清醒而又迷茫,时而冷静谨慎时而冲动莽撞,时而清醒理智时而迷离疯狂,是一个渎神者与信神者、世俗者和纯真人的结合体,这个活生生的多维矛盾体包容了我们所想象的几乎任何人性特质。因此,典型性格丰富性中的"多维"即是指人物性格的矛盾组合、悖论架构。维度越多,人物的复杂程度就越高,导演驾驭和演员表演将会面临更多的难度与考验。而人物性格中的矛盾冲突也将会更加强烈地吸引着观众的观剧兴趣,尤其能够让审美素养较高的观众为之着迷。

在《人民的名义》中,祁同伟就是一个典型的果敢而又怯懦、无情而又有情、孤傲而又自怜、机智而又悲哀、理智而又疯狂的多维性格人物。在人生的前半段,出身寒门的祁同伟淳朴善良、努力上进,凭个人奋斗成为缉毒英雄,但在梁璐利用父亲权力的打压下,他最终放弃真爱,选择政治婚姻,这也成为祁同伟一生的转折点。在随后的剧情发展中,祁同伟多维性格中的这种重叠着善恶、交替着美丑的矛盾性特质得以显现。面对让自己丢掉人生尊严的妻子梁璐,祁同伟表现得无情冷漠、铁石心肠;从对

① 麦基.故事:材质·结构·风格和银幕剧作的原理[M].周铁东,译.天津:天津人民出版社,2014:370.

高小琴说的情话（"我愿意为了我们的将来……"）中，他又表现出了一个温柔体贴、能够被托付终身的"好男人"形象；为了掩盖自己的罪行，他不惜杀害自己的同门师弟陈海；从与侯亮平相处的过程及最后的饮弹自尽的选择中，他又试图找回充满勇气的自我；青年缉毒队队长祁同伟是意志坚定有信仰的英雄，为了崇高的公安事业他可以不惧生死；但升为省公安厅厅长的祁同伟又是"善于选择，调整航向"的圆滑政客，他为权势可以卑躬屈膝，为进阶可以表演"哭坟"……"一个丰富的性格世界是许多组性格元素合成的复杂网络结构，在这种结构中各组性格元素互相依存、互相交织、互相渗透、互相转化，并形成自己的结构层次使性格呈现出复杂而有序的运动状态。"①该剧正是通过祁同伟身上这种重叠着善恶、交替着美丑的矛盾性，赋予这一形象深邃、独特、复杂、歧义和难以言尽的多样性和复杂性，使作品呈现出一个比较复杂而广阔的人性境域。应该承认，这一形象的塑造是法治题材剧创作中的一个难得的突破，具有较高的艺术价值。

　　"人的行为方式千变万化，心理特征也千差万别，因此人的性格本身是一个很复杂的系统。每个人的性格就是一个构造独特的世界都自成一个有机的系统，而形成这个系统的各种元素都有自己的排列方式和组合方式。"②《人民的名义》中的另外一个圆形人物李达康的性格因子中也具有自己独特的排列方式和组合方式，是轻微强迫型人格③与孤独型人格④的统一体。他既是一员铁腕改革大将，又是对妻子不够关爱的无情丈夫，他行事既霸道又谨慎小心，性格既强势又懂得自省。

----

① 刘再复.性格组合论［M］.合肥：安徽文艺出版社，1999：34.
② 刘再复.性格组合论［M］.合肥：安徽文艺出版社，1999：34.
③ "强迫型人格"被认为是有强迫倾向的"工作狂"。这一类型人表征为意志特别坚定、行事强硬、行为勇敢，完全不听别人的劝告，很容易一意孤行，以致结局难料。
④ "孤独型人格"往往具有不爱社交、乐于享受孤独、懂得反思，属于重整自我的品性。

首先，轻微强迫型人格既体现在李达康的作风强硬、强势霸道，又体现在他作为政治家的远见卓识和政治魄力。具体来看，李达康性子狂野不忍，说话强势果断，是一个对自己、对他人都要求非常严格的人，俨然一个铁腕将军。用田国富转引干部群众的话来形容："他做县长，县长是一把手；他做书记，书记是一把手。"在关于善后"一·一六事件"的工作会议中，李达康拿出他个人刚硬独断的作风直奔主题，用"说到底就是四千五百万的事情"切中核心要害，速战速决，甚至做出了威逼施压下属的姿态，霸道强势的性格跃然荧屏之上。

从另一个角度来看，李达康绝对称得上是一位想做事、能干事的领导。他敢想敢做，绝不唯唯诺诺，且毫无畏惧。在那个吃不饱、穿不暖的年代，李达康敢为人先，带领金山县人民集资修路，改善交通、发展经济；他顶着巨大压力坚持把林城的煤矿塌陷区改造成大型生态湖区，组建了沿湖高科技开发区，让全市的经济排名大幅度提升；针对孙连城等典型的干部懒政问题，李达康大胆试点开展干部学习培训班；一个个项目改革都在李达康手中完成，体现着一名为政为官者的深远眼光和智慧。

其次，孤独型人格既体现在他乐于享受孤独，对家人、朋友缺乏足够的温情，又体现在他懂得反思、谨慎自律的品性中。细加分析，李达康实则是一位享受孤独的将军形象。他凡事亲力亲为，从未让秘书鞍前马后，这一点和沙瑞金书记形成鲜明对比。除了同事之外，他没有朋友，除了工作之外，他没有其他的兴趣爱好，甚至没有多余的时间去陪伴女儿的成长，尤其是在与妻子欧阳菁的相处中，他也很难有正常男女之间的温情，更多是对婚姻生活的无可奈何和漠不关心。与其说这份孤独是迫不得已，不如说是李达康自己选择了孤独——因忙碌而淡漠，因淡漠而孤独。

从另一个角度来看，孤独型人格也养成了他心思细腻、谨慎自省的习惯。这主要体现在他对前妻欧阳菁的态度转变中。两人离婚后，当有人问到欧阳菁时，李达康还是不自觉地称呼她为"我的妻子"，随后又略显尴尬地微微低头补充道:"不对,是前妻。"甚至在欧阳菁离开后的日子里,李达康开始花心思关心前妻:询问妹妹欧阳菁的衣食起居,甚至不自觉拿起前妻留在床头的照片思念她,等等。只可惜,当李达康意识到欧阳菁在自己心中的重要位置以及自己的付出太少时,一切都已经晚了。

综上所述,李达康性格的强处与软肋正是相反相成的共同体。他作风强硬、冷酷无情,却内心一片赤诚,以极大的热情和责任心推进了国家的改革事业;他乐于享受孤独、缺乏温情,但心思细腻、懂得反思,事后会尽力弥补或改善与家人、朋友的关系。他的冷酷与热情、大胆与谨小,看似矛盾却又真实统一的自我分化构成了性格的二重组合,让我们看到了复杂多变、内心矛盾纠葛又立体可感的多元李达康形象。

此外,典型"法律人"形象也往往是性格特殊性与坚定性的统一体。首先,从艺术认识论来看,艺术典型是"一般与个别"的统一体。没有个别,一般的概念本身就不存在。黑格尔认为"人物的性格要有个性或特殊的情致",而这种"特殊的情致"就是人物最突出的性格特征,也即是后来恩格斯所指出的"每个人都是典型,但同时又是一定的单个人"[1]。其次,典型人物性格也应该具有坚定性。黑格尔将矛盾的主要方面和次要方面运用于艺术创作研究中,指出"人物必须是一个得到定性的形象而且具有一种一贯重视与自己的情致所显现的力量和坚定性"[2]。因为只有这种质的规定性才能使人物性格的特殊性和主体性融合成为"坚定的统一体"。因此,典型的"法律人"性格应该是"特殊的情致"与"质的规定性"的统一体,是一个"熟悉的陌生人"。

电视剧《守望正义》所描绘的锦山市检察院反贪局侦查处处长李大康就是一个具有多元丰富性格的典型"法律人"形象。他身上既有"脾气暴躁、爱面子、毛病也不少"的"特殊的情致",也具有"有经验、有能力、对法治事业忠贞不贰"的"质的规定性"。

---

① 黑格尔.美学:第2卷[M].朱光潜,译.北京:商务印书馆,1979:86.
② 黑格尔.美学:第2卷[M].朱光潜,译.北京:商务印书馆,1979:86.

李大康这个角色的魅力不只在于黝黑的面庞、坚实的身板、丰富的表情、幽默的语言、麻利的行动等外在形象造型中，还在于他和下属"团结紧张，严肃活泼"打成一片的工作活动中、一"训人"就上楼顶露台"拆楼"发泄的插曲中，以及他理解爱护妻子、倍加呵护女儿的日常生活中……李大康性格的独特性让观众感到可爱，更让观众感觉真实、贴近。而且这个人物形象是不断成长、不断完善的。这集中体现在李大康对"顶头上司"夏青由一开始的想"收纳"，到后来的小抵触、小摩擦，再到最后真心接受、密切配合的态度转变中。在此过程中，他逐渐舍弃"小我"，完善自我，处事方式越来越成熟，分析问题越来越全面科学，这些性格中的变化因素让李大康这个角色"立"了起来，让观众觉得他不是一个脱离生活的"高大上"人物，而是一个生活在身边的知错就改、顶天立地的"熟悉的陌生人"。

无论李大康性格中的矛盾因子如何流动，始终都有一种对公平正义执着坚守、对检察工作忠诚如一、对打击腐败犯罪坚定不移的"质的规定性"。正是这种性格的坚定性能让观众铭记于心，并深受鼓舞。在远水河水污染案件①、南都公司案件②、蓝海系案件③等一系列案件的破获过程中，李大康善于听取领导和下属的意见、分析和建议，沉着冷静地与犯罪势力斗智斗勇，始终拒绝敌人"糖衣炮弹"的诱惑，生动诠释了忠诚可靠、经验丰富、组织能力强的新时代人民检察官的光辉形象。

在电视剧《江城警事》中的民警杨先是千万警察群体中的普通一员，但创作者撷取人物原型陈先岩身上的主要特点并进行巧妙的艺术加工，打

① 在审讯中，罪犯谷昌浩"诬陷"他人以逃脱罪责。李大康对其正面引导，晓之以法，适时拿出其子的照片和成绩单，动之以情，让谷昌浩无机可乘，最终伏法。
② 李大康在此过程中严词拒绝了不法分子的巨款引诱，他带领侦查处的同事林溪、麦子、大黄等人赶赴事发地，一天之内落实了举报人老邱，使得南都案件成功告破。
③ 李大康积极配合领导夏青的工作，两人精心策划、精准施策，联手顺利拿下了案犯、追回了赃款，将蓝海系贪腐的真相大白于天下。

破了以往对警察形象塑造的普遍定式。杨先的"一般与个别"相统一的形象令人耳目一新。他并不是常规刑侦题材剧中不苟言笑、严肃刻板的警察形象，相反，他因时尚、贫嘴、外形不够阳刚的形象特质而显得别具一格。剧中他遭遇着和普通人一样的烦心琐事、情感挫折与喜怒哀乐。生活中的杨先不喜欢墨守成规，甚至还带着些"痞气"，常将朋友"怼"得哑口无言。在工作中，有着一股子热心肠的他也经常会用"坑蒙拐骗、软硬兼施"的方法来解决居民矛盾，也正因为这些"小聪明"和这股热心劲儿，才换来了城市居民社区的安定与祥和。在处理与领导的关系上，他也敢于贫嘴不饶人。在恋爱观上，他大胆追求爱情、热爱青春时尚。圆形人物杨先无论从外在形象气质表现上还是从内在情感显露上，都如同一个"邻家阳光大男孩"走进了观众的心里。

与此同时，杨先身上使不完的热心劲、用不尽的小智慧都源于他始终如一的"人民警察为人民"的职业价值信仰以及对社区居民"矛盾纠纷无小事"的责任与担当。他阳光、幽默背后往往是辛苦忙碌、披星戴月、寝不安席。他身上轻松诙谐、青春时尚、灵活多变的"独特性"以及认真负责、勇于担当、尽职尽责的"坚定性"展示了我国警察自信、乐观、思维敏捷的阳光形象，亦是新时代社区民警的真实写照和生动缩影，让观众觉得真实可信、生动有趣的同时，也为之先进事迹而深深动容。

需要特别指出的是，有些法治题材剧打着"彰显人性"的旗号将不法分子塑造成圆形人物，常常会让观众产生审美偏差。正如王伟国教授所言，"有的公安剧却打着'彰显人性'的旗号，对罪犯的多面性格持欣赏之态，模糊善恶、消解崇高、美化罪犯，放大、张扬'坏人''性善'的一面，展示'好人''性恶'的一面并极力加以贬损，让歹徒大放异彩，英雄则黯然神伤，这不应成为公安剧的惯性思维和创作常态"①。

---

① 王伟国.电视剧策划艺术论［M］.北京：中国传媒大学出版社，2006：125.

第二章

"法律人"形象的
建构策略

本章紧紧围绕塑造"法律人"形象的叙事策略展开，第一节主要论述对比共构的群像特色。第二节厘析出"法律人"职业线与非职业线中的多重人物关系，并重点分析表现这些"法律人"人物关系的叙事手法和叙事功能。第三节主要分析渐变式/突变式的戏剧冲突营造。三节之间从人物塑造到人物关系再到戏剧冲突，范围由小到大，层层递进，力求全面明晰地剖析该类型创作中"法律人"形象的叙述策略。

第一节　对比共构的群像特色

法治题材剧在"法律人"群像设置中遵循着对比共构的创作原则，运用相形对写，如正衬与反衬等中国传统叙事手法表现人物，托举起一批丰富多元、熠熠生辉的"法律人"形象。本书将"法律人"形象的组合方式归纳为"一超多强""双雄联盟""多点交织"三种，其中"双雄联盟"的组合方式又可细分为"法律人+非法律人型""身份互换型""亦敌亦友型""男女搭档型"等四个子类型。

当然，不少家庭伦理题材剧、革命历史题材剧也采用了相形对写的叙事策略，但作为以二元对立为基础叙事框架的法治题材剧来说，对比共构的"法律人"群像组合则更加明显、突出，且对作品的叙事冲突、结构与节奏的影响更为鲜明。法治题材剧中，二元对立的叙事结构与其精神内涵上的正义战胜邪恶是高度和谐统一的，一方面，这种善与恶、正与邪的对峙角力形成了该类题材创作特殊的"张力场"，也奠定了法治题材剧的主干叙事链条；另一方面，该类创作中也存在着正邪对抗线索之外的冲突与摩擦，这往往是由"法律人"之间的内部"张力场"所导致和影响的。同时，这一外一内两个"张力场"彼此影响、相互作用，并合力作用形成了电视剧的戏剧冲突格局、叙事节奏和情节走向。

一、一超多强:"卡里斯马"的"光环"凸显

"卡里斯马"(Charisma)一词,最早出自《圣经·新约·哥林多后书》,本义为因蒙受圣恩而获得的天赋。德国社会学家、哲学家马克斯·韦伯(Max Weber)最早将"卡里斯马"引入社会学领域和政治学范畴,用来表示超然高踞于一般人之上,即具有超自然的、超人的或至少是非常特殊的力量和品质。在国内学者对"卡里斯马"的文艺研究和阐发中,孟悦、戴锦华教授在其著作《浮出历史地表》一书中较早用"卡利斯马"(文中所述"卡里斯马")指代文艺作品中的英雄人物,其后,王一川教授在《中国现代卡里斯马典型——20世纪小说人物的修辞论阐释》中,系统研究了文艺作品中的"卡里斯马"英雄形象,"卡里斯马典型是艺术符号系统创造的、位于人物结构中心的、与神圣历史动力源相接触的、富于创造性和感召力的人物"[1]。而在电视剧创作中,"卡里斯马"人物则通常指承载了厚重的价值情怀、洋溢着崇高壮美风格的中心式人物。[2]21世纪之前的主旋律电视剧中塑造了许多"卡里斯马"人物典型,如《红岩》中的许云峰、《林海雪原》中的杨子荣、《李双双》中的李双双、《闪闪的红星》中的潘冬子、《红日》中的沈振新等。这些作品塑造的"卡里斯马"形象代表着主流价值体系,往往因有意迎合受众对理想人格的期待而落入不真实、"假大空"的创作窠臼之中。然而在新语境中,"卡里斯马"典型的理念与内涵也发生了变化,经历了由不食人间烟火的"高大全式"英雄到走下神坛的"祛魅式"英雄的转变,以新的姿态重新活跃在影视作品之中。近年来,中国电视剧中多出现的"草莽化""邪魅化"的非典型英雄形象在赢得部分观众喜爱的

---

① 王一川.中国现代卡里斯马典型:20世纪小说人物的修辞论阐释 [M].昆明:云南人民出版社,1994:12.

② 张育华.电视剧叙事话语 [M].北京:中国广播电视出版社,2006:171.

同时，也被诟病有着消解英雄人格魅力之嫌。

法治题材剧中较为明显的人物组合就是突出表现某一个"法律人"的超级英雄形象，而其身边的其他角色多起到一种辅助陪衬作用。主角人物闪耀着"卡里斯马"典型的神圣光环，其他角色也绝非弱者，他们往往性格、能力互补，各有千秋，彼此之间形成了一种张力与平衡，这与《三国演义》中的"五虎上将"①类似。这样的"一超多强"人物组合贯穿法治题材剧从萌芽、发展、变革到重整旗鼓的流变过程，尤其在20世纪90年代到21世纪初期播出的法治题材剧（如《金海岸》《执行局长》《公安局长》《大法官》《任长霞》等）中，"卡里斯马"英雄的光环效应更为明显和突出。他们常常是一个团队中的灵魂人物和精神领袖，以自己的专业品质、奉献意识与牺牲精神诠释着英雄式的"法律人"典范。首先在专业品质层面，这些"卡里斯马"人物往往身居高位、专业能力突出，尤其在众人错误地认定某某人是敌方卧底时，他们会挺身而出为其做担保并力排众议，而事实也证明他们确是掌握真理的"少数人"。如《任长霞》中的登封市公安局局长任长霞，她不但职业能力突出而且凡事亲力亲为，在遇到多起突发案件时亦能够临危不乱，镇定自若地寻找解决办法，带领警员在短短两年时间跑遍了全国上百个区县，破获了300余起重特大案件，抓获了几百名案犯。其次在奉献精神的表达中，"卡里斯马"人物往往满怀工作激情和事业理想、孜孜不倦地奋斗在一线。如《公安局长》中的李西东带领干警兢兢业业地维护社会治安，与江川市的商贾大亨钟六一斗智斗勇，将自己的大部分时间和精力奉献给公安事业。最后在牺牲精神的诠释中，"卡里斯马型"人物往往以一种"超我"的状态传达牺牲母题。如《金海岸》中，因战友身份暴露惨遭杀害，海南武警总队特勤中队林风临危受命、踏上卧底

---

① "五虎上将"的说法最早可见于《三国演义》，刘备汉中称王之后，将关羽、张飞、赵云、马超、黄忠分封为"五虎上将"，后来这种人物组合在我国古典小说中常有应用。

之路，以过人的智慧和勇气在"豹窝"里周旋，配合武警展开陆、空"猎豹行动"，当案情陷入胶着、案犯刘进荣故意设计陷害之时，他牺牲个人利益，服从组织安排，并趁机韬光养晦，以等待夺取最后的胜利，彰显出不惧生死的斗争品质与为民牺牲的大无畏精神。在近年来的大部分法治题材剧中，虽然"一超多强"组合中超级英雄的"神化"光环有所弱化，但还是留存了传统的英雄主义特质。

一方面，"一超多强"的组合配置体现在"法律人"内部小队组合中。如在《天下无诈》的反电诈支队中，睿智沉稳、经验丰富、能力超强的邝钟无疑是支队的灵魂人物，他往往能够在大多数时候（尽管也有受处分被免职的经历）做出准确判断和英明决断。从"假绑架""木马病毒""冒充熟人领导""猜猜我是谁""伪基站""黑电台"等案件破获到"识别假金主"再到大金主路九渊被抓获，邝钟都起到了"定海神针"和"探测器"的作用。而小队中的其他"法律人"亦能够"八仙过海、各显神通"，在性格与能力上相互补充。执行力强的"警花"马赛是队里的颜值担当、"脑力担当"，拥有过目不忘的强大记忆力，承担大量钓鱼业务，堪称"人肉维基百科"；派出所所长出身的政委朱西宁热心快肠、急脾气、眼里不揉沙子，自带"炸点"的性格秉性常常使其成为案犯的天敌，但在火爆的性格下却有一颗极其细腻的心，擅于化解队内矛盾、"感化"案犯；支队的"泥石流"廖北京性格乐观、自信阳光，能够笑对一切困难，是支队的"开心果"；"电脑高手"柯宥嘉是"第十支队"外聘技术专家，为破获电信诈骗案件提供网络技术支撑；"先手担当"涂门身手矫健、果敢勇猛、"动手"能力强，在多起反电诈案中常常"稳准狠"地强力压制、抓捕嫌疑人；热血不羁的萧让虽有积极、爱表现、爱逞强的缺点，但骨子里仍是尽职的好警察，还曾为救队友多次负伤。在没有硝烟、深藏不露的反电诈斗争中，"灵魂"邝钟常常带领"人才济济"的队伍出奇制胜、力克案犯，展现出超凡的魅力与感染力。

另一方面,"一超多强"组合配置体现在"法律人"内部和外部组合中,如公检法联合作战、海外跨国组合追凶、卧底缉凶、律政职场的组合……在《大法官》《守望正义》等剧作展现的公检法精英组合作战中,法院和检察院、公安机关的工作人员通力合作、相互配合、共同完成打击犯罪,"一超多强"组合的破案断案能力得以凸显。同时,公检法机关中"一超"和"多强"之间在分工负责中往往会产生一定的工作摩擦,这样的情节设定间接性地起到一种普法效果,有效纠正了部分普通群众在公检法联合办案中的认识误区,潜移默化地传递着现代法治理念以及公平正义的法律信仰。如在《湄公河大案》《天下无诈》中,高野、邝钟及其团队成员密切配合,完美地传达了"犯我中华者,虽远必诛"的大国宣言以及"伤我国人者,皆为我敌"的主题意旨。在《刀锋下的替身》《善始善终》《真爱的谎言之破冰者》等以警方卧底为主角的电视剧中,面对心狠手辣、阴险狡诈的敌人,卧底"法律人"群体往往能通过苦肉计、反间计、美人计等计谋出色地完成侦查、保护人质、缴获赃物等任务,在声东击西、欲擒故纵等精彩纷呈的"无间道"大戏中,"法律人"的主角光环越加明显,同时,这种一明一暗、一虚一实的正邪较量巧妙地融入了法治题材剧因果双线的结构模式中,有效地调节着作品的叙事节奏与戏剧张力。以《善始善终》为例,警方卧底方末所走的每一步都可谓步步惊心。他在韩楚东的安排下成功打入毒贩顾涛内部并迅速取得其信任,后利用另一毒贩戚克与顾涛的矛盾轮番上演反间计和苦肉计,成功使毒贩两败俱伤,成功阻断了一次又一次的毒品流通,并最终将众多毒枭缉拿归案。在一场场卧底"无间道"中,我们看到的是方末一路"过五关斩六将"的超强侦察能力与见招拆招的反伺探韬略,主角"光环"得到强化,但过度理想化的角色塑造更像一种"玛丽苏"[①]或"杰克苏"的人物构型。玛丽苏式神话其实是灰姑娘神

---

① 所谓"玛丽苏",是文学批评中对于过度理想化角色的通称,与之相对应的男性形象,则是"杰克苏"。

话的升级版，在其爱情维度上又叠加了事业维度，是一种自恋型的文化。[①]
以《精英律师》为例，精英律师罗槟有着超高的智商、出众的相貌以及十足
的个人魅力，无论遭遇任何磨难和困境，都能够逢凶化吉，成为剧中众多
异性瞩目和同行忌妒的对象：气场强大、刚毅果决的律所老板封印多次为
其破例；坚持自我的助理律师戴曦秒变"乖乖女"；"野心"勃勃、锋芒毕
露的麦飞毕恭毕敬地喊着"罗律"；知性干练、妩媚温柔的行政秘书栗娜
一直在期待着他的垂青；学霸和官二代出身、骄傲自负的何赛经常被怼得
哑口无言；傲慢嚣张、赤口毒舌的创始合伙人顾婕也只能落得个出走权璟、
自立门户的结局……

二、双雄联盟：双主角人物的互相衬托

近年来较多法治题材剧采用双雄联盟的双主角"法律人"的角色设
置，在子类型上主要有"法律人+非法律人型""身份互换型""亦敌亦友
型""男女搭档型"四种。这种相形对写的人物塑造方式明显运用了中国
古典叙事传统中正衬、反衬的手法，明清之际的小说美学家毛宗岗指出：
"文有正衬，有反衬。写鲁肃老实，以衬孔明之乖巧，为反衬也。写周瑜
乖巧，以衬孔明之加倍乖巧，是正衬也。譬喻写国色者，以丑女形之而
美，不若以美女形之，而觉其更美；写虎将者，以懦夫形之而勇，不若以
勇夫形之，而觉其更勇。读此可悟文章相衬之法。"[②]通过"用衬"，双雄
"法律人"的性格特征、法治观念、工作方式的对比更为鲜明，戏剧冲突
更为强烈。

---

① 管雪莲.超级IP制造时代的"玛丽苏式神话"[J].探索与争鸣，2016（3）：70-
74.

② 罗贯中.毛宗岗评点《三国演义》[M].毛宗岗，评改.杭州：浙江古籍出版社，
2012：23.

（一）"法律人＋非法律人型"

2010年之前的法治题材剧往往以"法律人"群体作为绝对主角来展开情节，虽然部分作品也强调了案件侦破与人民群众的联系，但这些群众角色多以线人、卧底的配角身份积极配合公安机关工作，并没有真正参与核心案件的侦破工作。值得注意的是"海岩剧"《新永不瞑目》将大学生肖童塑造成第一主角配合警界英雄缉毒的主线情节已具有"法律人＋非法律人型"人物组合模式的雏形，但肖童仅以线人身份为警方提供关键信息，且其与欧阳兰兰、欧庆春的情感纠葛过于喧宾夺主，剧中警民双雄人物破案的模式并不明显。相较之下，国外作品中对"法律人＋非法律人型"人物组合的表现则相对丰富和成熟。如由BBC制作的电视系列剧《神探夏洛克》将福尔摩斯（咨询侦探）与华生（退伍军医）这对侦探人物进行了全新的现代演绎，也成为近些年中国视频网络平台点击量颇高的英剧之一。新时代的法治题材作品显然受到其人设启发，"法律人＋非法律人型"的人物组合逐渐增多，如《橙红年代》中的"热血青年刘子光＋警察胡蓉"、《漫长的告别》中的"大学生连舟＋警察付翔"、《猎毒人》中的"化学家吕云鹏＋警察魏海"、《心理罪》中的"犯罪心理专家方木＋警察邰伟"等都是采用了"法律人＋非法律人型"的双雄人物组合模式。

一方面，这种人物组合方式因平民探案元素的加入而突破了以往清一色"法律人"侦查破案的基本模式：没有任何侦查经验的各行业"平民探案者"和"法律人"的性格或有高反差、或存在互补性，无疑更为惊险刺激，更具情节张力、趣味性和传奇化色彩，也容易取得良好的收视成绩。在网络罪案题材剧《漫长的告别》中，坚守法度的刑警付翔刚硬干练、身手不凡，但在案件侦破中也常因幼年时母亲被杀的心理创伤而影响办案效率；充满热血的大学生连舟一腔侠气、鲁莽冒失，虽然总在关键时刻打乱警方的布局但又经常歪打正着促成破案。性格迥异却有着共同"为爱追凶"

目标的两人从开始相互敌视到后来惺惺相惜，一路跌跌撞撞、并肩前行。作品的高密度、高悬念情节赢得了高点击量，也通过结局的突转将观众引向对人性执念及生命意义的深度思考和感悟。电视剧《橙红年代》同样采用了平民英雄刘子光和女刑警胡蓉的"法律人＋非法律人型"的双雄人物组合模式。为增强戏剧性和悬念度，创作者赋予了平民英雄刘子光极强的传奇色彩。剧集开篇刘子光被刑警黄振武发展为线人不久便因头部撞击造成间接性失忆，后在机缘巧合下结识了女刑警胡蓉，并与之携手将聂万峰及相关毒枭一一揪出，却意外发现自己与聂万峰渊源颇深，而胡蓉父亲的死亡也和刘子光脱不了关系。以上关于刘子光失忆、恋爱、勇斗歹徒、遭受质疑等一系列变故或转折情节常以"闪回"镜头显现，在强化人物传奇性的同时也使得戏剧冲突更为激烈，强烈地吸引观众对刘子光身份之谜的关注。

另一方面，不少作品在"平民英雄"身上注入了更多的侠者品格和侠义精神，契合着普通观众对于平民侠者的审美诉求和心理期待。在当今社会，古典文学作品（如《三侠五义》）中的各类侠客虽然已经不复存在，但是潜藏在人们心中的侠文化心理并未消除，惩恶扬善、除暴安良的侠者之气依然被现代社会的人们所欣赏。对此现象细加分析不难发现其背后成因，在市场经济不断发展的社会转型期，严重的环境问题、不断上涨的房价、艰难的应试教育、职场潜规则、食品安全、庸俗成功观等一系列的社会问题都扭结成一股股剪不断理还乱的"社会症候之网"，与之相伴的国人的心理和价值观念也渐趋复杂化，尤其是迷茫彷徨、焦躁不安、价值失范、道德沦丧等一系列的负面心理纷至沓来。对社会问题的消极抵抗和无力感也潜在激发着国人本能地从虚构的、追求江湖正义的侠者世界中寻找精神寄托，因此文学或影视作品中对侠者世界和侠文化的积极诠释实际上是抓住了现代社会的焦虑症候和大众心理。作为民间力量的"侠"可以守护正义、揭示真相，无论金庸、古龙、梁羽生等作家的武侠小说所建立的江湖秩序及追求的江湖正义,还是新时期法治题材剧中主人公"以暴制暴"的快意恩仇,都在最大限度上迎合着受众在面临精神困境或焦虑时追求个人能力自我实现的一种"成人的童话"。作为主旋律的法治题材剧更多时候会抽取"侠文化"的合理内核,在表达策略上多选择由"非法律人"来承担"侠者"角色,以满足现代人对侠文化精神渴求。

连舟、刘子光、吕云鹏等人物形象无疑具有"侠者"风范和侠义情怀,更重要的是他们的平民角色与普通电视观众的身份高度匹配,在剧中所展示的警民携手同违法犯罪分子做斗争的动人图景,既可以让普通观众了解到"法律人"的人格风采和其工作的危险性,从而更加珍惜现在的生活,又可以通过警民联合的形式,将"人人支持见义勇为,人人参与见义勇为"的道德内涵传递开来,呼吁更多群体为国家的稳定平安、法治建设做出力所能及的贡献。

（二）"身份互换型"

真正的"身份互换型"的人物设定常被用在一些带有玄幻、穿越色彩的偶像影视剧中,如韩剧《我身体里的那个家伙》、日本电影《你的名字》、意大利电影《夫妻之间》、美国电影《辣妈辣妹》以及中国电影《羞羞的铁拳》等均采用了此类人物构建方式。此外,中国爱情古装剧《上错花轿嫁对郎》也运用了类似的人物设定。法治题材剧尤其是子类型刑侦题材剧、网络罪案题材剧中"身份互换型"的双雄人物设定能够极大地突出罪案的"悬疑"要素,这种悬念设置常常同时伴随着一种难以预测的危险。在紧张、惊险的枪击、暴力和凶杀等犯罪情节中,双雄人物的身份随时都可能被拆穿,足以调动受众的观看热情与审美体验。

在电视剧《刀锋下的替身》中已有了"身份互换型"人物设定的雏形。在小儿子金洋卧底身份暴露被毒贩设计陷害之后,刑警队队长陆安明又让大儿子替身小儿子继续卧底毒穴展开侦查行动,人物组合和情节设置悬念丛生、云谲波诡。此外，因角色身份互换所勾连的兄弟情、父子情、同事情，也彰显了情真、情深、情切的人情厚度，让观众跟随剧情经历或张或弛、或喜或悲的情绪和心理变化。更为彻底的"身份互换型"人物设定来自《白夜追凶》，剧中关宏峰、关宏宇两位双胞胎兄弟"白夜双生探案"的人物组合可称得上是国产网络剧的一大创新。行走在阳光中的优秀警察关宏峰沉稳严谨、冷峻低沉、心思缜密；而行走在黑暗中的嫌疑人关宏宇则暴躁叛逆、散漫痞气、江湖气息极重，仅是双胞胎兄弟性格、身份的巨大差别就极大地凸显了作品的悬疑感和情节张力。冷静严肃的哥哥关宏峰与放荡不羁的弟弟关宏宇在昼夜之间来回穿行，白天继续案件的推进与侦破工作，夜晚则上演着两兄弟性格的反转、错位与断裂。患有"黑夜恐惧症"的关宏峰不可能每天都准时在天黑之前结束任务，兄弟二人在每个白昼与暗夜都需要进行身份交换，而本就对关宏峰心生怀疑的刑警队队长周巡也在背后密切监视着他的一举一动。内外交迫的困境让兄弟俩每走一步都极为审慎小心，让观众为两人随时可能暴露的身份提心吊胆。在经历了一系列事件后，人物角色的内在性格也开始慢慢互换：原本散漫叛逆的弟弟关宏宇越来越心思缜密、成熟冷静，而被扯入弟弟案件中的哥哥关宏峰则变得深不可测、善恶难辨。兄弟两人严密的推理环环相扣，悬念十足，让观众在悬疑解答中获得情感释放并体悟人性的复杂、现实的多面。

（三）"亦敌亦友型"

"亦敌亦友型"人物设定在法治题材剧中较为常见，不仅勾连了对立与和谐相统一的人物关系，还能通过剧中"法律人"日常斗嘴、患难见真情、化敌为友等情节展示有效调节着叙事节奏，既增强了作品的趣味性，又为情节发展铺陈了悬念。

首先，与公检法系统的警察、检察官、法官职业不同，"法律人"群体中的律师多是在职场中打拼的"编外人员"。有职场就有人事层级、竞争关系以及科层化的管理模式。在职场中，每个职业人员因职位高低所享受的薪资待遇、名望地位都会有所不同，这是职场中的人相互竞争、明争暗斗的原因。皮埃尔·布尔迪厄指出："一个职场就是一个有结构的社会空间、一个实力场——有统治者和被统治者，有在此空间起作用的恒定、持久的不平等关系——同时也是一个为改变或保存这一实力场而进行斗争的战场。"① 在职场"场域"中的故事都围绕利益争夺展开，斗争矛头直接指向职位安排和资源分配。在《精英律师》中，律师罗槟与同一律所（权璟律所）的何赛既是竞争关系又是"谁都不能离开谁"的亲密搭档。何赛被主任封印所伤要离开权璟律所时，罗槟会极力挽留，何赛姐夫去世时，罗槟会打电话安慰；当罗槟因职场争斗而被迫转到储物间工作时，何赛也会耐心解释他投票的用意，并试图安慰处于窘境中的罗槟。但何赛在与罗槟的交锋和资源争夺中明显处于下风，深陷"既生瑜何生亮"的苦恼之中。两人的斗嘴斗智让观众在莞尔之余也品味到了快节奏叙事所带来的"爽感"，而在表现彼此遇到难处惺惺相惜的场景时，节奏则会明显放慢，让人在叙事的延宕中慢慢体悟"化敌为友"的脉脉温情。

其次，作品在展现公检法系统中"亦敌亦友型"人物组合时，彼此间的矛盾和摩擦则是相对弱化的，甚至可以说这种由工作方式、性格秉性的差异所产生的"敌"对关系明显是加引号的。如《刑警队长》中的"警界双雄"顾铭与胡德强是一对"不完美"的搭档，坚持"命案必破"、执着耐心的"完美主义者"顾铭与心高气傲、急脾气但深谙"舍得"门道的胡德强常常因性格和处事方式的差异而针锋相对。在剧情开始阶段，派出所所长顾铭"空降"刑侦大队当队长，这让刑警专业出身的副队长胡德强很不服气。在接下来几个案子的处理过程中，两人因办案理念不同而争议不断、矛盾重重。同样的人物设定还有《营盘镇警事》中"和稀泥"的范党育与

---

① 布尔迪厄.关于电视 [M].许钧，译.沈阳：辽宁教育出版社，2000：46.

个性刚直的赵光明、《清网行动》中辽东市公安局"清网办"擅长高科技办案的一组组长冯鸿涛和善用传统思维办案的二组组长谢冰洋等。他们尽管在性格上存在对立因素，但在具体工作中更多的还是交流合作。在共同对抗不法分子的日子里，他们是亲密无间的战友、重情重义的兄弟，深情上演着一幕幕忠肝义胆的"士为知己者死"的故事：在范党育因被诬陷而隔离审查期间，赵光明带领全局人员为范党育父母庆祝生日；嫌犯周大可开枪伏击顾铭时，胡德强将其扑倒，被刺伤，英勇牺牲。"亦敌亦友型"的双雄"法律人"通常会从一开始的互不服气、互相拆台过渡到后来的一笑泯恩仇、惺惺相惜，电视剧在波澜起伏的叙事节奏和叙事张力中生动诠释着豪情壮志的男儿世界和忠孝仁义的阳刚美学。

（四）"男女搭档型"

近年来中国制作的几部律政题材剧《金牌律师》《继承人》《离婚律师》《精英律师》①多通过"男女搭档型"的"法律人"组合来建构一种"外紧内合"的叙事结构，即男女"法律人"表面上针尖对麦芒，却在内部情感和价值观上高度契合。一方面，借以男女"法律人"在生活观念、处世态度、工作方式等方面的天然差异展开叙事，为情节铺陈搭建了清晰的外在叙事冲突，同时预留出能够激发双方情感线索的空间，并通过男女"法律人"的机智斗嘴等戏码增添足够的吸引力；另一方面，男女双方的非原则冲突的背后显现着人物情感的融合统一，让观众紧张而感动，其中既有伴随人物在案件审理中体悟到的现代法治理念，又有与男女主人公共同经历的精神情感成长所感受的正向伦理观念。

在电视剧《离婚律师》中，以池海东、罗鹏两位"离婚律师"为核心

---

① 在《精英律师》中，律师何赛和助理律师戴曦的戏份相当，分量较重，且大部分对话场景都与主人公罗槟有关，因此该剧的人物设置可归为男男双雄并置与"男女搭档型"的结合体。

搭建男女组合的叙事结构，辅以诸多离婚案件男女双方趋于融合的情感线索，深入挖掘了夫妻矛盾双方的情感历程和人性内涵。在剧中，池海东与罗鹂两人表面的矛盾对立贯穿始终。有"池一亿"美誉的律师池海东不断代理大案诉讼，鲜有败绩；罗鹂白手起家创立个人律所，通过让池海东首尝败绩而一战成名。池海东和罗鹂互将对方的手机号备注为"罗二""池浅"，相互敌对的情形可见一斑。在工作中，两人各为其主、明争暗斗；在生活上，阴差阳错成为邻居的二人误会不断、彼此提防。在婚姻观念上，池海东因前妻出轨而产生"恐婚症"，奉行单身主义；罗鹂坚持认为婚姻才是爱情的归宿，也因此拒绝成为吴文辉婚姻中的"第三者"。

　　两人虽然在诸多方面势同水火，但在内在情感和价值观上又有着高度的契合与统一。虽然二人在工作中你来我往、唇枪舌剑，但他们在代理案件中所表现出来的法律意识、职业操守、法治精神都极为相似，私下里彼此钦佩、相互学习。虽然曾经的婚姻、恋爱经历让两人对待结婚的态度有所不同，但是认真对待婚姻是两人的共识。正是这种婚姻观的高度契合，让看似水火不容的两人经受住了爱情的考验并收获了成长。而在双方受理的案件中，这种追求"人伦之和"的婚姻家庭观念也会在无形中传递并得到强化，在池海东和罗鹂的调解下，众多欲离婚的男女和好如初。多元跌宕的情感在融合发展中走向了统一。

三、多点交织："犯中求避"的群像塑造

　　在篇幅较长、人物众多、线索庞杂的法治题材剧，尤其是反腐题材剧中，往往会有意地弱化人物的主次之分，呈现出类似蜘蛛网似的多点交织的人物构型。在这种人物组合中，多个人物的分量和戏份相对均匀，而且分属于法律系统不同的职能部门，通过一个或几个案件将人物彼此串联起来。多点人物依据同一目标或案件展开行动，形成交织，既推动了情节发

展，又表现了人物个性。如在反腐题材剧《人民的名义》中，虽然侯亮平被定义为第一主角，但其主角光环并不明显，其余一系列"法律人"角色同样个性鲜明、维度丰富，让人印象深刻。

而对于多点交织型的人物建构方法，作品常常会采用"犯中求避"的群像塑造方式。在中国古典文艺美学中，明末清初的文学批评家金圣叹针对如何处理人物共性和个性的关系，提出了"犯中求避"的创作理念，"犯"和"避"分别指代人物类型的重复与变化。艺术创作中的"犯中求避"意为在写相似人物、事件、场景、行动时要体现出特殊性和本质差别。金圣叹以《水浒传》中的人物塑造为例，将这种一般寓于特殊中的人物群像塑造阐释得非常清晰："《水浒传》只是写人粗鲁处，便有许多写法，如鲁达粗鲁是性急、史进粗鲁是少年人气、李逵粗鲁是蛮、武松粗鲁是豪杰不收羁勒、阮小七粗鲁是悲愤无说处、焦挺粗鲁是气质不好。"①

不只是法治题材剧，历史题材剧《大宅门》《走向共和》，革命题材剧《北平无战事》，现实题材剧《欢乐颂》《小欢喜》《都挺好》也善于将"犯中求避"用于多点交织的群像人物塑造。还是以《人民的名义》为例，全剧依托原著小说本身角色设定的"犯中求避"以及众多"老戏骨"锦上添花的精彩演绎，先后共呈现出40多位血肉丰满、韵味无穷的人物角色。剧中公检法系统"法律人"兼备，正直官员、腐败分子、商界精英等典型形象呼之欲出。宏观来看，《人民的名义》中的"清官"和"贪官"系列的主要人物着墨相对均匀，几乎每一角色都尽可能个性化、不重样。在"清官"阵营中，我们记住了把控大局、知人善任的汉东省委书记沙瑞金；耿直苛刻的市委书记李达康；疾恶如仇的最高检反贪局侦查处处长侯亮平；正义凛然、坚守底线的汉东省京州市公安局局长赵东来；表面冷峻决绝、内心重情重义的陆亦可；一身正气、铁面无私的原汉东省人民检察院常务副检

---

① 叶朗.中国美学史大纲[M].上海：上海人民出版社，2005：392.

察长陈岩石。在"贪官"阵营中，老谋深算的汉东省委副书记兼政法委书记高育良、野心勃勃的汉东省公安厅厅长祁同伟、贪财好色的汉东省京州市中级人民法院副院长陈清泉、利欲熏心的京州市检察院检察长肖钢玉等令人印象深刻。一幅生动形象的公检法系统人物图谱酣畅淋漓地诠释了邪不压正的正能量价值旨归，而上述"大人物"性格上的忠诚、耿直、坚忍及不怕牺牲、不惧艰险、敢于担当的精神信念，也成为无数个奋战在一线的"法律人"的共同信仰和价值追求。

第二节 双线并行中的人物关系呈现

法治题材剧中的多重人物关系在职业线与非职业线中广泛展开。在职业线中，师徒制的"传帮带"鲜活地呈现着或冲突或和谐的师徒关系；"法律人"群体在团结协作中收获了可贵的战斗情谊及个体成长，构成了成长主题的叙事内核；同时，作品对男女主人公暧昧情愫的渲染，也极大地迎合了观众的消费需求。而在非职业线中，法治题材剧通过公私冲突中的两难抉择、"显""隐"叙事来表现"法律人"的家庭危机及其突围方式，在完成形塑人物、悬念钩织、普法等多重叙事目的的同时，也潜在传递着"人伦之和""家国正义"等精神内蕴。

一、职业线中的深厚情谊与微妙关系

（一）"传帮带"制与"崇父""审父"情结

"天地君亲师"是古人常说的"五伦"，在中国传统社会中，师道这一伦的地位举足轻重。文化与技艺的传承必须依赖老师。古语曰"生我者父母，教我者师父""一日为师，终身为父"，师父与弟子之间有着亲情般的情感渊源，尊师重道在古代与守孝悌有着同等重要的地位，师父有着至高的地位，尊师是艺徒必备的德行。传统学徒制中所体现的尊师重道、人事合一、心传身授等文化精髓值得弘扬，但其师者为尊为大，师父盘剥、压榨徒弟甚至阻挠徒弟出徒等现象以及"教会徒弟，饿死师父"等封建的狭隘竞争观念也需要警惕。

现实语境中，公检法系统也会通过师徒制进行"传帮带"，指定有丰富工作经验的"法律人"作为师父，帮助作为徒弟的青年"法律人"尽快掌握岗位技能。在法院、检察院，特别是警察局中，"老少配""师带徒"的"法律人"组合较为普遍且具有一定的现实意义。

中外文学的师徒/父子叙事中出现了崇父、救父、戏父、弑父等诸多形态，师徒/父子冲突、和谐的场景交替出现，"父与子"母题成为艺术家们表达传统道德伦理以及释放、转移其现代性焦虑的语义场。同样地，在法治题材剧中的"法律人"群体在师徒制的"传帮带"中，也鲜活地呈现着或冲突或和谐的"父子""师徒"关系。

在法治题材剧中和谐的师徒关系中，年长"法律人"通常会将自己多年的从业经验无私地传授给下一辈，在徒弟遇到困难时也常常会暗中保护、助其一臂之力，而年轻"法律人"也会在师父的正确指引下快速成长。在《小镇大法官》中，王德忠在真假离婚、老人赡养、环境污染等案件处理过程中所表现出的人生观、价值观及对职业的信仰潜移默化、润物无声地影响到徒弟姜浩，姜浩在处理案件时不断碰壁，逐渐认同王德忠重情重义的调解方案，在他成为荷塘镇基层法庭副庭长后，也开始不遗余力地向新来的同事灌输王德忠的执法理念。由此看来，作为徒弟的姜浩已将师父传承给他的隐性知识内化于心、外化于行并发扬光大了。再如《湄公河大案》《清网行动》《国门英雄》《猎毒人》中的警察徒弟均将师父在执法时所传授的积极主动的自觉性、当机立断的果断性、百折不挠的坚忍性、自制力和严格的纪律性等继承下来，并应用于执法工作。

"徒弟与主师，亲若父子，俨然家族，彼此之间，于道艺外，尤多密切感情，其能得圆满之效果。"[①]在传职德、授职技的过程中，师徒朝夕相处，建立起深厚情谊，师徒关系也因为这种尊师重道、良师益友的情感渊源而稳固长久，不会因为师父的停授、徒弟的出师而消弭。在《破冰行动》中，李维民和马云波师徒间的感情铺陈让人印象深刻。尤其在联合督导组离开东山的前夜，两人在马云波家中边吃边聊边交心的那场戏尤为精彩。师徒之间貌似在拉家常，但内心并不平静。李维民已经开始怀疑马云波，但又从心底里希望爱徒是清白的。虽然尚未有确凿的证据，但却已情不自禁地假设：如果马云波去了党校、没来东山，那么于慧也不会因为保护丈夫而遭此劫难，没在河边走的爱徒也就不至于"湿了鞋"……而马云波已经沦为毒贩的"保护伞"，面对恩师自然无比忐忑、羞愧。这一顿饭两人吃得五味杂陈，也让观众感受到了师徒间的深厚感情并为之叹息不已。

父子亲情血脉就植入学徒制、"传帮带"中，师徒之间亲密的情感渊源、一脉相承是基于"爱"，无形中营造了尊师重道的情感文化。尤其是女性徒弟在与男性师父合作办案的朝夕相处中，很自然地建立一种温情的"崇父"心理，如在《营盘镇警事》中，何雨桐对师父范党育体现着一种强烈的"崇父"情结，这种情结鲜明地体现在党育竞选营盘镇公安分局局长最终落选一事中：雨桐和周宇成互有好感，原本要确立恋爱关系，在得知周宇成在民主测评中并没有投党育赞成票后，个性执拗的雨桐愤然与其决裂；在新分局成立的第一次例会上，新官上任的赵光明提出要刹住派出所的"酒风"，将矛头直指范党育，雨桐第一个站出来指责赵光明的狭隘和主观；在党育妻子林秀娟询问雨桐为何在党育落选后还始终"范所、范所"地叫着，雨桐直言这始终是她心里的一道坎，过不去。正是这种强烈

---

① 严昌洪.近代商业学校教育初探［J］.华中师范大学学报（人文社会科学版），2000（6）：122-129.

的"崇父"情结触发着雨桐对党育"父权"捍卫的精神执念，而这种精神执念也彰显着其对党育所代表的人生信念和职业理想的无限认可与执着维护。这种职业信念就是一种孜孜不倦的工作激情和事无巨细的为民情怀。

与女性"法律人"对父亲认同和依赖的崇父情结不同，男性"法律人"的崇父情结表现为他们无意识地以父亲为标杆，迷恋的是父亲身上伟大的闪光点：充满阳刚之气的英雄气概以及与犯罪势力毫不妥协的大无畏精神。但当这种"理想之父"的神圣光环被打破时，男性"法律人"也容易以极端方式——"审父"来捍卫"精神之父"的光荣与纯粹。"审父"是艺术创作中的一个经典母题。文学作品中的"审父"是对父性文明的一种知性的艺术沉思。严格意义上的"审父"是在否定后的肯定和肯定中的否定过程中表达一种重构新型的、理想的父子关系的希望。而审美意义上的"审父"可以引发知性的领悟、精神的启迪和心灵的意会。①在《小镇大法官》中，肖丽云对父亲王德忠的"审视"涉及亲情、生活与事业的矛盾。因亡母，肖丽云在剧情的大部分时间里都对父亲"冷眼相待"，自己生活中的日常点滴很少向父亲提及，即使在工作中，肖丽云也认为父亲过于"迂腐"而不愿与之合作。直到剧情的结尾部分，她通过阅读王德忠隐藏的日记，充分理解了父亲作为基层"法律人"的艰辛、不易，并真切感受到了父爱的无私与伟大，完成了对父亲在否定后的肯定过程。而在"高大宽离婚案""吕峻岭争夺子女抚养权案""赵二狗摩托车撞人案""董大年意外伤害案""李明学遗嘱案"等案件的处理中，理性的年轻法官姜浩对"精神之父"王德忠也经历了多次否定后的肯定和肯定中的否定过程，通过"名"副其"实"的"审视"，自身也有了对书本上的法律法规和现实中的道德意识更为深刻的领悟和心灵的意会。如在电视剧《绝对控制》中，薛冰与唐子杰既是"爱之深"的师徒又是"恨之切"的对手。在剧情的开端和发展阶段，薛冰

---

① 杨经建.以"父亲"的名义：论西方文学中的审父母题［J］.外国文学研究，2006（1）：159-165.

将唐子杰尊为"精神教父",对之有一种心理上的依赖,表现出极大的尊敬和服从。随着剧情的发展、案件疑团的逐渐暴露,薛冰对唐子杰的绝对信任与依赖开始动摇。而唐子杰巨细在握、不动声色的举止又使他产生矛盾、焦灼与抗拒并存的心理;此时薛冰对唐子杰的情感可以看作"审父"行为开展前的心理准备阶段,这个阶段必然要经历肯定—否定—肯定的过程。随着剧情进一步发展,唐子杰与黑社会集团联合犯罪的罪行露出冰山一角,市委领导与警方已经将唐子杰列为重点监控对象;此时的唐子杰作为"父亲"的尊严和权威在薛冰心中已经荡然无存,他开始了其"审父"的历程,实现了对唐子杰的"背叛"。人物关系随着剧情的发展有所变化,而这种变化是相当有深意的。正如该剧导演张建栋所说,从"尊师如父、爱徒如子"的表述中我们可以看到师徒情在中国传统文化中有一种近似于亲情的意味,"师父"这两个字带有一种受人尊重、被人崇拜的意味。而薛冰对师父的挑战和"背叛"是与中国文化中带有明显叛逆和反抗意味的"审父"情结联系在一起的。法治题材剧中的"审父"情结正是表现了徒弟在成长过程中对师父所代表的不公正秩序、权势统治以及所代表的精神信仰的背离或背叛。

在法治题材剧中,"审父"不只是徒弟对师父个人的叛逆与超越,还伴随着司法改革以及现代观念的确立,也体现为中国法治现代化建设进程中以代际革新为表征的一种深刻改革。在《阳光下的法庭》所展现的东方省高级人民法院员额法官考核中,老一辈法官葛老师没有通过考核,被剥夺了审判资格,但徒弟陈骏却在选拔中脱颖而出,其中的意味显然已经超越"崇父"和"审父"这种二元对立式的表现模式。在司法改革势在必行的时代潮流下,这种悲哀或坚守不纯粹是个体的,它是时代社会的残酷淘汰与无情更迭,既有着老一代"法律人"的时不我与的悲哀与不甘,也包含着年轻一代"法律人"对长辈师父的不忍与疼惜,更有着所有人都无法逃避与左右,却只有坚定地随时代负重前行的无奈,由此产生的叹惋与悲壮正是一种丰富的现代性韵味。

在激烈地"审父"、温情地"崇父"等书写主题的背后都存在着共同的认知，那就是"父与子""师与徒"天然的情感联系或对抗质素，这些发生在公检法系统的父子之间的较量，凝聚了正与邪、新与旧、传统与现代理念的全面较量。综观法治题材剧中的师与徒，我们可以清晰地感受到中国法治社会建设进程中所经历的困惑与迷茫、抗争与调整，而且随着中国法治建设进程的推进，人们还会赋予"法律人"群体中"师与徒"新的现实语义和文化想象，这种崇父—审父的轮回情结将仍然在时代法治题材作品中持续搬演下去。

（二）"小组作战"侦查体制下的战友情

在法治题材剧中，"法律人"群体的侦查、反腐行动常常需要几个人组成团队，合作完成，但具体的呈现方式有所不同。在《谜砂》《莫斯科行动》等剧中，常常由刑警队队长带领一支小队展开行动，与犯罪人群体斗智斗勇；而《清网行动》《刑警队长》《人民检察官》等剧中则展现了 A，B 两个小队相互配合共同对案犯的犯罪活动展开行动。无论是小组单线作战，还是 A，B 两组配合作战，小组中的"法律人"成员在多次行动中发挥着自身的长处，在共同对抗不法分子的过程中建立了深厚的战友情。"法律人"在小组作战中所形成的这种亲密的战友情谊既不是革命历史题材剧中为捍卫共产主义信念、革命信仰、阶级立场而建立起来的战斗革命情谊，也不是都市情感剧中朋友之间因"秉性、脾气、爱好"合得来而产生的情感投合，而是在没有硝烟的和平环境里与不法分子斗智斗勇、为捍卫社会主义民主法治事业并肩战斗中所获得的一种互帮互助的充分信任感，一种可以为彼此献出生命的炙热情谊。在法治题材剧中鲜活的群像和故事建构中，观众可以感受到"法律人"的战斗情谊所负载的厚重人性蕴涵，包括对法律的执着坚守、对战友的无比信赖、对兄弟的肝胆相照等。"法律人"在没有硝烟的战场上本能地信任、照顾、保护战友，尤其是在生死一瞬的情境中会瞬间点燃一种悲壮的激情，释放出人性的道德美和崇高美，也有效激发着观众的英雄主义、集体主义情结。另外，战斗情谊也可以反作用于叙事，成为个性或情节发展的动力和规约。在法治题材剧所塑造的各具风采的"法律人"群像中，"战友情"像一张无形之网，成为连接小组作战中"法律人"群像的纽带，是他们展示个性魅力、个人能力的平台，是一类被凸显的关于"坚守、信赖、互助"的情感符号。战友情谊发生在新老"法律人"之间、职位不同的"法律人"之间，每一次人际的组合都是一个关于"战友"的人生故事。

某些法治题材剧为更加清晰有力地表现"法律人"小队中的"战友情"，有意将案犯之间的"江湖情"与之做比较，高下立判，使更为浓烈深厚的战友情得以凸显。《破冰行动》通过不断的插叙、倒叙手法清晰地勾勒出李飞和宋杨的战友情，篇幅虽不多却感人至深。李飞有时回忆起与好兄弟相处的点点滴滴，竟会情不自禁地把马雯当作宋杨。剧中李飞对马雯坦露心声的台词——"他生前可以为了我挨枪子，而现在他没了，我拼了命也要保护他心爱的姑娘"正是对新一代缉毒警之间亲密战友情的生动诠释。"法律人"之间的兄弟情谊之所以坚不可摧，是因为他们对正义、法治的共同信仰。在蔡永强、李飞默契配合审毒贩那一场戏中，蔡永强"不计前嫌"故意放走了躲在屋顶上的李飞，此时李飞也"知恩图报"不断引诱案犯上钩。虽然此前两人曾因互相猜忌而心生嫌隙，但面对共同的敌人，他们会立刻放下"私人恩怨"。而与之形成鲜明对比的则是毒贩麻子和大虾，两人貌似"为兄弟两肋插刀"的患难之交，但在分开审讯时，却为求自保互相"爆料"，正义的"战友情"与非正义的"江湖情"一对比，高下立判。

在收获并肩战斗情谊的同时，不同"法律人"群体也在团结协作中收获了个人乃至集体成长，构成了成长主题的叙事内核。

首先，这种成长叙事主要发生在"法律人"战友相互配合、一致对敌的作战中。在此过程中,"法律人"的精神成长往往与别离、死亡等创伤性的记忆相勾连,他们在悲痛情绪中亦自觉地升华了作为一名"法律人"崇高的使命感、责任感和集体荣誉感。《人民检察官》中的夏静茹、方大庆、陈晨、周雯雯等检察官组成的"猎狐2014"检察小组,《莫斯科行动》中段会军、陈尔力、宋琳、康志国等警察组成的"海外秘密追凶"侦查小组,《天下无诈》中邝钟、朱西宁、马赛、廖北京、柯宥嘉、涂门、萧让等新警察组成的"反电诈"小组,《执行利剑》中左琳、于川、顾小艾等法官组成的执行小组,《国家底线》中丁达、白一男、钱俊等"质检人"组成的质检小组,《国门英雄》中关汉生、方虎、关双等"海关人"组成的"506特大镁砂走私案"侦查小组等都在多次的小组作战、团结协作中吐露出内心的真实情感,这里面有泪的酸楚、有爱的失落。他们在战斗中互相依赖、彼此信任,生动诠释着新时代法治精神、英雄主义、集体主义和家国情怀。对敌作战的集体中任何一员的缺席都会给其他人带来创伤性的影响,当团队中有战友牺牲或受伤时,团队意识立刻升华为一种人性温暖与人道主义关怀,这些有泪不轻弹的英雄男儿、久经风雨的铿锵玫瑰在"血与泪"的历练中更会加速自我身心的蜕变和精神的顿悟,而剧中"法律人"艰辛的成长历程也让观众对"法律人"的职业和价值有了更为深刻的理解。

其次,成长叙事也主要体现在文本所设定的"异质"性格的冲突、工作理念的摩擦之中。《别让我看见》《警花与警犬》等剧作中所展现的"法律人"小队采用了军旅剧中常用的"扇面式"的结构方式,即把来自五湖四海、原本并不相识又各具特点的年轻人聚合在一个特定的模拟战斗场景中。在这里有竞争的压力、有至诚的关爱,也有最直接的挑战和机遇。他们在朝夕相处中逐渐磨合、积累友谊,实现一种自我规训、自我颠覆、自我超越式的成长,最终完成由"实习生"向真正"法律人"身份转型的成长历程。如在电视剧《警花与警犬》中,从警队各系统抽调的"90后"

警花们所组成的"伞面"汇聚到训犬基地这一"扇轴"逐步展开故事情节，各警花之间，警花与各自警犬之间、警花与训犬队队长杜飞之间、警花与训犬基地原来人员（如"瘟太医"、梁振山）之间相互联系，形成了错综复杂的关系网。"扇面"结构中的每个人在聚合时因为彼此不熟悉会导致一系列的矛盾，但在离散时这些摩擦则会转化为一种成长的经历。剧中三位主人公李姝寒、倪娜、唐优优在起初进入警犬队时内心相当抵触，彼此之间矛盾不断，在与各自警犬的相处中也状况百出，但在经历了一系列波折后，她们运用"以犬为师"理念实现了人犬合一的默契境界，并通过与警犬的身心互动破获了多个犯罪案件，最终实现了心灵成长和破茧成蝶般的蜕变。

最后，成长叙事体现在战友情的崩塌与公私的抉择之中。某些法治题材作品将战友情放置于个人私利与国家利益的对立中进行拷问，表现正义"法律人"在义与利、情与欲之间的不二选择，既加速了"法律人"的精神成长，也让观众感受到社会主义法治建设的艰辛不易和"法律人"在艰难选择中的时代法治信仰与正义坚守。《国门英雄》中，关汉生、魏庭坚、舒岚、张怀兵是生死战友，他们之间的关系属于兄弟伦理。但后来张怀兵利用与魏庭坚、舒岚的战友情混淆视听、谋取私利，这种用利益维系的战友情注定不能长久。最后，魏庭坚、舒岚也看清了张怀兵的伪善面目，与真正的兄弟关汉生一起粉碎了张怀兵的阴谋。再如《刑警本色》《谜砂》《人民的名义》《善始善终》中的肖文、齐雁南、侯亮平、方末面对昔日的战友、老师们对法律和正义伦理的背叛，内心承受着痛苦和煎熬，随着案件一步步追查下去、离真相越近，这种内心的撕扯就越加强烈，这是对"法律人"的极大考验，也牵动着电视机前每一位观众的心。人非草木，孰能无情？这些"法律人"也曾有过动摇、迷惘与困惑，其性格因子中的二极性特征会强烈碰撞、纠缠，但痛苦与纠结后的正确选择无疑也加速了他们的集体成长。

（三）若即若离的暧昧关系与受众"期待视野"①的满足

在刑侦题材剧创作伊始，导演兼剧作家的海岩就创造了"案情+爱情"的"海岩模式"，剧中的男女主人公虽大多没有收获幸福的结局，但有关他们的爱情书写或暧昧情愫的渲染却极大地迎合了受众的消费需求，为大众提供了丰盛的消费产品：身体、情欲、暴力以及各类时尚元素等。新时代众多法治题材作品也通过展现这种互生好感的暧昧关系或情侣关系而触发一种展现男女"法律人"爱情纠葛的叙事副线。在这种情感线中，男女主角通常会由故事开始阶段产生较多冲突和摩擦的对立关系转化为一种暧昧关系甚至情侣关系。

"法律人"之间的情感纠葛所生成的次情节更多地出现在《离婚律师》《金牌律师》《继承人》《精英律师》等律政题材剧以及《他来了，请闭眼》《暗黑者2》《心理罪》《如果蜗牛有爱情》《伪钞者之末路》等网络罪案题材剧中。这些次情节用于为主情节制造纠葛，不仅增加了人物的深度，也使观众从主情节的紧张或暴力中获得一种轻松、浪漫的舒缓调剂。

在电视剧《精英律师》中，律师罗槟和其助理戴曦之间的感情线若有若无、若即若离。从下面一组对话中可以明显感受到这种关系。剧中两人在谈完工作后，戴曦明明有事相告，却神情紧张、吞吞吐吐，始终避谈"正题"。

> 戴曦：其实我还有别的事。
>
> 罗槟：什么事，你说。

---

① 姚斯在其代表作《走向接受美学》中提出了"期待视野"的概念，意指"在文学接受活动中，读者原先各种经验、趣味、素养、理想等综合形成的对文学作品的一种欣赏要求和欣赏水平，在具体阅读中，表现为一种潜在的审美期待"。参见朱立元.接受美学［M］.上海：上海人民出版社，1989：156.

戴曦：我那个同学吧，她是我大学同学，我们大学的时候呢在一起住过一段时间宿舍，然后我不知道为什么，她今天忽然就过来找我……

罗槟：说重点。

戴曦：重点就是，高峰跟她加了微信以后就一直问她……

罗槟：你到底想说什么？我还没听懂。

戴曦：嗯——嗯——我其实是想——

罗槟：你为什么这么紧张呢？你是怕她会说出来你没有学历？没毕业？……

戴曦：我是怕——

罗槟：怕什么？说出来，我们一起解决！

戴曦：我是怕，如果他们知道我没有学历——

罗槟：那又怎么样呢？怕他们嘲笑你？歧视你？……

戴曦：我不是怕这些。

罗槟：那你怕什么呢？

戴曦：我是怕我以后不能跟你一起工作了——

戴曦就这样"扯东扯西"，持续了三四分钟后，在罗槟的反复追问下才说出一直羞于表达的真相：如真实学历被公开恐再也见不到眼前的"男神"老师。在戴曦坦露心声后，剧中尴尬的氛围持续了足有20秒，而此时罗槟内心也渐起微澜，试图以一句"淋了雨会感冒的，喝口酒吧，可以祛祛寒"打破僵局，戴曦的迅速回应"不用了罗老师"则让既尴尬又迷离的氛围继续维持，随后两人内心的情感波动似乎均有所平复，以几句寒暄结束了此次暧昧的对话。

而从腾讯视频爆炸式的"爱情已然出现"、"猝不及防的表白"、"这才是爱情啊"、"追剧小奶鹅：我是民政局，我自己闻着味儿来了"（此条已经收获几万点赞量）、"是心动啊，眼神躲不掉"、"有点暧昧的味道"、"糟糕，是心动的感觉"、"瞬间血压有点上升"、"原地在一起吧"、"妈呀看得我激动死了，姨母笑"、"两人在工作上配合得真不错，合适"、"终于等到发糖了，激动"等众多弹幕中，我们可以直观体会到观众对这段暧昧感情戏的喜爱与惊喜程度。

而这种设置更多地出现在网络罪案题材剧中，女性"法律人"形象常常被塑造成男性"法律人"的助手，其在与男性上司的合作过程中总会因业务能力弱等因素给案件的侦破带来麻烦，但在男性"法律人"的有效助力下，事件总会转危为安。而男女"法律人"也会在不断的矛盾和摩擦过程中产生情感的火花，CP感尽显，他们彼此成为各自的软肋和坚硬的翅膀，在风雨同舟中共同成长。

在《法医秦明》中，法医秦明和助手李大宝各有所长，在工作中配合得天衣无缝。在共同合作办案中，二人的友情、同事之谊也在逐渐加深，直至发展成一种微妙的暧昧关系。但即使在林涛极力撮合、秦明遭陷害等"催化事件"中，两人内心的情感火花也没能绽放出"恋爱之光"。剧集的情感线索若有若无，也持续有效地激发着观众的观看兴趣。《十宗罪》中画龙和苏眉的关系也与此类似，两人在携手办案的同时，感情也在逐步升温，而画龙在卧底期间的一段往事更加码了两人之间的暧昧情愫，情感副线有机融于破案主线，让观众在有张有弛中获得"期待视野"的满足。

这种暧昧关系的设置主要是为了满足受众的"期待视野"和"情感投射"。一方面，在法治题材剧，尤其是刑侦题材剧中所展现的情节密度大、情节黏度强的侦破、反腐或诉讼故事中，受众的情绪会相对紧张，如果在长篇电视剧中过多展示此类情节，势必减弱受众的"期待视野"，而作品通常会采取降低修饰夸张成分、弱化奇观化塑造、减弱情节密度或情节黏度的方式来进行调节。当轻松、温情的恋爱情节取代了紧张悬疑、惊险刺激的高密度情节时，受众的身心也会得到一定程度的放松与休憩。

另一方面，在观众深入剧情，尤其是粉丝在观看偶像主演的法治题材剧时，很自然地会对剧中"法律人"进行情感"投射"[①]，以实现其内心深处对偶像情感上的归属和"替代性满足"。美国的政治心理学学者乔恩·埃尔斯特（Jon Elster）指出，"如果我们不透过情感的棱镜窥透人类行为的种种形式，其中很多就无法得到理解"[②]。在观众对剧中"法律人"情感投射过程中，往往将个体的成长经历、情感体验等进行自我归档，然后通过个体想象、自身生活经验来填充信息缺失的部分，以完成在情感投射中的自我认同。潜意识的流露使观众尤其是粉丝受众将偶像文本中的情感指向视为其个人情感态度的一种延伸，在此过程中受众得以实现对偶像情感的"替代性满足"。

但同时需要指出的是，以案件侦破或法庭辩论的主情节和情感纠葛的次情节之间重心的平衡必须小心控制，不然便有失去主要故事焦点的危险，甚至会产生"喧宾夺主"、过度泛情的创作诟病。如当下国产律政题材剧大多存在"职业不够、感情凑"的创作症结，显得专业不足、"槽"点满满，亟待反思和纠偏。

二、非职业线中的家庭危机与突围

与职业线并行的一条叙事线索就是"法律人"的非职业线，即家庭线。在现实生活中，"法律人"群体的工作具有特殊性，尤其是警察群体具有工作时间不规律、工作量大、工作对象复杂等现实困境，其在努力坚守岗位

[①] 投射是一种在他人身上所看到的行为的独特性和行为方式的倾向性，我们自己同样表现出这些独特性和行为方式，但我们却没有意识到……（它）是把我们自身的某些潜意识的东西不自觉地转移到一个外部物体上去。参见杨韶刚.精神的追求：神秘的荣格［M］.哈尔滨：黑龙江人民出版社，2002：72.

[②] 埃尔斯特.心灵的炼金术：理性与情感［M］.郭忠华，潘华凌，译.北京：中国人民大学出版社，2009：457.

的同时也牺牲了大量陪伴家人的时间。在法治题材剧所呈现的家庭线索中，当作为"法律人"的职业身份与丈夫/妻子、父亲/母亲、儿子/女儿的家庭身份发生矛盾冲突时，既有在家庭成员无私包容与辛勤付出下父慈子孝、妇唱夫随/夫唱妇随的和谐家庭关系展现，也有矛盾集聚到最大化时家庭濒临崩溃或家庭危机突围失败的典型案件呈现。

（一）家庭危机显现：公私冲突中"法律人"的艰难选择

法治题材剧在表现"法律人"的家庭危机时，常常将"法律人"放置于工作与家庭冲突、公义与私利矛盾、不法分子胁迫以及上辈恩怨纠葛等两难选择中，进而达到形塑人物、精神蕴涵、悬念钩织、普法等多重叙事意义。

首先，法治题材剧中最为常见的家庭危机来自"法律人"忙于工作与照顾家庭难以两全的冲突中。通过表现"法律人"超人格的无私奉献与牺牲精神，契合部分受众对完美政法英雄的群体想象和崇拜心理，但同时剧中"法律人"过度的忽视家庭、舍己为人的行为也有拔高人物之嫌，反倒容易引起角色塑造过于脸谱化的质疑。

近年来的《清网行动》《国门英雄》《营盘镇警事》《小镇大法官》《阳光下的法庭》等剧作所塑造的"法律人"形象往往具有崇高的职业理想与道德品质，为人民、工作、案件尽职尽责、任劳任怨，生动诠释着秉公执法、英勇善战、机智果断的英雄义气与豪放精神。这些优秀品质都足以让人尊敬和佩服，但他们的缺点亦很明显，即频频因忙于工作而忽视对家庭成员的照顾与体谅。在《小镇大法官》中，王德忠因忙于工作，疏于照顾家庭，间接造成妻子离世、女友万长虹赌气出走；在《刑警队长》中，顾铭努力劝说妻子为家庭放弃出国深造的机会，不顾妻子反对将没有住过的新居借给警队新人居住；在《营盘镇警事》中，范党育去北京出差把妻子买皮鞋的简单要求抛在脑后；在《人民检察官》中，燕都市人民检察院分院反贪局副局长方大庆因为工作忙碌未能侍奉于病重的母亲左右，舐犊之情又遭到儿子执拗的拒绝；在《刑警队长》中，顾铭在女儿高考当天依然坚守岗位；在《营盘镇警事》中，范党育多次因公事将陪伴儿子出游的时间取消……剧中"法律人"过于将时间天平倾向于工作，家庭危机开始显现。

其次，通过将案犯对家庭成员的"变相贿赂"、对家人生命威胁等戏码展开"法律人"英雄的家庭危机叙事，既凸显出正邪较量的复杂性和艰巨性、增添了作品的悲情意味，也透过"法律人"的无悔选择凸显其崇高的精神品质。在电视剧《国门英雄》中，海关副关长关汉生刚正不阿、光明磊落、清正廉洁。在妻子急需进行换肝手术的紧急时刻，他拒绝老战友的"变相贿赂"和单位的"救济名额"，妻子在病痛摧残下离世。儿子关双抱怨关汉生并选择与其疏远："你为了表示自己的清正廉洁，连给妈妈治病的机会都耽误了。"妻离子散、家破人亡，"法律人"英雄为捍卫国家利益所付出的代价是巨大而沉重的。当关汉生拖着病重的身躯再次踏上缉私征程时，令人肃然起敬的崇高感也压倒了悲剧元素，成为"法律人"英雄特有的生命绝唱。《国家底线》中的丁达和《清网行动》中的冯鸿涛在女儿被案犯绑架的关键时刻，均选择"牺牲"家人，与案犯斗争到底，并由此引发了妻子/女友的强烈不满，而"法律人"本人也承受着巨大的精神压力和情感折磨。家庭危机之外，是案犯的伏法认罪，"法律人"英雄留下的，除了伤感的悲剧，亦有崇高的信仰。

再次，将家庭危机置于"法律人"所代表的公义与私利的矛盾冲突中，既有利于刻画人物形象、推动叙事进程，也起到了一定的普法效果。在《人民的名义》中，欧阳菁的亲戚想要通过李达康的关系进入政府部门工作，李达康不徇私情拒绝了欧阳菁的请求，这也成为李达康和欧阳菁婚姻裂变的最初原因。随后欧阳菁对丈夫"六亲不认""过于无情"的态度彻底失望，两人分居8年后还是选择结束婚姻生活。即使在最后两段告别时光中，李达康都能够在公私抉择中坚守道德底线：欧阳菁以离婚为条件请求李达康帮助王大陆解决燃眉之急，李达康无情拒绝；侯亮平等人在李达康的车上将贪污受贿的欧阳菁带走，李达康亦没有动用省委常委的私权阻拦。也正是因为李达康在社会公义和家庭私利之间所做出的正确选择，才没有给政敌以反扑的机会——随后并不知李达康已离婚的高育良以欧阳菁涉嫌贪腐为由向沙瑞金告状，却吃了闭门羹。正是在此事件中，李达康的公心与高育良的私心逐渐明朗，加速了反腐线的推进。家庭危机裹挟着公私冲突，成功形塑了表面作风强硬、冷酷无情但内心对国家法治事业一片赤诚的李达康形象，也间接推动着叙事进程。在《阳光下的法庭》中，省高院院长白雪梅在两次涉及丈夫杨振华的案子中均严格遵守回避制度。在第3集中，白雪梅陪同丈夫杨振华参加酒会时遇到志成化工董事长韩志成，而韩志成既是杨振华BV项目的投资人，也是白雪梅主审"志成化工污染清水河案"的当事人之一。正基于此，党性意识较强的白雪梅果断"回避"、没有特殊照顾丈夫的情面，夫妻之间第一次发生摩擦。在随后美国公司诉天健公司专利的侵权案中，因丈夫是案件相关人员，白雪梅坚守原则，继续回避了此案。杨振华觉得白雪梅不讲情面、不通人情，夫妻之间的冲突达到高峰。作品把对家庭危机的描写放在公义与私利的冲突纠葛中，在凸显"法律人"的崇高职业素质、时代法治信仰的同时也达到了一定的普法效果。

最后，某些作品将家族恩怨、上辈矛盾、冤假错案等情节植入青年"法律人"的恋爱情感故事中，由此给年轻一辈制造思想重负与情感危机，颇有新意。在《阳光下的法庭》中，创作者巧妙地通过律师鹿鸣和记者宁佳怡的恋爱经历勾连了一起多年前的冤案，由此给年轻一辈带来情感重负。鹿鸣是一位年轻有为、雄心勃勃、高智商的"阳光律师"，但同时，他又是一位背负着巨大心理压力和有着扑朔迷离身世的"苦大仇深者"。父亲因性侵案件在法庭上被宣判的场景在他幼小的心灵中埋下了自卑、愤恨的种子，也正因如此，他选择了律师这个为别人捍卫权益、打抱不平的职业。这个愤恨而又充满矛盾的心伤一旦被触发就会激发鹿鸣心中无限的火焰。当其得知女友宁佳怡的父亲是当年性侵案件原告的代理律师宁致远的时候，他瞬间黑脸，丝毫不顾情面，果断选择与其分手。直到张大年的冤案成为既定事实，两人的恋爱危机才得以解除。从这段鹿鸣和宁佳怡面对老一辈恩怨往事的阻碍所产生的感情危机中，我们可以细致入微地看到鹿鸣在美好爱情的滋润下，平复内心创伤，卸下昔日屈辱与自卑的心灵巨石，获得精神解放的艰难历程。[①]作品通过表现青年"法律人"裹挟着道德压力的情感故事探入人物的精神世界深处，展现了年轻人成长成熟的心灵之旅：在情感重负之下的鹿鸣是一个富有弹性的人物，或者说他就是一个"弹簧"，在生命的弹性被极力压缩时，他内心阴暗的张力或负面情绪也逐渐被蕴蓄得饱满；当生命的弹性无限舒展开来时，他还是那个同事眼中真诚善良的好律师、女友眼中帅气阳光的好男友、妹妹眼中顶天立地的大哥哥、养父养母眼中孝悌忠信的好儿子。

　　几乎相同的恋爱关系危机的设置体现在《因法之名》中，敢爱敢恨的邹桐深深爱上了罪犯许志逸之子许子蒙，而邹桐的父亲邹雄正是"许志逸案"的主审检察官。也正因如此，邹雄极力反对女儿的恋爱并在阻止的过程中不幸车祸身亡，这让邹桐追悔莫及并与许子蒙分道扬镳。可以说，邹雄的意外死亡将从小压抑寡言、自卑自怨的许子蒙心灵之窗中的最后一缕阳光彻底遮盖。此后，一颗复仇、怨恨的种子在许子蒙心中发酵，他做出了婚娶葛晴以报复主审"许志逸案"的警察葛大杰的决定，并间接造成葛晴的死亡。在《继承人》中，律师郑昊和汤宁的甜蜜爱情背后也有着"身世风波、上辈恩怨、家庭矛盾"等一系列"纠结面"。随着继承案件的逐步深入，两人从互相猜疑到彼此依赖，在解锁亲情密码的过程中实现了共同成长。

---

① 戴清.打造法治题材剧的新高度：以《阳光下的法庭》为例兼谈行业剧的艺术创新［J］.中国电视，2018（7）：25-29.

（二）家庭危机突围："显""隐"叙事中"法律人"与家庭成员的共同努力

法治题材作品巧妙通过"显""隐"叙事来表现"法律人"和家庭成员在面对家庭危机时所做出的努力，在实现家庭危机成功突围的同时，也潜在传递着"人伦之和""家国正义"等精神内蕴。

首先，法治题材剧多以不易被人觉察的"隐"叙事或细节描写来表现"法律人"对夫妻/父母/子女的爱意、亏欠与愧疚之情，这些"蜻蜓点水"也多是"高光闪现"，让人印象深刻。

在电视剧《破冰行动》中，在李维民、赵嘉良两位父亲与李飞的感情戏里，那件布满鱼形纹路的黑灰色夹克衫道具的安排较为精妙。它是李飞用第一个月的工资买来"孝敬"养父李维民的生日礼物。而就在李飞被诬陷涉毒而失去自由时，李维民又把这件夹克衫送给"儿子"御寒，这让一肚子不满情绪的"愣头青"李飞瞬间冷静了下来。在接下来的剧情中，正当李维民去见赵嘉良时，李飞把这件衣服"还"给养父，并叮嘱天冷注意添衣，这让李维民再次回忆起"儿子"帮他挑衣服时的温情场景，并穿着它在赵嘉良面前好好"秀"了一番。当赵嘉良知道实情后，执意用身上的名牌西装与李维民的夹克衫做了调换。随后，他为了李飞能够真正安全，执意以身犯险，重返东山去做卧底，真切地将一位父亲对孩子的愧疚、补偿之心表露无遗，令人泪目。

在《小镇大法官》中，肖丽云因父亲工作忙间接导致母亲出车祸死亡一事，一直对父亲王德忠怀恨在心，成年后选择离家出走。在父女相见后，肖丽云一直不肯原谅父亲，还想方设法找父亲的"麻烦"。面对女儿的不理解和"憎恨"，王德忠一直默默地坚持着、等待着，为与女儿见上一面，他想出"一年给父亲过三次生日"的馊主意；为了女儿的终身幸福，他不断地"旁敲侧击"姜浩；为了让女儿能够真正的独立、成熟，他将所有的痛苦和压力都藏在了日记里……"法律人"对子辈的无限爱意和愧疚之情转化成了细节中的行动，呈现出感人至深的舐犊之情。在《国门英雄》中，虽然作品前半段的"显"叙事展现了关汉生冷酷无情，对家庭成员缺乏足够温情的一面，但作品后半段却将人物的"隐"性格显现出来：他对家庭、对朋友的责任感和真挚感情超乎常人，以微薄的收入供养被张怀兵抛弃致疯的恋人几十年，并将其子养育成人。在"法律人"英雄的精神世界里，"隐"得大爱无声。

其次，在法治题材剧的"显"叙事中，家庭危机的解决有赖于家庭成员一方的无限包容与善解人意。儒家伦理思想一向主张"夫妇和顺"，高度重视作为人伦之始的夫妻关系，主张夫妻彼此尊重、"举案齐眉"、"同舟共济"、"相濡以沫"。尤其是剧中"法律人"在遇到危难的时候，患难更见真情。在《营盘镇警事》中，范党育的"贤内助"秀娟持家有道，将家庭生活打理得井井有条。无论是养育儿子、照顾公婆还是救济夫妹，她都做到了极致，让党育没有后顾之忧。在党育经历集资修路、落选局长、被诬受贿等人生难关或低谷时，她更是不离不弃，给予丈夫最坚定的支持。在《刑警队长》中，顾铭妻子黄雪玲被塑造成"中国好警嫂"，虽然一开始并非完全自愿，但她最终牺牲个人事业全面回归家庭，对顾铭的工作形成了强大助力。在《小镇大法官》中，万长虹对基层法官王德忠也可谓做到了"仁至义尽"：在被王德忠女儿肖丽云掌掴后，长虹选择了原谅，并依然答应做肖丽云的"知心姐姐"；在王德忠义弟高大宽被债主逼得要跳楼时，长虹卖掉自己在省城的房子救下了高大宽。在《人民的名义》中，最高检决定让侯亮平去汉东省调查陈海死亡案，妻子钟小艾在经过痛苦的思想挣扎后还是决定支持丈夫的反腐工作，并心疼地嘱咐侯亮平：到了汉东要学林黛玉初进大观园一样，不多说一句话，不多走一步路，要保证自己的安全，不要逞强做孤胆英雄。在《阳光下的法庭》中，大法官白雪梅的丈夫杨振华既是科研能力突出的大学教授，也是居家的贴心好男人。他对妻子的包容和理解不仅体现在做饭、捏肩膀、不时制造"小浪漫""小惊喜"等细节中，更体现在为支持妻子的工作主动放弃与志成化工的合作项目，在事关自己切身利益的案子上经过痛苦思想挣扎后转而理解妻子的"不通情理"、主动回避等原则性的大事件中。这些剧中"法律人"随时待命、高压高强度的工作模式对和谐的夫妻关系造成了一定的冲击，但在夫妻一方的无私包容与辛勤付出中，危机得以化解，情义无价的默默陪伴温暖着人心。

还有一些电视剧中的"法律人"形象"去政治化"和"祛魅"趋向明显，在处理事业与家庭、婚姻冲突时并没有那么成功，家庭危机没有成功突围，真切而生动地凸显出政法英雄这一特殊群体在家庭、婚姻生活中的种种困惑与挣扎。在《无证之罪》的开始阶段，片警严良的家庭、婚姻生活并不美满：经历过两次婚姻失败的他正在与第二任妻子办离婚手续、与继子东子也存在严重隔阂。严良对东子粗暴看管，东子眼里也根本就没严良这个继父。在《婚里婚外那些事》中，民事法庭庭长田家群平时忙于工作而对丈夫柯万民缺乏应有的温情与关怀。被查出肺癌的柯万民为不耽误妻子的工作、不影响女儿柯彤彤的学习，始终默默承受着一切。后来，柯万民为筹集女儿出国留学费用而挪用公款的事情曝光，田家群才知道丈夫罹患癌症并悔恨不已，并被女儿柯彤彤讥讽。在法庭上，田家群声泪俱下地忏悔道："其实几乎所有的婚姻问题，都是来自对对方的忽略，因为忽略而没有沟通，因为没有沟通所以双方渐行渐远，直到形同陌路。"在这些剧中，编导没有过分拔高人物，在夫妻生活中，他们总是磕磕绊绊，难以在事业和爱情的考验中找到某种契合点；在家庭纠葛中，他们人性世界、心理世界的复杂性得到显现。

"家庭"作为中华民族的社会细胞，是社会和谐稳定的基础。家庭主义作为影响家庭生活的主要伦理观，不仅满足了家庭成员的情感与心理需求，而且对当今社会和谐稳定和家庭和睦起到了非常重要的作用。在以犯罪、反犯罪为主要叙事内容的法治题材剧中，叙事副线中零星展现"法律人"

的危机冲突的日常人生及父爱母爱、真挚的夫妻情、手足情，对具有传统儒家家庭观念的中国观众而言，具有较强的吸引力与感召力。在"法律人"及其家庭成员所建构的温情与苦难交织的影像时空中，受众仿佛看到了发生在自己身边熟悉的家庭故事，体会到了"法律人"身上真实自然的人性光辉，激起内心强烈的情感共鸣。

第三节 渐变式/突变式的戏剧冲突营造

在法治题材剧中，正义的"法律人"与案犯的正邪较量是最基本的叙事内容。正邪较量中既有代表公平正义的"法律人"群体与不法分子的正邪、美丑、善恶的根本冲突［大冲突，即外部冲突，通常分为"法律人"与各种形式的犯罪行为之间的斗争冲突、不同政治集团之间的矛盾斗争冲突（权力型冲突）］，也有因"法律人"彼此之间情感、性格、生活习惯、工作方式、执法理念的差异而产生的紧张对抗关系（小冲突，即内部的非原则性冲突，通常分为工作理念冲突、协调办公冲突、工作方式冲突等）。

在展开大、小冲突时，法治题材剧尤其是子类型刑侦题材剧往往通过"高潮前置"＋"戏核"事件的结构来展开侦查缉凶、政治集团斗争、人民反腐等正邪对立的大冲突。在核心案件的侦破过程中，大冲突以突发式的高潮事件作为开端，人物的真实身份、各种复杂的人物关系也随之逐渐显现，进而推动剧情朝前发展，情节也被推向高潮。而在众多律政题材剧和法庭题材剧中，往往通过"串珠式"结构来展开磨合型、渐变式小冲突。一些作品在多个"串珠式"事件的发展中，随着"法律人"冲突相关方之间的不断磨合，小冲突渐趋弱化，直到一方的工作方式/理念被另一方充分认可，冲突消失。而另一些作品则通过单一"散点式"事件的发展勾连甚至转换多个小冲突，直至问题解决，冲突结束。

一、"高潮前置"+"戏核"事件展开突变风云

首先，开篇能否抓住观众的眼球，是考验一部电视剧戏剧悬念钩织、口碑营销能力的关键。新时代中的多部法治题材剧尤其是子类型刑侦题材剧会采取高潮前置的叙事结构，即在剧集开始阶段就将精彩的戏剧段落呈现给观众。通过高潮事件或核心悬念提前，将"法律人"与不法分子激烈斗争的大冲突、多元矛盾冲突交织的人物关系展示出来，给受众留下良好而深刻的第一印象，之后再通过大、小冲突的层层铺设，持续吸引受众的关注。在电视剧《人民的名义》中，作品通过"小官巨贪"事件、丁义珍出逃事件、陈海死亡案等高潮前置事件切入主题，形成了正邪冲突的酝酿阶段。在"小官巨贪"事件中，勾连了检察官侯亮平、陆亦可与贪腐者赵德汉之间的冲突；在丁义珍出逃事件中，出现了陈海与侯亮平联手反贪线和李达康、高育良、祁同伟之间的政治斗争线；在陈海死亡案中，正邪的对立冲突迎来小高潮，背后神秘的贪腐势力对反贪人员的生命造成直接危害，作品也借此机会，将该剧最重要的反贪人员侯亮平顺理成章地调入汉东省开展反贪工作。

相同的高潮前置也出现在《国家底线》（稽查处副处长兼稽查小组组长丁达与组员钱俊、耿斌、白一男和洪小磊在仙海机场的一次登机检疫中发现沉寂了很长时间的废物原料案又浮出水面）、《国门英雄》（江汉市海关总署抽调各地缉私精英侦办"506特大镁砂走私案"，案件在高度保密中进行，但当关汉生准备实施抓捕时，海运公司却人去楼空，所有货运单被销毁，案件主犯陈惠不知去向）、《破冰行动》（缉毒警察李飞与队友宋扬在塔寨村发现制毒窝点并逮捕制毒嫌疑人）、《湄公河大案》（"远平号"与"兴盛号"两艘货船上的13名中国船员全部遇害，中央领导迅速部署，江海峰领命即刻开展工作）等法治题材作品中。通过高潮前置的叙事结构和大事

件的展示，法治题材剧将"法律人"与不法分子正邪对立的人物关系和戏剧冲突展现在观众面前，引发出两条逻辑清晰的叙事线索，即"法律人"的侦查、缉拿线和案犯的实施犯罪、暴露逃亡线，并由此牵扯出后面更大的案件，暗示了案件侦破的复杂性与艰巨性，吊足观众的胃口，吸引其对后续剧情的强烈关注。

其次，在高潮前置事件后，作品往往会出现一个"戏核"事件。"戏核"是指故事的核心，它是故事的内容形态，决定故事发展的走向。在法治题材剧中，大多具有一个贯穿故事的主线事件，而这个主线事件也是整部电视剧的灵魂，作品的主要叙事冲突，就是围绕着"戏核"展开的。随着"戏核"事件的展开，剧情即刻进入正邪对立大冲突的形成阶段，从而牵扯出更多的人物关系与冲突纠葛，随后从大冲突的升级、化解到再次升级、化解形成一个相对的封闭戏剧结构。

依旧以电视剧《人民的名义》为例，在剧集发展到第12集时，出现了贯穿全剧的"戏核"——"一·一六大风厂事件"。其建构了一个复杂的冲突关系体，分为三个层次。第一层：山水集团与大风厂工人之间的矛盾冲突。随后引发的是大风厂厂长蔡成功的变相行贿、栽赃陷害等一系列动作以及大风厂普通工人在股权丢失后的悲惨处境与抗议运动。第二层：退休的老检察长陈岩石（致力于维护大风厂工人的合法利益）、京州市委书记李达康（重点关注"光明峰"项目的推进）与省公安厅厅长祁同伟（在讨好李达康的同时又维护着自己参股的山水集团的利益）所代表利益的冲突，触发的是退休干部陈岩石（替大风厂工人）的维权线、反腐线以及高层公职人员暗流涌动的政治斗争线。第三层：反贪势力与贪腐势力之间的冲突。作品以"一·一六大风厂事件"冲突爆发做引子，逐渐展开了以侯亮平、陆亦可为代表的反贪集体围绕腐败官员、不法商人而进行的侦查、缉拿工作。"一·一六大风厂事件"贯穿全剧，反腐与贪腐、政治利益集团之间的斗争、人民与腐败势力三种冲突形式构成了全剧的冲突总线，展现了尖锐的矛盾，预示了未来冲突调和的复杂与困难。

相同的设置也出现在《破冰行动》中，围绕着"五一三"案的"戏核"事件，作品展开了多组矛盾冲突：以李飞为代表的"法律人"与以林耀东为首的宗族犯罪势力的冲突，形成的是正邪斗争的主线——明线；"帮派大哥"赵嘉良、香港警方等正面势力与法国黑帮破坏贩毒集团之间的冲突，形成的是正邪较量的主线——暗线；以李维民为代表的高层"法律人"与东山当地"黑警"之间的冲突，引发的是正义"法律人"与潜藏敌方卧底较量的支线——暗线；塔寨赶出来的落魄老师林水伯、缉毒警察马云波的妻子和制毒贩毒集团之间的冲突，引发的是不慎染毒的普通百姓与制毒集团之间斗争的支线——明线。围绕"戏核"事件，作品展开了多组大冲突，形成了两条主线、两条支线。多线有条不紊地并进，正邪较量的矛盾冲突巧妙穿插其中，共同建构着戏剧张力，将戏剧冲突引向最高潮。

需要说明的是，某些法治题材作品直接将"高潮前置"事件与"戏核"事件合二为一，开篇前置的事件即为核心悬念与"戏核"事件，之后所有的剧情设置、大小悬念的设置，都在为"戏核"服务。如《无证之罪》开头直接引出"雪人杀人案"的"戏核"事件：案犯在作案后以一张贴在"雪人"背后"请来抓我"的纸条，向警方发出赤裸裸的挑衅，专案组在仔细勘察现场和大规模排查后却找不到任何有价值的线索。正义与邪恶较量的大冲突以及"最大反派是谁"的核心悬念直接在开篇呈现，随后剧集围绕核心事件抽丝剥茧般地以多条叙事线交代完整而庞大的故事架构，持续吸引观众的注意力。

最后，在围绕核心事件的冲突展开中，为展现高潮状态的戏剧冲突，还有部分法治题材剧通过对"显隐并存"的人物设置来营造一种正弱反强的不平衡状态：冲突双方中的正义一方持续弱势、一再退让，犯罪一方却步步紧逼，但到让无可让的时候，正邪力量发生逆转，一举而结束冲突。一方退让得越多，最后反扑的力量就越大，从而构成一种极强的戏剧冲突和张力。

在电视剧《国门英雄》中，围绕"506特大镁砂走私案"，海关副关长关汉生依靠敏锐的侦查嗅觉与执行力逐渐发现张怀兵犯罪的蛛丝马迹。在侦查渐有眉目时，他却频频遭遇家庭不幸：妻子郑颖萍饱受癌症摧残，关母一时接受不了打击溘然辞世。而此时国门英雄言行一致、内外统一但却不加掩饰、不懂世故的"显"性格更使得他处于不利的地位：他拒绝关内的唯一救助名额与张怀兵的"救济"，导致儿子关双与他渐行渐远；他对张怀兵的步步紧逼也让舒岚、魏庭坚等一批老战友觉得他过于不近人情；而此时他自己也被恶意诬陷、锒铛入狱……相较于孤胆英雄的孤立无援，"伪君子"张怀兵则过得顺风顺水、爱情事业双丰收。后升任海关关长的魏庭坚也被张怀兵"显"露在外的乐善好施、多情多义等假象所迷惑，倾向于将物流保税区授予张怀兵的企业，而此时的张怀兵也在老战友的"护佑"下持续作恶。无疑，悲情英雄关汉生在剧集的大部分时间里都处于相对弱势的地位，但他始终没有放弃对走私案的调查，靠着超强的意志力和过人的勇气持续与案犯斗智斗勇，直到撕下张怀兵的伪装。同时，正邪人物的"隐"性格也被揭开——关汉生"隐"的是大爱：他以微薄的收入供养被张怀兵抛弃致疯的恋人几十年，并将其子养育成人。张怀兵"隐"的是大恶：杀人越货、心狠手辣、抛妻弃子。剧情后半段，剧中人的隐藏性格显现，正邪力量也迅速发生了扭转，戏剧冲突达到最高潮，主要案件"506特大镁砂走私案"破获，案犯张怀兵被捉拿归案，冲突结束。

二、"串珠式"/"散点式"事件勾连渐变式小冲突

中国内地生产制作的几乎所有律政题材剧都采用"串珠式"/"散点式"的结构作为主要叙事框架，而其他法治题材剧中的子类型（刑侦题材剧、法庭题材剧和检察题材剧系列剧）也较多地运用此种结构，即作品整体上无连贯统一的中心贯穿情节，在以主角"法律人"的情感生活和事业发展

为主干的线索中，嵌入主人公所执行或审查、或代理的众多案件和所遇见的一个个人物作为所串之"珠"，使人物的情感故事与"法律人"所代理的案件呈现彼此融合交织。在这些"串珠式""散点式"事件中，多勾连的是"法律人"内部成员之间的非原则性冲突，这种冲突往往是矛盾双方基于情感、性格、生活习惯、工作方式、执法理念的差异而产生的紧张对抗关系，个体自身的性格、知识背景、工作经历、从业经验差异成为冲突背后的重要原因，从而与正邪对抗型冲突拉开距离。这一冲突在早期法治题材剧中较少表现，而在21世纪以来尤其近年来的文本中大量出现，与正邪冲突一道成为情节设置和人物塑造的重要手段。

相对于贯穿法治题材剧围绕"戏核"事件所建构的大冲突，小冲突通常在单一"散点式"事件或"串珠式"冲突中展现开来。小冲突可以称作是"更小的霹雳"，相比正邪较量等大冲突而言，它所释放出的能量和戏剧张力并不弱，不仅有利于突出"法律人"之间的对比、更好地形塑法律人群体，也有利于彰显叙事主题并达到一种普法的效果。

首先，通过多个"串珠式"事件展开磨合型小冲突，直至冲突弱化，事件结束。在"串珠式"事件的发展中，随着冲突相关方间的不断磨合，小冲突也渐趋弱化，直到一方的工作方式/理念被另一方充分认可，冲突消失。在电视剧《阳光下的法庭》中，东方省高等法院在推进员额制考试、法院办公信息化等一系列改革的支线叙事中，勾连了"改革者"与"守旧者"在新旧工作理念或执法理念中的冲突。在员额法官的遴选过程中，欧阳春向白雪梅提出要重点关注政法委牛书记的亲妹妹牛小艳回民庭当法官、能人余皓川既保住办公室主任行政位置又可以当法官的"合理"诉求。白雪梅听到后一口回绝，并耐心劝诫欧阳春作为领导干部必须要坚决遵守中央的指示，对员额制改革不打折扣地执行，没有给欧阳春商量的余地。在随后白雪梅推进的法院信息化建设进程中，欧阳春依旧非常反对并指责白雪梅"一言堂"。无奈之下，白雪梅提议先做一堂培训课再商议。在培训课中欧阳春认识到了司法信息的益处并开始认同白雪梅的观点。作品通过员额制考试、法院办公信息化等"串珠式"的支线叙事表现了"法律人"新旧工作理念的冲突，在揭示出法院改革进程和法治建设艰巨性、复杂性的同时也表现了"法律人"改革家披荆斩棘、坚守原则，以及"法律人""守旧者"知错就改、服从大局的人格风采。

在《小镇大法官》中的"高大宽离婚案""郝大妈赡养案""吕峻岭争夺子女抚养权案""赵二狗摩托车撞人案""杜小猛告母亲陶爱菊支付抚养费案""董大年意外伤害案""李明学遗嘱案"等"串珠式"案件中，呈现的是贯穿全剧的理性年轻法官和感性年长法官之间对法律尊严的认识与司法方式的矛盾冲突。在"串珠式"事件不断发展升级的过程中，年轻法官逐渐认同王德忠"今天费些唾沫星子，明天就少点火星子"的民事调解理念。作品通过"串珠式"事件勾连了新老"法律人"之间的磨合型冲突，直至电视剧后半部分，王德忠的工作理念完全被姜浩所接受、吸纳，磨合型冲突消失的同时也将新时代的法律法规、道德意识、社会主义核心价值观等价值理念外化于行，较好地发挥了普法功能。

其次，通过单一"散点式"事件的发展勾连多个小冲突，直至事件解决，冲突结束。在电视剧《人民的名义》中，作品围绕信访局贪官丁义珍的"蹲式窗口"展开多个小冲突设置。起初，因为"窗口事件"迟迟不能得到解决，引发的是人民群众与孙连城等懒政官员的冲突，牵扯出民众办事难，后续监管疏忽等一系列问题。后来"干群"冲突激化后，京州市委书记李达康介入，他在信访局窗口内痛斥孙连城，在这次高级别官员与懒政基层官员的冲突后，"蹲式窗口"的环境也得到一定的改善——在窗口前"加小凳""放冰糖"等。但如此敷衍的行为加剧了"干群"冲突，直到沙瑞金前往信访局后，冲突达到高潮，最终促成了整个事件的升级，李达康被沙瑞金叫去亲自体验"蹲式窗口"，而孙连城也在廉政学习班上被李达康点名批评后，主动提出辞职，"窗口事件"得到圆满解决。一个小小的窗口整改事件勾连了多个小冲突，最终导致一个不愿意为人民服务的懒政干部下台，大快人心。

需要特别指出的是，本节所提炼的"高潮前置"+"戏核"事件和"串珠式"/"散点式"事件的两种戏剧冲突建构方式适合于绝大部分法治题材作品，另有少部分法治题材剧的戏剧冲突营构则体现为以上两种方式的变异或交叉融合。如网络剧《白夜追凶》便通过"高潮前置"展示了全剧最吸引人的"戏核"事件——二一三灭门惨案，随后剧集又以"串珠式"的结构勾连了一系列的小案件；《刑警队长》通过顾铭对"串珠式"案件的侦查、破获同时展开了多个大冲突和小冲突，具有显著的定制"生活流"的特征。

综上，本章系统论述了新时代法治题材剧中塑造"法律人"形象的叙事策略。与之前各发展阶段相比，新时代法治题材剧的叙事艺术也确有一定的创新之处。首先，在对比共构的群像组合方面，受到国外侦探剧人设的启发，"法律人+非法律人型""身份互换型"的人物组合方式明显增多，让观众耳目一新；而公检法联合作战、海外跨国组合追凶以及律政职场组合的"法律人"内、外部组合方式在此前法治题材剧中也是不多见的。其次，在双线并行中的人物关系呈现方面，男女"法律人"若即若离的暧昧关系广泛地存在于律政题材剧与网络罪案题材剧的职业叙事线中，较之前以"海岩剧"为代表的少量作品中此类关系的叙述方式有所突破。而非职业线中的家庭危机叙事策略较此前也更为丰富，尤其是部分剧集对家庭危机突围失败的细致描摹，凸显出剧集对社会现实复杂性更为深广的揭示力度；最后，诸多刑侦题材剧、检察题材剧中"高潮前置"+"戏核"事件的结构对戏剧冲突的建构以及律政题材剧、法庭题材剧中"串珠式"结构对渐变式小冲突的展开都颇有新意，突破了此前较为单一化的冲突构建方式。

第三章

"法律人"形象的
精神内蕴

在当代中国，法治题材剧本身就是社会法治文化建设的一个重要组成部分，其通过展现社会主义法治之中活动的"法律人"群体的精神内涵，发挥着一定的宣传、教育、引导、警示、预防等作用。本章采用"以人带剧"的整体研究思路，通过深入系统地研究"法律人"在案件侦查、审查、起诉、辩论、审判以及情、理、法、权冲突中的巧妙处理或艰难选择，厘析出其中所蕴载的精神内蕴，进而凸显出整部剧的思想内涵。[①]

本章通过正邪对峙中的正向价值内涵、冲突中的人文内涵和反面警示教化意义等三节内容全面探讨"法律人"形象精神内蕴的丰富性和复杂性。第一节分两部分论述"法律人"形象所承载的现代法治观念与主流意识形态；第二节通过梳理剧中"法律人"对情、理、法的冲突和对权与法的冲突的处理和选择，对其中所凸显的精神格局进行探讨和总结；第三节则主要论述罪与罚的警示和教化作用。总体而言，本章的三节内容之间、每节的各部分内容之间均呈现严密的并列关系。本章在方法论上注重将研究文本放置于法治题材剧的历史发展脉络，并将其与同类电影作品、国外同类作品中进行横向、纵向对比分析，力图全面立体、清晰明确地展现"法律人"形象所承载的多重精神内涵。

第一节 正邪对峙中的正向价值彰显

"法律人"发挥着保卫国家安全、保护人民生命财产安全、维护社会稳定、推进社会主义法治建设进程的重要作用，独特的社会功用及其定位决

---

① 这里需要强调说明的是，法治题材剧的精神内涵主要通过人物的塑造和人物的行为承载与彰显，所以"人"所承载的精神内蕴和"剧"的精神内涵在本质上是统一的。本书通过小角度的"法律人"形象研究切入，能够更直接、清晰、准确地提炼出创作者所要传达的精神内蕴与价值。

定了"法律人"职业的特殊性，也影响着该类创作中"法律人"形象的独特精神气质。一方面，"法律人"身上凝聚着法律至上、公平正义、保障人权、权力制约等现代法治精神，也承担着形象地宣传现代法治观念和法治意识的特殊使命。作品通过表现"法律人"的行政、司法活动来传递"法"的精神，启迪国民的法治意识和法律素养，并引导其身体力行地助力新时代法治建设。

另一方面，法治题材剧中的"法律人"形象是国家形象和人民利益的代表，也是社会主流意识形态及其价值观的承载者。在与不法分子智勇博弈的过程中，以警察、法官、检察官为主角的"法律人"群体往往表现出浩然正气、不惧生死、坚定不移等优秀的理想道德品质，彰显出特有的崇高美、庄严美、权威感和荣誉感，让受众获得审美快感的同时也能得到深层次的教化和灵魂的洗礼。

一、现代法治精神及其启蒙价值

新时代法治题材剧的社会功能及其所彰显的现代法治精神，集中到一个点，就是它鲜明的启蒙精神和启蒙作用。文艺启蒙作为一种运动，起源于17—18世纪的欧洲，是继欧洲14—16世纪以人的解放为标志的文艺复兴运动之后，又一次反对封建主义、愚昧主义和宗教神权，倡导自由、民主、科学的资产阶级文化运动，对西方人类文明发展产生了深远的影响。我国的启蒙运动应该说在1840年鸦片战争之后，在一批积极倡导学习西方文明科技、主张变革的知识分子那里就已经存在了，但使其真正轰轰烈烈成为全社会的一场思想文化运动的是1919年的五四新文化运动。五四新文化运动提倡以民主反对专制、以科学反对愚昧、以新文化反对旧文化，是中国真正意义上的第一次思想启蒙，它使受几千年封建愚昧思想蒙蔽的国民得到现代思想的教育、启蒙，对国民现代意识培育具有开创意义。陈独秀说过，"国人而欲脱蒙昧时代，羞为浅化之民也"。文学运动在其中也扮演了十分重要的角色，以鲁迅、郭沫若等为代表的一大批文学家高举白话文和新文学的大旗，加入了文化启蒙运动的行列。鲁迅在《呐喊》自序中说："这一学年没有完毕，我已经到了东京了，因为从那一回以后，我便觉得医学并非一件紧要事，凡是愚弱的国民，即使体格如何健全，如何茁壮也只能做毫无意义的示众的材料和看客，病死多少是不必以为不幸的。所以我们的第一要著，是在改变他们的精神，而善于改变精神的是，我那时以为当然要推文艺，于是想提倡文艺运动了。"①鲁迅又在《我怎么做起小说来》中说："说到'为什么'做小说罢，我仍抱着十多年前的'启蒙主义'，以为必须是'为人生'，而且要改良这人生。我深恶先前的称小说为'闲书'，而且将'为艺术的艺术'，看作不过是'消闲'的新式的别号。所以我的取材，多采自病态社会的不幸的人们中，意思是在揭出病苦，引起疗救的注意。"②改造国民性、唤醒国民是新文学的重要功能。可惜的是，由于中华民族的内忧外患、无休止的战争，这种国民精神的启蒙运动没能延续到底，国民性改造的任务并没有进行彻底。可以说，虽然时至今日国民教育的任务不再像以前那么尖锐突出，但是我们现代意识培养、国民启蒙教育的必要性依然存在，历史使命还没有完成。当下社会封建残留意识依然可见，民主精神依然淡薄，法治意识依然贫乏，现代文明观念依然不足。加之，我们改革开放时间短，人们的思想境界还有待进一步提高，人文素养有待更好地加强，各种消极、愚昧、落后的意识还需要下功夫克服，等等。文艺通过审美形式来影响受众，具有"润物细无声"的效果，在国民精神教化和社会文明引导中能起到独特的作用，法治题材文艺更是首当其冲。

新时代背景下，党和国家把全面推进依法治国、加快建设社会主义法

---

① 鲁迅.《呐喊》自序 [M]//冯雪松.呐喊·彷徨.南京：南京大学出版社，2009：2.
② 鲁迅.南腔北调集 [M].北京：人民文学出版社，1980：101.

治国家放在中国现代化建设的总体战略布局中。①中国法治现代化建设的最终目标就是要实现依法治国。时代法治精神是"全面推进依法治国"②战略目标必不可少的精神基石，是中国法治现代化建设进程中至关重要的组成部分和现代法治建设成果的有力保障。同时，培育并弘扬社会主义法治精神对于培养国民的法治素养，培育公民的崇法、尊法、用法、守法意识也具有至关重要的作用。在这样的大背景下，新时代一批法治题材优秀作品立足于中国现实法治建设的生态环境，贴合普法教育、反腐倡廉、冤案纠错、海外追逃等社会热点，通过塑造"法律人"形象来承载法律至上信仰、公正平等理念、程序规则意识等时代法治精神，将国家"全面依法治国"、"德治""法治"相结合的现代法治建设理念巧妙地内化其中，对于改造国民法律工具主义、宗法意识的思想基础，普及公民法治教育、提升中国社会的法治文明程度，进而形成全社会的法治风尚都具有一定的实际效用。

其一，凸显"法律至上"精神，有助于改造中国法律工具主义、封建宗法传统的思想基础。

在中国传统法律文化中，"律例"是个缺乏神圣性和崇高性的社会规范系统，是封建统治者"驭人"的工具，这一状态促生了法律工具主义思维在中国封建社会的长期盛行。法律工具主义思想强调统治阶级的意志高于法律，抬高了权力的地位，弱化了对国家权力运行的监督，其实质就是重"人治"轻"法治"。而其长期的运演发展也滋长了人们对法律的不信任心

---

① 党的十八大以来，以习近平同志为核心的党中央明确提出"全面建成社会主义现代化强国"，统筹推进"五位一体"总体布局，协调推进"四个全面"战略布局，这也成为中国现代化建设的总体目标和框架。

② 党的十八届四中全会审议通过的《中共中央关于全面推进依法治国若干重大问题的决定》，全面推进依法治国必须弘扬社会主义法治精神，建设社会主义法治文化，通过对法治精神的弘扬，使全体人民都成为社会主义法治的忠实崇尚者、自觉遵守者、坚定捍卫者。

理，严重阻碍着法律信仰和法律神圣不可侵犯观念的形成。

在21世纪前后生产的《大法官》《公安局长》《罪域》中的"清官治腐模式"就隐喻或潜在表达了这种"人治"大于"法治"的法律工具主义，剧中反腐之所以能够取得成功，并不是法治力量的推动，而是得益于"清官"们不惧强权、执法如山的优秀道德品质。当"青天"遇到上级腐败官员阻挠工作时，反腐斗争则难以有效开展，此时总会出现一个更高级别的"清官"来支持反腐，才能使腐败势力受到重创或使案犯得到应有的惩罚，而反腐过程中法律的功能和效用被明显弱化。这种"贤人反腐"的剧情在21世纪之前法治题材剧中被创作者反复挪用并受到当时观众的极大欢迎，正是法律工具主义思想深埋在国人内心深处的明证。

2010年以来播出的法治题材剧已经较少出现绝对的"清官反腐模式"，如《人民检察官》《人民的名义》中大多展现了"法律人"刚正廉明的依法行政形象，他们信仰法律至上、坚决捍卫法律尊严和权威，依法行使、制约以及监督权力，最后以法律为"武器"将腐败分子绳之以法。检察官方大庆面对职务高于自己的副部级领导金铭山，依然依法、依归对其违法犯罪行为进行监督和制约。在与金铭山斗智斗勇的过程中，方大庆不断受到死亡威胁，但他丝毫没有退缩，最终在金铭山之妻刘明慧身上找到案件突破口，将金铭山的罪行大白于天下。方大庆的反腐成功不是因为新来高级别领导的"顶级助力"，而是以法律为"枪炮"，步步为营、稳扎稳打，赢得了反腐战役的最后胜利。侯亮平以法律为盾牌"横冲直撞"，严厉打击"小官巨贪"赵德汉，秉公追查陈海死亡案、丁义珍出逃事件、山水庄园与大风厂纠纷案等，将汉东政坛"搅"得天翻地覆，即使面对自己的老师兼上级领导高育良也丝毫不留情面。尽管侯亮平的利箭反腐有省委书记沙瑞金潜在的支持，但总体而言他的一系列行动尤其是在反腐遇到挫折——被赵立春干涉、被高育良算计、被蔡成功诬陷停职查办时都没有得到更高权力的护佑，反而是其下属陆亦可等人通过不断寻找证据帮其洗清了嫌疑，也使反腐局势得到根本扭转并最终使案犯受到了应有的法律制裁。这些作品通过"法律人"在执法、司法中的实际行动来凸显"法律至上"的精神，有利于改造国人根深蒂固的法律工具主义思维，让民众相信法律的神圣性和崇高性，强化遵法、守法、用法的意识并内化为自身的行动。

除法律工具主义思想外，长期以来，以血缘关系为纽带的宗法伦理对中国文化和中国人的思想观念也产生着深远影响，即使在现代社会，国人的尊卑等级观念、家族血统观念以及天人合一、贵和尚中等社会意识，都与宗法思想有着千丝万缕的关系。不可否认，宗法观念在古代社会中起着维护封建等级制度和稳定社会秩序的作用。宗法意识中的等级观念、关系文化、服从意识等消极因子总体上腐蚀着法治精神，与中国法治现代化建设进程格格不入，严重阻碍着人们法治意识和法治素养的养成。新时代法治题材剧通过故事讲述与法律常识、法治精神的水乳交融，灵活引导受众积极体悟"法律至上"的价值内涵，有利于改造国民的宗法思想基础，使社会主义民主法治建设的成果得到有效保障。《破冰行动》中的塔寨村虽具有看似牢不可破的强大宗族势力，但面对缉毒警察背后承载的现代法治治理体系，宗族大于法治的封建宗法信仰和宗族势力最终被彻底打破。作品或通过"法律人"在剧中的普法行动，让人们认识到愚昧迷信、封建家族血统观念等根源于宗法伦理的腐朽落后观念对"法"的规范理性的危害和冲击；或以"法律人"捍卫法治与规则的铁腕反腐、反犯罪行动，来规训宗法意识衍生出来的"圈子"文化、利己主义伦理。作品通过正反对比，传播了"法律至上"的现代法治精神，努力让民众将法律法规、道德意识、社会主义核心价值观等内化于心、外化于行。

其二，彰显公平正义精神，有助于普及公民法治教育、提高社会综合治理水平、提升中国社会的法治文明程度。

"公正是法治的生命线"，它象征着人们对光明、公正、自由、宽容、平等、秩序等价值内涵的追求与向往。作品通过表现"法律人"对诸多案件的处理来传递"公平正义、违法必究、权利救济"的现代法治理念,从而引导电视机前的观众尊重和服从司法裁判或民事调解,提升全民的崇法、信法和守法意识。

《阳光下的法庭》表面上是以"司法代表团"(白雪梅、张伟平等)、"律师代表团"(宁致远、鹿鸣等)和"当事人代表团"(韩志成、栾坤等)为"黄金三角"讲述法院的司法审判故事,实质上始终兼顾"一切为司法改革服务"和"一切为人民服务"两个相互关联的小组,奉行公正平等的法治信仰,正如司法女神手中的天平一样全面顾及人民群众在每一个司法案件中的切身利益,提高了社会的综合治理水平,透视了法律的公正、公平及其巨大力量,也达到了良好的普法效果。《小镇大法官》中的基层法官王德忠在处理"高大宽离婚案""郝大妈赡养案""吕峻岭争夺子女抚养权案""赵二狗摩托车撞人案""杜小猛告母亲陶爱菊支付抚养费案""董大年意外伤害案""李明学遗嘱案"等案件时兼顾了人情与法理的关系,既立足于乡村法治现实,又维护了法律的尊严。王德忠的这个法槌正好敲在百姓的心坎上,"让人们在正义面前各得其所",而且该剧以轻喜剧的方式呈现了百姓生活中的人生百味,在欢乐中播撒了法治理念的种子,容易被观众接受和认同。

其三,表现尊重程序、保障人权等内容,有助于坚定人民的法治信心,培育公民的法治信仰。

立法、行政、司法等程序是否完备并得到严格的遵守执行,是衡量一个国家法治文明、司法公正、诉讼民主、人权保障程度的重要标志。[①]在中国实际法律运行过程中,无论是立法还是执法和司法工作都强调程序的正当性。程序公正一般包括当事人双方地位平等和权利对等、"法律人"态度中立、必要的行政、司法程序公开、当事人的广泛参与等。法治题材剧

---

① 张文显.运用法治思维和法治方式治国理政[J].社会科学家,2014(1):8-17.

中多次展现了"法律人"在执法、检查、司法过程中所体现的"程序正义"精神，让正义以看得见、合乎程序的方式实现，有助于增强现实生活中民众对行政执法、司法的信心，坚定法治信仰。电视剧《阳光下的法庭》剧如其名，充分展现了阳光下的司法过程，有力呼应了"阳光是最好的防腐剂"的主体内蕴。该剧通过对诸多案件包括庭审直播、证据出示、辩论、审判结果公示、执行公开、媒体监督等审判前前后后的"阳光"展现，几乎将法院司法审判流程的各个真实环节都毫无保留地呈现在观众面前，充分显现出人民法院司法裁判所秉持的程序公正的司法理念，保证了公正司法。电视剧《人民的名义》中的侯亮平在将要"突破"刘新建的关键时刻被人举报贪污受贿、《谜砂》中的齐雁南遭陷害被迫停职，但他们都没有执拗地继续进行侦查、审讯工作，潜在传播着"实体公正与程序公正并重"的行政执法理念。这些作品通过对"法律人"执法、司法活动中注重程序正义的微观细节表现，"努力让人民群众在每一个司法案件中都感受到公平正义"，有助于提高政府的行政执法、司法公信力，增强现实中民众的法治信心。

除了正面展示"法律人"在行政和司法工作中的程序正义，不少作品也通过冤假错案平反情节来表现公检法机关的自我纠偏机制、诠释"尊重和保障人权"的现代法治精神，让观众从另一角度加深对程序正义的理解，如《因法之名》中的"许志逸案"、《阳光下的法庭》中的"张大年强奸案"、《人民检察官》中的"王顺奸杀幼女案"等案件的平反，都在无形中强化着"疑罪从无"的现代法治理念，体现了我国法院、检察院贯彻人权保障，勇于纠错的勇气与担当。法治的真谛在于全体人民的真诚信仰和重视践行。作品为观众描绘出一幅美好的"尊重程序、人权至上"的现代法治蓝图，有助于增强社会公众对行政、司法程序的信心，深化法治精神的认知，从而坚定对现代法治的守护与信仰。

二、主流意识形态及其价值追求

新时代背景下的法治题材剧通过塑造"法律人"形象来承载传统英雄主义和集体主义精神，潜移默化地影响着大众的思维方式、理性精神和道德伦理，从而达到引领时代主流价值观、传递社会正能量的艺术效应。

（一）英雄主义的彰显

所谓英雄主义，在《辞海》中有着这样的解释："指主动为完成具有重大意义的任务而表现出来的英勇、顽强和自我牺牲的气概和行为。"英雄可以反映一个民族的精神风貌，而英雄主义则无疑是民族精神文化中最宝贵的财富之一。郁达夫在鲁迅纪念大会上就曾经说过："一个没有英雄和英雄主义的民族是可悲的。一个没有英雄的民族是不幸的，一个有英雄却不知敬重爱惜的民族是不可救药的。"中国的英雄主义起源于先祖同恶劣自然环境的不懈抗争，其后与外国侵略势力、封建地主、资产阶级等的英勇斗争，更是为中国英雄主义的艺术化表达提供了鲜活且丰厚的素材。"歌唱祖国、礼赞英雄从来都是文艺创作的永恒主题，也是最动人的篇章。"[1]塑造英雄可以说是世界文学艺术的伟大传统，以英雄主义为创作母题的文学作品不胜枚举。

从古希腊神话英雄中盗取天火的普罗米修斯、大力神赫拉克勒斯、足智多谋的追寻英雄奥德修斯、敢于和命运作不屈抗争的悲剧英雄俄狄浦斯以及发出"女权主义"第一声呐喊的"恶魔"式英雄美狄亚等"半神式英雄"开始，英雄书写就一直是世界文学艺术中人物塑造的重要母题：从中世纪塞万提斯笔下的堂吉诃德式的骑士英雄，到文艺复兴时期的莎士比

---

[1] 习近平.在中国文联十大、中国作协九大开幕式上的讲话 [M].北京：人民出版社，2016：2.

亚笔下的哈姆雷特式的巨人英雄；从17世纪《失乐园》中的古典主义英雄，到18世纪《鲁滨逊漂流记》《浮士德》等作品中的启蒙英雄；从19世纪的拜伦式英雄、撒旦式英雄，到20世纪美国现代小说家厄内斯特·海明威和法国作家罗曼·罗兰笔下的精神守望式英雄，他们都是英雄母题在不同时代的"变体"，汇成了世界英雄书写史多姿多彩的河流。中国文学史作为世界文学史的一个重要分支，同样也有着塑造英雄、讴歌英雄的伟大传统，倾注了文学家们历久不衰的创作热情。对英雄的书写与表现在我国的诗、词、赋——唐传奇、宋话本、明清小说以及古典戏曲、说唱中早已广泛存在，而且源远流长，从未断流。不论是狄仁杰、包拯、海瑞、施世伦等执法如山、刚正不阿的"青天"形象，还是岳飞、文天祥、穆桂英等精忠报国人物形象和侠义小说中行侠仗义的江湖豪气英雄，甚或是《西游记》中的神话英雄、《三国演义》中的乱世英雄、《水浒传》中的草莽英雄，都浓缩了千百年来人们的英雄理想，体现了广大社会阶层对公平正义、政治清明的渴望和对英雄人物的崇拜敬仰。在现当代文学作品中，从20世纪三四十年代的《洋铁桶的故事》《吕梁英雄传》《新儿女英雄传》等章回体小说中塑造的抗日英雄群像，到新中国成立后的"十七年文学"（《红岩》《青春之歌》《红旗谱》）中豪情壮志的革命英雄，"新时期文学"中的启蒙英雄、悲情英雄，再到21世纪的"百花齐放"，一路前行，一路芳华。古往今来的中外经典文学作品都彰显着英雄主义的崇高价值，并逐步积淀为一种主体性的文化形态和大众心理情结。

英雄主义不仅作为文学艺术的传统母题，而且一直以来也是影视剧的一个重要表现主题。作为以守法与犯罪这一大是大非的内容为主要叙事视域的电视剧类型，法治题材剧旗帜鲜明地传承了这一文学基因，其突出的英雄情结具有深厚的社会文化基础和大众心理积淀：首先，英雄形象是社会公平和正义力量的化身。"法律人"保护人民生命和财产安全，以行政执法、司法裁判发正义之声，其全心全意为人民服务的宗旨、维护社会公平正义的法治信仰在本质上是英雄性的。法治题材剧通过表现"法律人"的侦破工作、对法律的忠诚、对法治的捍卫等情节，可以凸显出英雄"法律人"在人民心中的"保护神"地位。其次，"法律人"是国家安全稳定的有力保障，是社会安定秩序的忠诚守护者。他们不屈不挠地与各种恶势力做斗争，最终实现对案犯的驯服，保障了社会的长治久安。因此，对"法律人"英雄的塑造和对英雄主义的张扬是法治题材剧无法回避的历史使命和社会责任。最后，大众对案犯及其犯罪行为的恐惧、对英雄及其英勇行为的崇拜，反映了人类与生俱来的对和平、安定的心理诉求，而这正是法治题材剧崇尚英雄、讴歌英雄的社会心理基础。"法律人"英雄大智大勇的行为以及惊险曲折的传奇经历满足了电视观众的好奇心和观看欲；而正义最终战胜邪恶、案犯得到应有的惩罚、稳定和谐的生活秩序得以维护，又契合了人们惩恶扬善的道德诉求和心理期待。

英雄主义从来都不是僵化的概念，其含义不仅在不同历史时期、不同社会背景下是不断发展变化的，而且不同英雄人物所体现的精神意涵也有着些许的差别。法治题材剧中的"法律人"英雄形象不是冰冷机械的国家机器，而是有血有肉、有情有义的个体，他们多具有一种崇高神圣的职业道德和职业素质，坚守着法律至上、人权至上的现代法治信仰，为捍卫民主法治和社会主义法治建设而辛勤工作，敢于与恶势力斗争到底，诠释着不惧艰险、不怕牺牲的大无畏精神。

其一，新时代的诸多"法律人"英雄在全面依法治国的背景下坚守着职业良知，充满坚定的社会责任感和正义感，展现出良好的职业道德和职业素质。从早期法治作品《金海岸》《反贪局长》《执行局长》《公安局长》的完美无瑕的人格"高大全"式、闪烁着"卡里斯马"的神圣光环的"法律人"英雄到新时代法治题材剧中逐渐摆脱工具化与符号化的嫌疑、逐渐"祛魅"化与接地气的"法律人"英雄，无论是《湄公河大案》中的江海峰、《清网行动》中的海玲、《阳光下的法庭》中的白雪梅、《破冰行动》中的李维民、《善始善终》中的韩楚东等领导干部型"法律人"英雄,还是《草帽警察》中的刘五四、《营盘镇警事》中的范党育、《刑警队长》中的顾铭、《警花与警犬》中的杜飞、《小镇大法官》中的王德忠等基层"法律人"英雄,他们身上都承载着中国传统儒家文化人格的典范魅力,对党和国家无限忠诚,在本职工作岗位上兢兢业业,坚持规范、公正、文明执法,在平凡中蕴藏着伟大、普通中显示出崇高,用汗水、鲜血乃至生命绘就了一幅幅气贯长虹的英雄画卷。

其二,新时代"法律人"英雄也具有一种"法律至上""人权至上"的现代法治信仰。他们往往以法律为武器,与不法分子展开正面的斗争,为捍卫法律的权威和尊严,将个人的荣辱进退甚至生死置之度外,谱写着为社会主义法治建设鞠躬尽瘁的壮丽赞歌。在权与法的冲突中,"外儒内法"的现代"清官"与横冲直撞的孤胆英雄的现代法治信仰体现得较为明显与彻底。近年来的作品(如《守望正义》《国家底线》《国门英雄》《人民的名义》《人民检察官》《谜砂》等剧)中的腐败分子热衷于权权交易、权钱交易、权色交易,将个人的利益和权力凌驾于法律、法规之上,此时,正是侯亮平、关汉生、齐雁南等"外儒内法"的现代"清官"们的秉公执法,才使这些腐败势力才得到了一定的遏制,尤其是在剧情进展到后半段时,这些正义"法律人"多在强权或诬告下被迫停职,失去了行政执法权力,但他们仍然坚信法治的力量,以平民身份奋战在第一线,与手握重拳、残酷冷血的政治"太极老手"斗智斗勇,体现出坚定的现代法治信仰以及崇高的职业道德品质。

与"外儒内法"的"清官"相比,横冲直撞的孤胆英雄们则显得更为悲壮,面对强权和恶势力的阻击,他们无私无畏,勇往直前,生动传递着悲天悯人的人道主义精神和柔性的情感力量。《高纬度战栗》中的劳东林为完成特殊任务,脱下警服,摘掉了半生的荣誉,孑然一身站在了高纬度的土地上,选择艰难的侦查之路;《执行局长》中的中院执行局长赵杰与手握重权的副省长董平、市长金海涛等人巧妙周旋、斗智斗勇。

　　同时，为展现出强权挤压正义的极大化状态，孤胆英雄"法律人"也在新时代之前的一些法治题材剧中被塑造成"以武犯禁"的"现代侠士"，他们为了突破强权而"以暴制暴"，捍卫着社会正义。但在现代法治观念、集体规则意识与体制约束下，我们的"法律人"英雄在打击犯罪过程中所体现出侠者风范与强大的精神感召力，即使因某种特殊原因与国家、集体和组织产生"轻微的冒犯"，最后也会"巧妙地和解"。这种英雄侠者严格区别于西方文化中强调个人价值实现的英雄主义，如众多彰显个人英雄主义的"第一滴血"系列、《贼巢》、《警戒结束》、《热血警探》、《绝地战警》、《街头之王》等美国电影中所呈现的美国式英雄常常我行我素、以身试法。在新时代的法治题材剧中，这种侠肝义胆的孤胆英雄很多转而由"非法律人"职业角色去诠释，如《橙红年代》中落入贩毒集团但仍甘当线人提供情报的刘子光和叶望龙，《漫长的告别》中为爱追凶、一腔侠气孤军奋战的大学生连舟，《猎毒人》中从为兄复仇到"为生民立命"的化学家吕云飞等。

　　其三，国产法治题材剧中的"法律人"英雄还体现着一种大无畏的牺牲精神。在现实生活中，"法律人"群体尤其是警察堪称高危职业，"和平时期，公安队伍是一支牺牲奉献最大的队伍"，几乎时时在流血，天天有牺牲。每一个牺牲流血的警察背后，都有可歌可泣的英雄事迹。而死亡与牺牲也是法治题材剧中使用频率较高的母题之一。法治题材剧中的"法律人"与犯罪或腐败集团斗智斗勇的过程中展现出大无畏的牺牲精神以及捍卫民主法治事业的壮志豪情，无论是在与凶残歹徒激烈搏斗中的壮烈牺牲，还是在执行公务中遭遇突发事故而导致的生命终结，都展示出一种可歌可泣的悲壮崇高之美。

　　"法律人"的死亡和牺牲这一叙事语词在法治题材剧中具有多种表现形

式。其中以"法律人"在作品结尾处的壮烈牺牲最为常见。剧中"法律人"在与不法分子的搏斗中英勇赴死,为人民利益和社会公义烈烈而死,"重于泰山,死得其所",不仅能够唤起人们对恶行、暴力的强烈批判和否定,也让观众对"法律人"无惧死亡、坚守公平正义的崇高人格由衷敬佩。在电视剧《橙红年代》中,刑警韩进弥留之际,在胡蓉耳畔说出"我……要去见师父了,你……说我现在能有资格吗?"的悲壮话语,语气微弱但掷地有声、感人肺腑,生动诠释了中国刑警"只解沙场为国死,何须马革裹尸还"的牺牲精神。在电视剧《刀锋下的替身》中,刑警队长陆安明的牺牲被定格在了将手铐戴在案犯手上的那一瞬间,一生勇敢、正直、爱国的老刑警微笑着闭上了双眼。看到此,观众虽然会有一种案犯终落网、如释重负的安心感,但更多的是对"法律人"誓死捍卫法律尊严的崇高精神的感动与缅怀。在《天下无诈》中,警员马赛在最后的抓捕过程中替最大"金主"路九渊挡了一枪而壮烈牺牲。而她临终前对案犯所说的一番话——"我要让你活着,活着回到中国接受惩罚"也触动了案犯,让路九渊最终选择被押解回国接受中国法律的制裁而不是留在马来西亚被处决。剧中法律人"为捍卫法治精神和法律尊严"的自我牺牲精神也让观众对"法律人"群体及其职业价值有了更为深刻的理解。

此外,"法律人"的牺牲也并不都是在与不法分子的斗争中发生的,部分法治题材剧还生动表现了他们在日常工作岗位上因车祸或积劳成疾等因素导致的"因公殉职"。《刑警队长》结尾处,顾铭冒着瓢泼大雨开车前往现场调查,途中他如往常一样给家人打电话,但没想到车祸就在此刻发生了。画面中,延迟摄影中的雨声、钟建敏失手碰掉杯子的坠落声、黄雪玲打来的电话铃声融汇成一种无言的沉痛感。此时主人公的牺牲虽不是壮怀激烈的,但仍有令人痛惜、深沉动人的力量。随后的主观镜头下,钟建敏、邱冰、林之华、金鑫仍然在忍痛坚持工作,这种坚持正是他们对顾铭的敬意和缅怀,也是对顾铭未竟事业的真诚追随。最后,镜头中顾铭一家人携手相伴的背影更寄托着荧屏内外人们的礼赞与感动。《营盘镇警事》中，在营盘镇分局新大楼落成仪式上，范党育折回取发言稿时不幸心脏病发作，他没能拿到放在桌子上的治疗药物，就这么倒下了……然而，英雄的离去，带给人的并不只是无尽的悲痛，党育的精神并没有就此消逝。如剧中表现的，3年后，党育的儿子党鹏陪着母亲来到墓地祭奠亡灵，从小目睹父亲总是忙于工作的他一度并不想当警察，如今却义无反顾地继承了父亲的遗志，成为范家的第三代警察。平静的悲情牺牲换来的是巨大的心灵感召，英雄精神得以延续与传递。

（二）集体主义的承载

集体主义（collectivism）作为群体概念范畴，即以社会整体利益高于个人利益为根本出发点，把集体利益、全局利益和长远利益放在首位，个人利益服从集体利益，局部利益服从全局利益，眼前利益服从长远利益。[①] 英雄主义侧重强调的是个体的行为，而集体主义则重在表现群体利益，作为互为表里关系的英雄主义、集体主义等主流意识形态显然是法治题材剧所要表达的。"法律人"身上承载的集体主义精神主要体现为一种对国家和民族无限忠诚的家国情怀、舍小家为大家的大局观以及团队合作、协同作战的团队合作意识等。

其一，"法律人"承载的集体主义精神体现为一种把个人命运与国家、民族和社会的命运融合在一起的家国情怀，它熔铸了中华优秀传统文化内涵，体现着以爱国主义为核心的民族精神内蕴。近年来的一批主旋律法治题材影视作品也会通过"家"与"国"意象的并置，来有效激发出观众的家国情怀和忧患意识。在《战狼Ⅱ》中，当冷锋高举五星红旗穿过交战区时，这面护佑中国人踏上归家之路的红旗已化身为国家的象征；结尾处令

---

① 张晓红.试论集体主义的科学内涵与本质特征［J］.江西社会科学，1990（3）：128-133.

人热泪盈眶的想象性"护照宣言"①，生动地呼应了片中"中国护照不一定能带你去世界任何地方，但是能把你从世界任何一个地方接回家"的家国主题。在网络罪案题材剧《善始善终》中的一次解救行动中，奉命营救人质的中国刑警拍着惊慌失措、心有余悸的被绑架的中国人质的肩膀说"别害怕，我们安全把您送回家"；行动成功后，卧底英雄方末、齐侠祭奠牺牲的战友，身后则是迎风飘扬的五星红旗。作品通过国旗、护照等寓有"家国"内涵意象的"重复"展示，巧妙地将"个体命运"与"国家"相勾连。尤其是与稳定和平的国内环境相比，作品中的异国经常处于炮火连天的政治动荡中。两相对比，中国观众会进一步认同"这不是一个和平的时代，只是我们生活在一个和平的国家"这句话。

具体来说，法治题材剧中的"家国情怀"主要体现在"法律人"将个人利益与国家利益紧密相连，把对国家的忠与对家庭的爱合为一体，表现出对国家共同体的认同关心、维护热爱、奉献担当精神。如在电视剧《刀锋下的替身》中，缉毒队队长陆安明退休在即却遭遇小儿子金洋（卧底警察）被毒贩杀害的丧子之痛，"一根筋"的他将计就计让金洋的双胞胎哥哥陆海替换其身份打入"匪窝"、查明真相。陆海的"凭空消失"给不明真相的女友带来了极大的情感折磨，而陆安明也承受着巨大的精神压力。支撑父子俩坚决攻下制毒贩毒堡垒的信念中既有查明儿子、弟弟死因，还其清白的强烈意愿也有保卫国家生命财产安全的神圣使命。在与龙叔为首的贩毒集团的斡旋中，敢闯敢为、疾恶如仇的陆海在不断成长，而陆安明最终也以牺牲生命为代价维护了法治尊严和国家利益。作品将"法律人"父慈子孝、兄友弟恭的天然亲情拓展和上升为心怀天下、报效国家的责任意识，

①　影片中"中国护照"扉页文字被想象性地改写为："中华人民共和国公民：当你在海外遭遇危险，不要放弃！请记住，在你身后，有一个强大的祖国！"而现实中中国护照中扉页中所写的文字是："中华人民共和国外交部请各国军政机关对持照人予以通行的便利和必要的协助。"

有力促进了个人、家庭与社会、国家的良性互动，实现了家国合一的道德伦理价值追求。

《破冰行动》中的缉毒警察李建中因为妻子复仇，不惜脱离警界，远赴香港加入了当地的黑帮组织。因为背井离乡去查明真相，李建中对儿子李飞多有愧疚。此后，他为保证儿子的安全以毒贩身份卧底深入塔寨险境，为警方打击毒贩提供了重要线索和情报。诚然，李建中的两次甘做线人、卧底的执着信念源自他对妻子、儿子所代表的小家最深沉的爱，但正因为有了"正心诚意、修身齐家"作为基础，才有了"治国平天下"的勇气、胆识和韬略。在卧底过程中，他始终坚守着警察本色和国家利益至上的责任意识。这种融家庭情感与爱国情感为一体的英雄人物塑造，让不少观众觉得真实可感，从而增强了"家国合一"集体主义精神的感召力和传播力。

其二，"法律人"形象所承载的集体主义精神也体现为一种"舍小家为大家"的大局观。具体来看主要集中在三个方面。首先，"舍小家为大家"较多体现在"法律人"因过度忙于工作而疏于对家人的陪伴与照顾的现实情况中。《无路可逃》中的仁青多杰为了石幸案件的侦破天天忙到深夜，妻子也因接送孩子请假过多被公司开除；《橙红年代》中的缉毒警察黄振武因工作原因很少陪伴家人，甚至妻子难产去世也不在现场……剧中"法律人"无私奉献、忘我工作、舍小家为大家，让观众为之感怀、感动。其次，"法律人"群体"舍小家为大家"的大局观也体现在挚爱亲朋的生命安全受到威胁时，亲人往往是热血"法律人"的软肋，也特别考验他们的勇气和智慧。在《真爱的谎言之破冰者》中，毒枭蔡炳坤为控制得力手下靳远，用一个冰毒快递把谭逗逗引到靳远身边。为女友早日逃脱"魔窟"，靳远多次设计试图气走逗逗，但为禁毒事业，他始终不能对深爱的逗逗坦诚相告。在两难困境中，"法律人"的智慧、情义以及公平公正的法治信仰得以充分凸显。最后，当面对亲朋好友的腐败堕落时，"法律人"壮士断腕般的大义灭亲精神也尤为可贵。在《人民检察官》《人民的名义》《执行利剑》《国门英雄》《国家底线》等剧中，"法律人"们在处理叔叔、妻子、老师、同学、战友的腐败案时毅然做出了"大义灭亲"的行动，生动诠释着"法律人"的职业良知和法治信仰。

其三，"法律人"形象所承载的集体主义精神亦体现为一种团队合作、协同作战的合作意识。诸多法治题材作品艺术化呈现了现实公检法单位中常运用的"师带徒""传帮带"制度，这种传承行政执法经验、共享隐性知识的人才培养模式在无形中增强了"法律人"系统的稳定性与团队合作精神。而剧中具体的案件侦破也通常需要依靠一个小组或一个团队来共同协作完成。电视剧《谜砂》展示了特别能战斗的小队组合：小莉小心谨慎又细心，负责"侦查"；老傅成熟稳重有耐心，负责"盯梢"；高飞年轻，有活力、有干劲，负责"跑腿"；而小组的"大脑"齐雁南负责指挥行动，运筹帷幄，多次大案、要案的破获集中展现了他们彼此之间的信任、默契与勇敢协作的精神品质。而且，在很多情况下，为侦破案件，这些"法律人"小组还可以扩展为一个公检法联合作战系统，多方力量为打击犯罪团结合作、密切配合，使集体主义精神得到极大显现。

此外，这种团队合作精神也鲜明地体现在"法律人"群体境外跨国追捕逃犯中。如在电视剧《莫斯科行动》中，陈尔力等5人组成的秘密小队奉命去没有执法权的俄罗斯执行跨国追逃的任务，但有限的破案时间、异域国度错综复杂的局势无疑给侦查工作造成了极大的阻碍：俄罗斯黑帮成员往往心狠手辣，潜逃嫌犯朱三、二姐、牛振、苗永林等人又十分阴险狡猾，俄罗斯警局无法为五人组提供过多的援助，且警局中还有敌方的"帮凶"……正是在这种敌众我寡的不利情况下，小组成员密切配合，调动一切可以运用的资源，并巧妙利用敌方成员间的矛盾各个击破，最终出色地完成了任务。在多次行动和抉择中，陈尔力大智大勇的果断行动、段会军运筹帷幄的领导智慧、宋琳灵活多变的处事能力、姚凯的英勇和效率意识、康志国的高情商形成了破获案件的集体智慧，展现了中国警察集体的胆识、智慧和坚忍精神。

无疑的，"法律人"跨国追凶或跨国拯救的"小集体"背后都承载着国家的形象、意志和力量。《湄公河大案》《善始善终》《天下无诈》等剧作中敢于"亮剑"或"突击"的"法律人"英雄在一定程度上凸显了当今时代作为"大集体"的中国日益强盛的综合国力和国际影响力。在这些剧中，公安部禁毒局局长江海峰纵横开阖地协调处理各类事宜；"反电诈"小组在跨国追凶中从容、自信、有底气地与马来西亚警局开展联合打击违法犯罪的警务合作；卧底方末、齐侠亦能在缅甸、老挝等国多警种配合下打出高效"组合拳"。而且，上述作品中的故事情节和人物均有现实原型的支撑，验证着中国警察在跨国警务合作中所取得的积极成果。

第二节　情、理、法、权冲突及其人文内涵

一、情、理、法博弈凸显精神格局

中国传统社会是以宗法为基础的大家庭，也是鲜明的"人情社会"。法家先驱管子所主张的"令顺民心"，就是指立法要合乎"民情""民心"："人主之所以令则行禁则止者，必令于民之所好而禁于民之所恶也"，"政之所兴，在顺民心，政之所废，在逆民心。民恶忧劳，我佚乐之。民恶贫贱，我富贵之。民恶危坠，我存安之。民恶灭绝，我生育之。……令顺民心"。[①]不管是在传统的封建社会还是现代社会，"法不外乎人情"依然是中国人对法律的一般共识，也就是说，大部分人认为法律与人情其实并无

---

① 管仲.管子［M］.李山，轩新丽，译注.北京：中华书局，2019：3.

矛盾之处，也不应该有矛盾之处，当法律与人情相冲突时，应该先照顾人情和满足人情的要求。同时，法律对情、理的吸收应当与时俱进并适应时代，在司法实践中不断修正，以保证法律的有效运行。显然，"法不外乎人情"昭示了中国现实法治环境和文化语境下法与情的关系。

中国法律是人民群众根本利益的集中体现，但是法律与私利、人情有时并不一致，在具体案件中会出现法与情①、理②的冲突。马克思曾说过："人是哲学、社会科学的起点，同样人也必然是法律的逻辑起点。"③而马克斯·韦伯认为："在法律中隐藏着理性概念的分裂与冲突，当法创制（立法）和法发现（司法）考虑情感、道德或者政治时，它就是实质非理性的。"④显然，人是法律之本，法律源于人、行于人、服务于人，离开了人，法律既无存在的必要，也无存在的可能。人是有情感的，法律之本又是人，这就使得情、理、法的创制以及实际运行中的冲突和博弈有时候不可避免。即使在现代法治已有初步发展的当下，特别是在基层法律实践中，仍然强调法律与人情、事理的两相兼顾。

---

① 在现代社会的实际语义中，情大概有四层意思：第一层意思指人之常情，即人性、人的本能等义；第二层意思指民情，在这个角度上，可以把社会舆论、社会基本常识和共识，以及社会公认的习惯法或风俗习惯作为民情的载体，加以考量；第三层意思指情节或情况，在这个意义上，说情有可原，讲的就是案件具体的情节，例如前因后果、时空和情境因素或偶然因素等；第四层意思指情面或者人情，更多地涉及案件相关的人际关系和社会关系。参见黄月平，金一驰.法与情、理关系辨识［N］.北京日报，2014-12-15（18）.

② 而理大概有三层意思。第一层意思指天理，即我们说的天道，或者人与社会应该共同遵循的一些规律；第二层意思指公理，可以理解为社会共同的行为规范，如习惯、传统、共同规则；第三层意思指公共道德或者公共利益，即今天所说的公序良俗，在后两层意义上理与情是相通的，故往往合称为情理。参见黄月平，金一驰.法与情、理关系辨识［N］.北京日报，2014-12-15（18）.

③ 中共中央马克思恩格斯列宁斯大林著作编译局.马克思恩格斯选集：第1卷［M］.北京：人民出版社，1995：67.

④ 戴弗雷姆.法社会学讲义：学术脉络与理论体系［M］.郭星华，邢朝国，梁坤，译.北京：北京大学出版社，2010：46-47.

法庭题材剧《阳光下的法庭》《小镇大法官》、检察题材剧《人民检察官》《人民的名义》《决胜法庭》、刑侦题材剧《江城警事》《清网行动》《营盘镇警事》、律政题材剧《继承人》《精英律师》等通过表现"法律人"对具体案件的审理和对具体纠纷的调解,艺术地呈现了丰富多样的情、理、法的冲突。总体而言,根据不同案件性质,剧中的"法律人"群体在冲突处理中也会采取各有侧重的方式。如在《小镇大法官》中的合同纠纷、《营盘镇警事》中的物权纠纷、《继承人》中的家庭继承人纠纷、《离婚律师》中的离婚纠纷、《精英律师》中劳动争议与人事争议、《阳光下的法庭》中的知识产权与竞争纠纷等有关的民事纠纷的民事案件中,"法律人"用情、理的调解方式超过用法的惩戒功能;而在《清网行动》《人民检察官》《人民的名义》中所呈现出的案犯对受害者构成直接伤害的各类刑事案件中,"法律人"则更多地树立"严法惩恶贼""法不容情"的法治权威和尊严。

以上作品从情、理、法的纠葛入手,较好地把握了三者相互冲突又相互依存的尺度,切合了中国现实法治建设的生态环境,凸显出"以人为本"的现代服务理念、"法律至上"的时代法治精神,也回应着社会公众对法治中国、公平正义的期待和呼唤。

(一)"情判"超过"法判",彰显以人为本

"徒法不能自行",没有人也就无所谓审判。法律除了规范,要真正发挥作用,离不开主体的因素和作用。"法律人"作为一个主动的行为主体,其自身的知识结构、价值理念、处事方式都会以各种各样的方式渗透到具体的案件处理过程中。一般而言,现代"法律人"应秉公执法,切不可掺杂任何私人情感,以免影响判决的公正公平性。但法治题材剧所塑造的一批"法律人"群体却往往更加注重运用"情判"的裁判方式来处理各类案件。他们以情为核心,充分体察人情、社情,使案件柳暗花明,实现了司

法效果与社会效果的统一。

一方面，在众多民事纠纷案，尤其是在基层法律实践中，为了凸显"情判"在处理复杂案件时的重要性，不少法治题材剧常常设置法治观念针锋相对的老、少"法律人"组合，以其思想上和行动上的激烈交锋来达到情、法之辩的效果。《小镇大法官》中，年轻法官姜浩在处理"高大宽离婚案"时严格按照司法程序予以立案，庭长王德忠却盘算着如何劝义弟高大宽不要离婚，由此引发了新、老法官首次出现矛盾。接下来的剧情显示姜浩的严格依法执行直接导致了陈玉芬的意外跳楼事件，而高大宽与陈玉芬在结尾处的复婚侧面证明了王德忠用"情"协调基层民事案件的实际效用。剧中更为鲜明的情与法的冲突发生在荷塘镇村民的迁坟事件中。"迁坟头、平坟坑、损男丁"的乡俗及荷塘镇村民强烈的宗法意识和镇政府的惠民殡改方案格格不入，王德忠为让村民们明白"死人跟活人争地"行为的不合理性，"晓之以理，动之以情"，不仅带头将亡妻的坟迁走，还在群情激昂的村民面前主动跳下坟坑为村民辟邪。这让一旁的姜浩在感动之余也忍不住质疑师父盲目听信封建迷信的行为。王德忠则悉心劝解道："在这呢，把死人入土为安，当成是一种宗教。只有这样，老百姓心里才踏实……我尊重他们的习惯，就是尊重这片土地，就是尊重我身上穿的这身制服的职责。你记住了在荷塘镇，我们不能活在法律的文字里、教条里呀。这儿的人，是把法官先当人，再把法官当成法律。"正是这一席肺腑之言，令姜浩开始认同其"用情调解"的司法理念。后来，姜浩被任命为荷塘镇法庭的副庭长，在与随行法官的交谈中，他说话的语气以及所秉持的调解理念已与师父如出一辙。作品通过表现两代"法律人"审判理念、调解方式的冲突，凸显出冰冷的法理与温暖的人情之间的博弈，也透视了法律条文与现实运行之间、"纸上谈兵"与"躬体力行"之间的差距。通过情、法之辩，观众也体会到了这种"今天费些唾沫星子，明天就少点火星子""警在前、察在后"的"情判"的重要价值，潜移默化地感受到了"法律人"以人为本的价值理念和"合乎民心，顺应民意"的"为民"意识。

同样的"法律人"设置和关于基层民众的情、法冲突的处理方式发生在《营盘镇警事》中，剧集开始就展现了重要冲突：正值抗旱保苗时节，两村村民因灌溉阀门纠纷持械对峙。危急时刻，还在开会的范党育火速赶到现场，以自己多年积累的群众基础和声誉化解了一场械斗危机。后来派出所和刑警中队联手抓获了引发两村直接冲突的罪魁祸首——砸毁上河村十多处灌溉阀门的下河村村民大柱子。在对肇事者的处理上，刑警队和范党育的徒弟高宇成等人都坚持以刑事案件立案羁押大柱子，但范党育却认为这些被砸毁的旧物够不上800元刑事立案的标准。他的深层执法理念是可以结合后续教育让大柱子改过自新，成为一个守法的人。随后，范党育诚恳向大家解释了大柱子为"孝"而报复性"偷"的犯罪动机并最终为其求得了村民的谅解，从此大柱子洗心革面，日子也越过越红火。在随后发生的多起案件中，高宇成对师父"和稀泥"的处理问题方式有颇多不满，但范党育却说，许多时候"和稀泥"能够把人从犯罪的边缘拉回来，这对维护家庭和谐和社会的安定至关重要。

相对于冰冷的法理，王德忠、范党育等基层"法律人"更看重温暖的人情，他们在执法、司法过程中的仁者之心、正义情感高度契合着党和国家主流意识形态的"人民伦理"，彰显着"全心全意为人民服务"的核心道德准则，显示出"法律人"群体朴素的奉献精神。正是基于这种尊重人民、保护人民、让人民满意的"为民"意识，他们才把解决矛盾、预防犯罪作为其首要职责和治理社会环境的首要工作，在面对非原则性的法、情冲突时才会慎重使用法律的惩戒作用，更加侧重于使用"和稀泥"的教化处理方式。剧中的剧情也多次证明，"法律人"用群众的眼光来审视工作，以敬畏之心向群众问计，用情感去融化当事人心中的疙瘩，更能够顺利地解决实际问题。

另一方面，在法治题材剧中的诸多情、法冲突民事案件中，"法律人"

本着对当事人认真负责的态度而做出的公正裁决有时也会遭受误解，甚至引起更大的冲突。这种典型的"好人好心帮倒忙"的情况时有发生，更加凸显出了"法律人"群体在处理"情、理、法"冲突时所面临的复杂性。如在《婚里婚外那些事》中的"何大军与李健珍离婚案"中，何大军、李健珍夫妻二人因为孩子走丢感情破裂，李健珍虽然被何大军虐待，却始终不肯离婚，何大军又气又急，将李健珍告上了法庭。主审法官庄亚明多次劝解无果后，由她和同事组成的合议庭在开庭审理案件时充分兼顾了何大军提出离婚诉求的"合法合理"和李健珍被频频毒打的"现实情境"，做出了同意何大军离婚的裁决。但本应因此受益的李健珍却选择了割腕自杀，生死未卜。自杀事件发生后，李健珍的胞弟来找庄亚明算账，许多记者闻讯来到法院想采访主审法官，就连被判胜诉的何大军也出来"倒打一耙"，欲控告庄亚明失职……

相较于公检法工作人员，律师群体无疑会面临更多在当事人利益和公共利益间如何权衡的伦理冲突。在《精英律师》的"设计师版权侵权案"中，在被老板认定自己设计的概念样品没有市场前景后，设计师选择"跳槽"并使自己的"杰作"被量产而大卖，"眼红"的原老板柏静红将设计师原来的设计图纸稍做修改后申请原创专利，而设计师也被她状告侵权。在关于是否撤诉的法、理冲突中，也引发了罗槟"要竭尽全力维护为当事人服务，哪怕这么做是缺德的"与其助理戴曦"法律要努力维护公平与正义，而不是仅仅判定合同有效性"的争论。通过几番争论，显然戴曦"让法律的羽翼温暖每一颗渴望正义的心"的理念占了上风。在另外一起案件中，委托人任晓年需要权璟律所派律师帮助其"劝退"得癌症的职工吴军，接到任务的律师罗槟及其助手戴曦均表示不会助长任晓年的"无情无义行为"。律所老板封印得知后批评罗槟并准备开除戴曦，但罗槟却义正词严地表示不会道歉、自己的助理也不会被开除。他选择了尽力维护法律的正义良知，而不是去片面地维护当事人去做违背良心或者不道德的事情，真正做到了"律师的善良，需要有点锋芒"。受其感化，封印也最终授权律所与任晓年解约，虽使律所遭受重大损失但却捍卫了律师职业的价值感和尊荣感，也能够促进电视受众对法律从业者甚至是司法事业的信任和认同。

（二）"法不容情"，维护法律的尊严

在处理民事案件中非原则性的情、法冲突时，"法律人"可以用情超过用法。但在众多"国法难容"的刑事案件中，"法律人"则会坚守"法不容情"而不是徇私枉法。

"法律人"在众多刑事案件所面临的情、理、法的冲突一方面体现在案犯迫不得已犯罪或过失杀人的情况。另一方面体现在"善恶倒置"的"善人"法外制裁恶人的情况中，即凶手绝非恶人，其往往为维护正义或者某种特殊目的而行"法外之事"，而那些受害者也通常作恶多端、"死有余辜"。网络罪案题材剧《无证之罪》中的骆闻和《暗黑者》中的Darker都向观众发出了"情理与法理孰轻孰重"的终极追问，剧集也通过正义"法律人"严良和罗飞对犯罪真凶和真相的极力追寻以及骆闻和Darker之一薛飞的惨死表明对"以正义之名对案犯动以私刑"的行为绝不可取。

剧集通过"法律人"群体的正义行为而做出的判断一是为了凸显法律的尊严——于寥寥众生而言，只有依附于法律才能更好地约束罪犯的恶，以伦理道德为本来约束和制裁罪犯本身就违背了"法"的精神。二是为了能够更好地突出法律"以人为本"的价值理念，更多地引导人们的正向行为。《无证之罪》《暗黑者》中的犯罪者确实令人愤恨，但法律会给予其相应的惩罚。骆闻和Darker却以自己的评判标准对"恶人"行使"法外之刑"，没有认识到法律的引导作用远高于其残忍的杀戮行为，不仅触犯了法律，也妨碍了司法公正。

法治题材剧中所展现的"法外执法""复仇"情节必不为法律所容，因

为法律面前人人平等，法律在引导人们正向行为的同时也必须要约束人们内心深处的恶。法治题材剧是透视社会法治现实的一面镜子，其对社会大众法治观念的影响是潜移默化的，如果秉持贴近实际、贴近生活、贴近你我的创作理念，适当在具体而细微的刑事案件中加入法外开恩的细节，以情、理观照犯罪心理，以爱为最终落脚点，也会为"温暖现实主义"真正注脚。

（三）"情、理、法兼顾"，"德治"与"法治"结合

在新时代法治题材剧所呈现的具体执法、司法实践中，始终追求着"情、理、法兼顾"的理想境界。"法律人"在法理基础上考量伦理道德，融合国情、社情、人情，力求取得司法效果和社会效果的协调统一。这种处理情、法冲突所运用的"长养人民，兼利天下"①的兼利哲学思维完全区别于惩恶扬善、"一刀切"的思维模式，不仅彰显出"法律人""互惠互利、兼顾各方"的大智慧，也以艺术化的方式无形贯彻着中国社会主义法治建设中"法治"与"德治"相结合现代法治理念，宣传了全面推进依法治国的总目标。

事实上，在当代社会，中国的法律环境已经发生了巨大变化，但"情法两尽"并不会随着社会法治的进步而消失，"世情不可违，天理不可欺，国法不可犯"始终是当代中国法文化的追求目标。从"依法治国"理念的提出到"全面依法治国""以德治国"与"依法治国"相结合②的顶层设计，中国在建设社会主义法治国家的进程中依然遵循着"情法平衡""德法结

---

① 荀况.荀子［M］.方勇，李波，译注.北京：中华书局，2015：79.

② 2016年12月9日，中共中央政治局进行主题为"我国历史上的法治和德治"的第37次集体学习，习近平总书记主持学习并发表重要讲话。讲话深刻揭示了法治与德治的辩证关系，丰富和发展了马克思主义关于法与道德关系的理论，阐明了在新的历史条件下如何坚持依法治国和以德治国相结合，为我们坚定不移走中国特色社会主义法治道路指明了方向。

合"的原则性。新时代优秀的法治题材作品通过表现"法律人""情、理、法兼顾"的案件处理方式，普及德法结合的理念，弘扬法治精神，对全面依法治国总方针的落实起到了积极作用。

在《阳光下的法庭》中的"志成化工污染清水河案"中，法官白雪梅和穆国柱以强烈的责任意识和担当精神拒绝"变相贿赂"，严惩志成化工相关责任人，维护了法律尊严，树立了司法权威。但同时为维护志成化工工人的合法利益，东方省法院在法律框架内转变了传统的审判思维，通过用技术改造方式抵销部分赔款、促成金控集团与志成化工合作等独具创新性的方式来为工厂几万名员工想对策、谋出路，探寻出传统企业在改革开放进程中的真实状态以及升级转型的可行性路径。既要规范使用司法审判权力、促进全省各级部门依法行政、杜绝"人情案"，又要切实保护民族企业并合理维护工人的合法权益，体现出"法律人"司法适用中以法理为主，兼顾伦理、情理的"兼利"智慧以及"依法治国"与"以德治国"相结合的现代司法理念。在《小镇大法官》中，王德忠将关于离婚、赡养、抚养、遗嘱等多个民事纠纷案中的矛盾点消融在"情、理、法兼顾"的调解方式之中，诠释了德法结合的现代法治理念，而这种"把法庭开到离老百姓很近的地方，把矛盾解决在当地，把纠纷扼杀在摇篮里"的司法理念不仅道出了基层司法工作的本质和司法为民的情怀，同样也是新时代"枫桥经验"[①]的生动写照。

而且，剧中"情、理、法"的协调不仅体现在处理情、法冲突中，冲突之后的"人心换人心"更加彰显法律人"德法统一"的执政为民理念。在《小镇大法官》中，杜鹏因诈骗罪被捕入狱，妻离子散、家破人亡。为解决其家庭困境，王德忠亲往监狱对"执迷不悟"的杜鹏晓以大义，对杜

---

① 坚持和发展新时代"枫桥经验"，被明确写入党的十九届四中全会《决定》（《中共中央关于坚持和完善中国特色社会主义制度 推进国家治理体系和治理能力现代化若干重大问题的决定》的简称）中，为基层社会治理指明方向。

妻、杜子悉心劝说，将"流动法庭"开到了他们的心坎里，终使一家人和好如初；在处理"董大年意外伤害案"时，他不仅主动为非亲非故的董大年筹集医疗费用还多次鼓励其要为爱己之人和所爱之人坚强地活下去。在《营盘镇警事》中，范党育在行政执法过程中注重法理与人情的结合，既能够坚守法律的底线又注重用行动感化落后分子，只要有一丝挽救的机会就决不放弃，所以才能精诚所至，金石为开：问题青年大柱子在处理媳妇被强奸的事件上做得过火，党育以长辈身份加以规劝，最终使濒临破碎的家庭和好如初；在党育的特殊安排下，"酒魔子"在给孩子们的演讲中找回了自尊，从此力戒酒瘾，自力更生；案犯"一撮毛"的儿子毛宇峰被党育好心收留，在"党"的影响下"小毛"的学习成绩也节节攀升。这些鸡毛蒜皮的小事情看似无足轻重，实则隐含着"法律人"的大情怀与大智慧，正是"法律人"注重德、法并重地处理问题，才让这些落后分子/不法分子"改邪归正"/安心伏法，也将一些潜在的恶性事件消灭在摇篮中。

法治题材剧所展现的兼顾情法、随和亲民的"法律人"形象反映了普通中国人对于司法的期待和法治中国的想象。他们期待的是"青天"式的司法者——和蔼可亲又体恤民情，希望"法律人"能够在依法审判的同时酌情通理，实现情、理、法的协调，一个拥有现代法治理念、严格遵循法律程序、只服膺于法律的"法律人"，是不太能被民众接受的。因此，这种重情重理的"全科法律人"塑造，实际上也隐喻了法治进步中的某些悖论。当下司法改革的指向，应该是法治化、专业化，"法律人"需要严格依照法律审判，将各种法外因素隔离在法庭之外。但中国特色社会主义的属性、人民司法的宗旨，又要求"法律人"特别是基层"法律人"既能考虑法律规定，又能兼顾道德情理，既能实施国家法律，又能成为社会的"稳定器"。法治题材剧呈现的法治现代化的图景是理想和光明的，但回归到现实中，中国法治建设依然任重道远。

（四）"大义灭亲"与"以情悖法"："法律人"的两难选择

情、理、法冲突不仅体现在"法律人"所处理的各类刑事、民事案件中，还体现在其自身遭遇的私情与法的困难抉择中。面对关涉至亲至爱之人的案件，是选择"以情悖法"还是选择"大义灭亲"，这是对"法律人"法治信仰和职业伦理坚守的极大考验。

一方面，多数"法律人"在面临情、法冲突时，会选择坚守法律公正、"大义灭亲"：将犯罪的亲人交由法律制裁或对濒临犯罪边缘的家属进行及时劝诫。

《小镇大法官》中的王德忠虽讲人情，但绝不徇私情。他在处理涉及亲属的案件中依然能够铁面无私，绝不纵容、袒护和包庇。如他曾亲手将违法的义弟送进监狱；当得知义父牵涉假酒案后，他第一时间向工商部门举报；当知晓高大宽因为欠人债务而选择畏罪潜逃时，他更是果断将其拦下，秉公处理。在《营盘镇警事》中，范党育在原则问题上从不含糊，并不因此逾越自己的执警权限和工作范围，如在竞争营盘分局局长一事中断然拒收好友秦天民送来的"活动经费"、在梁守德老婆行贿事件中自证清白等。在《国家底线》中，质检组长丁达在依法复查立东集团旗下化工厂泄漏事故的过程中面临着多重的压力：涉事公司负责人何立东、黄奇是他的同学、好友，复查事件必然会影响同窗之谊；师弟李石柱是曾经机器检查的责任人并在此时罹患癌症，而检验结果很可能会将他推向死亡的边缘；女友孔思琴是负责该项目的总经理，如果执意履行职责就等于掐灭他们之间的"情感火花"；而市里有关领导也非常重视立东集团的经济效益，如果因复核耽误了工期而复核结果与原来并无二致，他也将面临被停职的风险。在经历了内心强烈的撕扯与情、法纠缠后，丁达还是毅然选择继续复查，严守中国大门。

另一方面，法治题材剧中有些"法律人"在情、法冲突中逐渐了迷失自我，为私利以情悖法，践踏法律尊严。

如前所述，与代表着公共权力的公检法工作人员不同，律师接受当事人的律师代理费，代表的是私权利，特别是在其竭尽所能地为案犯委托方或非正义的委托人争取权益的过程中，一些"手段"或"伎俩"会被过度使用。首先，随着我国法律服务市场逐渐形成以及法律职业的发展，律师群体的商业属性也开始显现。律师通过为当事人提供法律服务获得相应报酬，从本质上也是一种法律市场交易和有偿知识服务。然而，市场化时代律师过度商业性的一面却很容易遮蔽其公共服务的职业宗旨而引起社会和民众的广泛批评。在电视剧《因法之名》中，律师老丁在同事陈硕意外得到了一份"肥差"后立刻决定参与其中，他的目的很简单——骗到癌症晚期患者庄桂花手中的20万元代理费。律师老丁的戏份虽然不多，但却将市场化时代一心为钱、丧失道德、毫无价值底线的负面律师群体诠释得淋漓尽致。其次，律师在多重利益面前的困难抉择则是律师职业经常面临的又一个伦理困境。律师是当事人的代理人，有义务对其忠诚和守密并维护其正当的合法权益；律师肩负着司法治度上的责任，需要对法庭负责并捍卫公共利益；律师的诉讼代理或者辩护业务不能损害第三方的合法权益。正是律师要兼顾常常相互冲突的多方利益，也容易面临多方选其一的难题而陷入伦理困境。在电视剧《插翅难逃》中，香港知名律师在收到张世豪妻子的巨额律师咨询费后，捏造事实并伪造证据，使得恶贯满盈的张世豪被当庭释放，这种"拿人钱财，替人消灾"的不道德行为与司法正义、法律至上的法治观念格格不入，也映射着现实中拿着有罪委托人的"黑心钱"为其进行辩护、开脱罪责的"黑心"律师群体。更为突出的以情悖法的例子出现在美国和日本的律政作品中。如《金牌律师》《胜者即是正义》《林肯律师》中均展现了一些见利忘义、毁誉参半的滑头律师，他们误导了通往正义的道路并愚弄了正义本身，消解着人们对社会公平正义的理解和期望。

二、程序正义彰显现代法治精神

权与法的关系和冲突，是中国历史乃至世界历史中一个古老的主题。中国古代专制社会的法律是维护一家一姓的统治，但仍以天下、国家的名义，标榜公正严明的原则。"王子犯法与庶民同罪"虽然在中国封建社会中一直未能得到有效执行，但也在一定程度上昭示着"法不阿贵，绳不挠曲""刑过不避大臣，赏善不遗匹夫"[①]"法外无特权"的古代司法愿景与法治想象。但可以肯定的是，在许多政治清明的封建王朝中，统治者为维护其统治会大力扶植清官、打击贪官，努力创造相对公平正义的社会法治环境。而封建社会的人民也希望这些"天将降大任于斯人"的"青天大老爷"能够清正廉明、不惧权贵、执法为民。"湛湛青天不可欺"，有"青天意识"的清官在下层百姓的心中具有"保护神""活阎罗"般无比神圣的地位。

基层民众"清官崇拜"的典型心态也较为集中地体现在古代公案小说[②]中，几乎所有的公案小说对清官崇拜这一文化心理都是持褒扬态度的，并塑造了不同时代的"青天"，著名的有狄仁杰、包拯、海瑞、施世纶、于成龙等。小说中受到冤屈的黎民百姓往往将希望寄托在执法如山、铁面无私的清官身上，希望他们用"公权"惩治恶霸、贪官，为民主持正义，并不特别在意"律例"本身是否公正。但在具体的执法实践中，"清官"们在面对强权时，无论其如何秉公执法、据理力争，仍然难以达成沉冤昭雪的"民愿"，最后正义的伸张只能依靠更高权力甚至皇权的庇护。这些文学作

---

① 韩非.韩非子［M］.高华平，王齐洲，张三夕，译注.北京：中华书局，2015：31.

② 公案小说作为中国古代小说的重要门类，延续了1000多年，产生了大量有影响力的作品，在古代社会特别是下层民众中广泛流传。它既艺术化地反映着社会文化、国民心态，又对塑造民族文化心理产生重要影响。

品中的"清官"以"公权"捍卫"良法"的权法关系的实质还是"权大于法",没有对权力进行有效的制约和监督。

"权大于法"虽是专制时代的特殊产物,但在"法律面前人人平等"等现代法治社会中,仍有不少腐败官员动用权力在行"法外之事",这种以私利为目的的"以权压法""以权谋私"的腐败行为,无论在现代社会生活,还是法治题材作品中都是受到强烈否定和依法严惩的。如在早期的《苍天在上》《大法官》《罪域》《绝对权力》《抉择》《高纬度战栗》等作品中,国企或公检法系统中的张业铭、兆辉煌、赵芬芳、饶上都等腐败分子往往利用手中权力迫害正义的"法律人",尤其是权法斗争或侦查工作进入白热化阶段(剧情后半程)后,反腐斗士们往往会失去权力,但他们为捍卫法的尊严和权威,"苟利国家生死以,岂因祸福避趋之",将个人的荣辱甚至生死置之度外,经过一番正邪较量,使正义得到了伸张,也使腐败者所拥有的权力被关进法律的"牢笼"。

但在本节的要点中,笔者所要重点论述的权、法冲突则是"法律人"群体为了维护公共利益而产生的"越权"或"以武犯禁"行为。这种"以权代法"行为在朴素地捍卫着公平、正义、平等、自由等法治观念的同时,也对时代法治建设与法治理想构成了潜在或隐形的破坏。

(一)"以权代法"违背程序正义

"法律人"群体以公共利益为目的的"以权代法""以权压法"行为违背了程序正义的原则,不得不说是对法治精神与法治理想的一种戕害。正义是普洛透斯的脸,具有不同的面孔。程序正义在民主法治建设渐趋完善、公民法治意识逐渐增强的现代法治社会越来越受到重视。简单来说,程序正义即"看得见的正义",这源于一句英文格言:Justice must not only be done, but must be seen to be done(译文:正义不仅应得到实现,而且要以人们看得见的方式加以实现)。然而,程序正义和实质正义在很多情况下并不一致，比如在早期作品《女子刑事档案》《一号围捕令》《绝不放过你》《黑白大搏斗》《中华之剑》《公安局长》中均会出现"法律人"只追求结果而漠视程序的轻微刑讯逼供问题。这种相对牺牲人权而片面追求结果正义的执法行为对单一个案的侦破可能很有效率，但是从长期来看却是对程序正义的戕害和践踏，严重者可能酿成令人惋惜的冤假错案，必然不利于法治建设与法治观念的形成。如在《因法之名》中，刑侦队支队队长葛大杰因为夹带副队长仇慕因救许志逸而殉职的个人情绪亲审两天两夜，使许志逸在警方的强大压力下承认杀人，造成无法挽回的冤假错案。在《莫斯科行动》中也出现了审讯程序失当行为，在案犯牛振非常不配合的情况下，驻俄罗斯大使宋琳谎称其同伴苗永林被抓，而且已经供出他们私自买军火的事情，牛振在信以为真、忙为自己辩解的同时也供出了名为伊万的俄罗斯人才是供货来源的真相。同样的方式也用在了审讯二姐的过程中，警察陈尔力利用二姐还不知道其安插到俄罗斯警方中的眼线——鲍里斯被捕的有利消息，让卧底鲍里斯仍然以一个警察的身份去审问二姐，再从中套话。欲要将功抵过的鲍里斯也非常配合，答应与陈尔力一起审问二姐。在电视剧《人民的名义》中，省委书记沙瑞金到访大风厂，一句话的命令可以把京州市光明区人民法院贴的封条撕掉，合情不合法，违背了程序正义。另外，作品也多次表现了检察官和法官群体为寻找证人早日缉拿凶手而出现的违规情况，在此不一一赘述。相同的情节更多地出现在美日影视剧中，如日剧《胜者即是正义》中的律师可以为了心中的正义违背律师职业操守，可以不惜牺牲委托人利益、故意输掉官司，甚至是为了最终正义的判决中涂伪造证据，因为他们坚信"正义即胜者"。这些实例中的"以权代法"行为实质上反映了结果正义和程序正义之间的冲突。选择何种正义，有时候对"法律人"来说并不是一件轻松的事情。结果正义符合人们的朴素正义观，是人们不懈的追求，而与此同时，程序正义作为法治根本性的衡量尺度，也蕴含着"依法治国"的内在品质。一味追求结果正义而损害程序正义，是对实体法的规定和精神的一种破坏，人们也无法从中感受到判决过程中的公平性以及合理性。程序正义是一个法治社会的基本正义价值，是一个不能够舍弃的目标，只有其独立价值得到充分实现，中国的法治建设和法治文明才能得到真正提高。

然而，在行政司法实践中也确实存在一定的"程序工具主义"。一方面，这种"程序正义"的缺失情况与中国传统法律文化的根深蒂固的影响密不可分，其尚"人治"而轻"法治"的传统、"律意虽远，人情可推"的"重礼隆礼"观念、"诉讼只重结果、漠视司法程序"的执法思想至今仍潜在地残留在现代司法体系和"法律人"的行政执法过程中。另一方面，现代"法律人"群体所普遍具有的自由裁量权①尽管对维护公平正义、克服法律所固有的局限性与滞后性起到了一定的作用，但却很难得到监控，完全依靠"法律人"个体的道德约束与个性伦理选择，确实存在一定的权力滥用风险。

（二）挣脱强权束缚，彰显现代法治精神

法治题材剧中也多次表现了"法律人"群体为公共利益敢于挣脱或者试图挣脱强权笼罩下不公正场域的"以暴制暴"行为。以维护社会公义为目的的他们虽然被迫违反了法律，却也在根本上极力捍卫着法律的尊严和权威性，体现出一种法律至上、公平正义、保障人权、权力制约的现代法治精神。在《苍天在上》中，黄江北铤而走险，一步步陷于权力制衡的二元悖论式的困境之中，最后在扳倒以田副省长为代表的黑暗人物同时，自身也因"万方"公司的恶性车祸事件而犯了"渎职罪"。创作者在以悲剧性的沉重笔触深刻揭示反腐败斗争的长期性和艰巨性的同时，也暗示着正义

---

① 自由裁量权是指根据司法者自己对立法目的和法律原则的理解，在法律规范的框架内，凭借道德良知和审判经验，运用司法逻辑和理性思维，认定案件事实，选择至善的裁决结果，以实现公平正义的价值选择的过程和权力。参见李叙明.司法正义研究［D］.长沙：湖南师范大学，2013.

勇士尤须加强自身党性锻炼才能立于不败之地的内在意涵。在《绝对控制》中，薛冰想了种种办法刺激唐子杰，希望他露出破绽，但都被唐子杰一一化解。在市里要求必须在华十月签约之前搞清楚白雪和唐子杰问题的时间节点，薛冰万般无奈用牺牲自己的险招逼唐子杰现出原形，终于让唐子杰控制一切的阴谋大白于天下。在《营盘镇警事》中，周局长收到举报范党育贪污受贿的证据，命令纪委对其进行隔离调查。在党育受诬陷期间，高宇成在没有得到组织允许的情况下，决定自己抓黑头以获取真实证据。在追逐过程中，慌不择路的黑头一头栽进了地窖里，高宇成则买来了烧饼和饮料，在洞口陪了黑头一天一夜，又困又饿的黑头忍不住终于招供：那诬陷党育的两万块钱被他用去赌博。而高宇成也因"刑讯逼供"随即被周局长关了禁闭。三部作品均表现了"法律人"努力挣脱权力束缚、情急之下采取极端手段维护社会正义的行为。

坚持"法律至上"、维护法律的权威性就是要求任何组织和个人不得凌驾于宪法和法律之上，其活动和行为亦不能逾越法律的界限更不能替代法律。剧中"法律人"的行为体现了"法外无特权、法律面前人人平等"的现代法治精神内核，让人们看到了强权压制下公平正义及时而有效的伸张，实际上也在捍卫着"人权至上""人民利益至上"的现代法治理念，让公平正义落在了人们的心坎上。

第三节 罪与罚的警示和教化作用

警世是以"三言""二拍"①为代表的中国古代传奇、公案等白话小说较为明显的功能和意义。受此影响和启迪，以善恶二元对立为主要表现内容

---

① 指明代文学家冯梦龙创作的《喻世明言》、《警世通言》和《醒世恒言》以及明代小说家凌濛初创作的《初刻拍案惊奇》和《二刻拍案惊奇》。

的法治题材剧也往往通过对大量违法犯罪行为及丑恶现象的揭露和批判来传递罪与罚的警示和教化意义，从而使观众认识其危害、恶果并从中得到启示和警醒。

法治题材剧一般通过对两类不法分子的打击及其犯罪行为的揭露来起到一定的警示作用，其一是"法律人"群体中拥有较高行政职务的腐化堕落者，如徇私枉法的贪污腐败分子、独霸一方的政法干部、胸有城府的政客官僚等。贪污腐败对我们社会的腐蚀最深，也最为群众所憎恶。其二是"法律人"的斗争和打击对象——各类不法分子。在新的时代背景下，法治题材剧通过细致描摹"法律人"与犯罪人的较量来体现警示和教化意义，与法律宣传为先导、法治警示的时代主题需求高度吻合。从宏观角度来说，剧中表现正义的"法律人"对腐败行为的零容忍以及对恶性事件的严厉打击，弘扬了社会正气，涤荡了污浊之气，彰显了公平正义的价值伦理，是对国家推行依法治国战略、严厉打击腐败犯罪的时代主题的深度回应。从微观角度来说，一方面，法治题材剧中所呈现的"法律人"英雄经过不懈努力终于战胜腐败分子的正义必胜结局，在较大程度上宣泄、释放了民众对腐败和犯罪行为的厌恶情绪，满足了受众"善有善报""恶有恶报"的正义伦理价值诉求。另一方面，通过对腐化堕落官员的人性罪恶和案犯心理阴暗面的充分展现，引发观众在震惊和叹息之余的深思。

一、彰显"积恶余殃"警示意义

新时代的法治题材剧肩负着弘扬主流价值观、普及法律常识、弘扬法治精神的义务和责任。因此，通过对"法律人"群体的塑造来旗帜鲜明地肯定社会的正义力量、鞭挞社会的邪恶现象，树立法治权威以强化警醒、感召和威慑的力量，是法治题材剧至关重要的内在审美要求。

从艺术审美的角度来看，正如普罗丁所说："去掉坏的人物，戏剧的力量也就消失了。这些人物就是戏剧必不可少的组成部分。"正与邪、美与丑、善与恶的二元对立冲突是法治题材剧的叙事主线以及相对固定的审美视域。法治题材剧在讴歌"法律人"英雄、弘扬公平正义同时，也必然会塑造反面角色，揭露社会的假、恶、丑。美和丑是既对立又统一的矛盾体，二者相互依存、相互转化。法治题材剧中"审丑"和审美一样具有重要的美学价值，通过揭露和鞭挞丑、恶现象，反衬出美的圣洁和崇高。法治题材剧扬美贬丑、抑恶扬善，在强化金盾精神和法律意识的同时更能让受众直观感受到犯罪的可恨与可耻，从而更加从多方面规范自身的行为。

首先，与正义"法律人"相互对立的就是"犯罪人"，没有犯罪人就没有了故事的发生，犯罪人是该类创作叙事冲突的基础构件，也是假、恶、丑的代表。如《中国刑侦1号案》中的悍匪白宝山制造了多起血腥的恐怖事件，杀害了许多的无辜生命；《插翅难逃》中的张世豪策划绑架了香港财富排名前两位的富豪及其亲属，非法所得近20亿港币；《征服》中的黑老大刘华强心肠如铁、杀人不眨眼；《湄公河大案》中的苏沃武装贩毒集团的首脑莫雄嚣张至极，遥控指挥了震惊中外的"10·5中国船员金三角遇害事件"；等等。这些不法分子犹如毒瘤般危害国家和社会的健康肌体，其血腥、恐怖的暴力犯罪行为直接威胁到人民的生命财产安全，理应受到强力制裁。法治题材剧通过表现正义的"法律人"群体战胜反人类、反人性和反社会分子并对其展开严厉打击，旗帜鲜明地宣扬惩恶扬善的价值伦理，具有相当的警示意义。

为了强化这种警示意义，不少法治题材剧常常在影像表达上做足文章，如《9·18大案纪实》《金海岸》《紧急追捕》《犯罪升级》《西安大追捕》等纪实类作品常常插入真实的案犯被逮捕、认罪伏法并接受法庭审讯的资料片。非纪实类的作品如《善始善终》《人民的名义》《湄公河大案》等剧通常都会在非常醒目的位置给予坦白从宽、抗拒从严的警示标语，并且在剧集结尾处通常播放罪犯所获的惩罚并配以明显字幕，传递出鲜明的警示意味。人们通过剧作所传递出的警示意义，能深入发现"丑"的真实面目并思考"罪""恶"的根源，并以此镜鉴和反思自身言行举止，从而强化对"美"的渴望与向往，避免滋生"恶"的心理和"丑"的言行。

其次，在表现"法律人"群体的腐败堕落时，法治题材剧中的反腐官员往往在剧情前期表现出骄横跋扈的姿态，他们处处与代表公平正义的"法律人"作对，但是在反腐英雄和高级别"清官"的集体努力以及外力的援助下，腐化堕落分子一定会受到应有的惩罚，代表人民正义的反腐势力也一定会取得最终的胜利。实际上，剧作通过对官场腐败群体的整体性批判、对官场腐败行为的揭露与微讽，传递了"邪不压正、善有善报、人民正义必胜"的政治价值伦理，对于"法律人"群体特别是高级别"法律人"的道德伦理建构起到了积极良好的示范作用。《刑警本色》中的潘荣、《谜砂》中的戴文星、《人民的名义》中的高育良、《善始善终》中的罗同彪等腐败堕落分子原本位高权重、万人瞩目，但由于在权力、金钱和美色等诱惑下做了太多违法乱纪之事而遭到法律的惩罚，正所谓天网恢恢、疏而不漏，"寄声暗室亏心者，莫道天公鉴不清"。而人民的审判和法律惩处只不过是道德或伦理审视的一种延展和体现。

为了强化惩戒和教育意义，剧集常常通过一种宗教性质和民间寓言性质的说教来强化反讽意味和"多行不义必自毙"的宿命感。《大雪无痕》中，贫穷的山村孩子周密靠着自己的努力拼搏成长为前途无量的副市长，但也因为贪欲和私利堕落成狂热的"赌徒"和杀人犯，在认罪伏法之际，他以自己的人生经历为原型向警方讲述着财富无用的寓言故事，言语中透露着"多行不义必自毙"的宿命感；《绝对权力》中自知已无退路的女市长赵芬芳向唯一的精神寄托、也是其贪污腐败的最重要"动力"——在美国留学的儿子寻求心理抚慰，却遭到对方冷漠甚至无情的回应，极具讽刺意味；《大法官》的结尾处有意安排腐化堕落、疯狂攫取财富的检察长张业铭与身无长物、生活却无忧无虑的牧羊老人的简短对话场景，引发着观众对财富观、人生价值以及人性善恶的深入思考；《人民的名义》的结尾部分祁同伟向高小琴讲述了"拒绝上帝拯救"的寓言故事，孤注一掷的他选择回到孤鹰岭来找寻昔日的荣光与梦想，但这种"胜天半子"般的决绝与奋力找回尊严的努力都无法抹去他手上的血迹，拒绝"上帝"——道德良知的拯救最后只能是自取灭亡。

同时需要特别指出的是，有些法治题材剧为了将反面角色塑造得血肉丰满，片面地将其进行"善"化处理，淡化了原有对犯罪人"恶有恶报"的价值观承载，与打击惩戒犯罪的警示意义背道而驰，值得高度警惕。如早期刑侦题材剧《黑洞》中的龙腾集团董事长聂明宇、《黑冰》中的大毒枭郭晓鹏、《大雪无痕》中的副市长周密、《大江东去》中的市长贺远鹏等。他们往往有才华、有政绩，对恋人、家人重感情，对朋友讲义气，对父母有孝心，但他们身上的恶还是压倒了善，最终走上了犯罪的不归路。观众在谴责、憎恨之余，也往往容易产生同情、怜悯等认同体验。而反面人物审美价值过高的创作现象也已经引起了相当广泛的批评和争议。因此，在法治题材剧中，旗帜鲜明地打击犯罪，彰显惩恶扬善的正义伦理，不仅有助于受众明确审美态度，也能够更好地发挥警示作用。

二、"悬崖勒马"的教化意义

对腐败势力、犯罪集团的审判叙事固然可以满足受众期待、彰显警示意义，但表现不法分子的洗心革面、改邪归正同样具有一定的教化意义。一方面，许多法治题材剧（如《守望正义》《湄公河大案》《橙红年代》《清网行动》《破冰行动》《真爱的谎言之破冰者》《天下无诈》等电视剧）均呈现出了不法分子幡然悔悟、痛哭流涕的画面，"法律人"也会积极引导不法分子提供线索，给予其坦白从宽、抗拒从严的自我救赎机会——部分不法分子会被发展为线人继续为警方服务。而对于积极悔过但家庭因此支离破碎的人，剧中"法律人"会对其家人予以照顾来"回馈"这些人的悔过之意，并强调"放下屠刀、立地成佛""回头是岸""悬崖勒马"的教化意义。这在《因法之名》《营盘镇警事》等剧作中均有生动体现。

另一方面，法治题材剧结尾通常会通过表现腐败"法律人"的忏悔和人性中"向善"面的回归，传递出创作者对观众和在职"法律人"群体的谆谆劝导和警示之心。如《人民的名义》中的祁同伟、《破冰行动》中的马云波、《真爱的谎言之破冰者》中的黄伟忠等都在结局时刻表现出了一定的人性觉醒与自我反思。在《人民的名义》中，乡村老人以及唱着"我在马路边捡到一分钱，把它交到警察叔叔手里边"的小男孩以最为纯洁的人性之光唤醒了祁同伟内心深处的良知：他将自己的救命恩人安排到安全地带，放弃射杀老同学也是老对手的侯亮平，然后把枪口对准了自己。相较于祁同伟，《破冰行动》中的渎职警察马云波的自我救赎则显得更为彻底和悲情。身为公安局副局长的马云波在工作岗位上勤勤恳恳、踏实肯干、工作能力强，是李维民的得力干将。但后来由于妻子染上毒瘾，他被迫成为林耀东犯罪集团的"保护伞"，深陷于道德的束缚、对师父的愧疚、对太太的爱以及和毒枭的角力之中。当妻子选择结束自己的生命来帮助自己解脱时，马云波明白了自己多年所作所为的荒谬，最终他成功地活捉了林耀东，兑现了对李飞许下的承诺。

"祁同伟""马云波"们在最后时刻向善的回归虽然短促但却力重千钧，它象征着犯罪者的灵魂忏悔和人性觉悟，虽然为时已晚，但同样有着振聋发聩的警示和教化意义。

三、勿行"法外正义"的深刻寓意

新时代法治题材剧不仅细致描摹了各类犯罪案件及其侦破过程，也深入剖析了导致这些犯罪现象的家庭和社会原因，生动诠释了"勿以正义之名，行不义之事"的深刻寓意。剧集通过对剧中人物的审美批判发出一种"勿以恶小而为之""成魔成佛，一念之间"的警醒，让观众在扼腕叹息的同时也"净化"自身。

《真爱的谎言之破冰者》中的黄伟忠和《善始善终》中的罗同彪均是身居要职的"缉毒者"，非常爱惜自己的名誉，对下属照顾有加、对家人有情有义。他们与不法分子同流合污、甘当不法分子"保护伞"也有着迫不得已的原因：毒贩蔡炳坤一直以黄馨月的性命为筹码威胁黄伟忠，大毒枭马斯戒通过"软禁"咪楠来逼迫罗同彪与之进行利益交换。为救家人，他们均被迫与毒贩开始了第一次合作，从此之后再也没有回头路，只能像牵线木偶一样任由不法分子摆布。《无证之罪》中的法医骆闻因为妻女被杀、但真凶却逍遥法外制造了令人惊骇的"雪人杀人案"，让大批警察帮助自己找出凶手。上述作品通过深入展现"法律人"的多元堕落过程，深刻诠释着"任何压力和被迫都不能成为违法犯罪的理由"的警世恒言。

同样的悲剧也发生在一些平民身上。在被称为"中国版《绝命毒师》"的网络罪案题材剧《伪钞者之末路》中，印刷厂职工唐宋意外发现自己身患重病，不久就要离开人世。为在离世前给家人留下足够的生活支撑，他开始琢磨能够在短时间获取大量资金的办法，也因此走上了制造伪钞的不法之路。在明处，他与警察王湘北是相互扶持的亲人，在暗里，他们却是势不两立的敌人。从起初的"谋利"，到被人利用，再到深陷泥潭，横亘在正邪两方的亲情、爱情、兄弟情、父女情，让"制伪钞者"不得不在情法两难的境地中不断圆谎，一步步走上不归路。作品通过表现唐宋从一个安稳本分的老实人变成残忍无情的亡命徒的过程，铿锵有力地传递了积恶成殃、勿以恶小而为之、善恶终有时的精神主旨。《破冰行动》专门设置了林水伯这样一个因吸毒而彻底落魄的中学老师的形象。因儿子毒瘾难戒，林水伯决定亲自试毒以达到"教"子戒毒的目的，不料自己也因此掉入了万劫不复的深渊——从一个受人尊敬的教师沦落为靠捡破烂为生的乞丐。林水伯的悲惨遭遇也给观众留下了"毒品一口也碰不得""一步错，步步错"的警醒。

不论是在剧作还是现实生活中，上述反面典型并非大奸大恶，他们往往处于善恶之间，出于某种被迫的看似正义的原因而"激情"或"冲动"犯罪，让人扼腕叹息。但上述的违法犯罪行为并非不可避免。试想：如果罗同彪不那么爱惜自己的职位，主动交代私生女的事实，并寻求当地领事馆的帮助，他不会锒铛入狱；若林水伯能将"以身试毒"救子的念头转向"远离毒品"普法教育行动，他很有可能成为一名优秀的禁毒法治教育工作者。

唐宋和骆闻所面临的情、法冲突似乎难以避免，但却可以将"恶"减小到最低：唐宋若能在解决燃眉之急后主动自首、悬崖勒马，不至于令那么多无辜之人被杀害；骆闻若能及时收手转而向严良提供更多线索，也不至于落得死不瞑目的悲凉下场。这些人固然应遭到谴责和法律的惩戒，但受众亦能从中得到"成佛成魔，一念之间""勿以恶小而为之""勿以正义之名，行不义之事"等启示意义。

综上所述，新时代背景中的法治题材作品通过塑造"法律人"形象承载了丰富而复杂的精神意涵，具体体现在正向价值内涵、反面警示教化意义和冲突中的人文内涵等三个方面。与2010年之前作品注重承载主流价值观和警示训诫意义相比，这些新时代的法治题材剧更加侧重彰显时代法治精神和现代职业伦理，且对正、反以及冲突中精神内蕴的传达均显现出积极的变化。首先，作品注重对英雄主义、集体主义精神等主流意识形态的现代性阐释，在人物塑造与情节钩织中相对弱化了对"以武犯禁"的侠义精神以及对法律工具主义思想等"争议性"传统文化观念的承载。其次，新时代"法律人"形象更加"广"而"微"地体现或彰显了中国法治文化建设进程、现代法治精神以及职业伦理，具体体现在两个方面：其一，新时代法治题材剧表现了更为丰富多元的"法律人"形象，也由此相对应地映射了各行各业特别是新兴行业的职业精神与职业伦理；其二，本时期作品注重将"法律人"置于情、理、法、权冲突中来凸显法治现实中人文价值内涵的复杂性与多样性，尤其是权、法冲突，错案纠偏等情节中所承载的尊重程序、保障人权的现代法治精神最具探索意义。最后，罪与罚情节中相对减少了对机械生硬的警示训诫意义的蕴载，转而重在表现法的温情和人性的多面性。一方面，通过侧重表现不法分子在"法律人"积极引导下的幡然悔悟或自我救赎，来凸显法的教化意义。另一方面，不少网络剧通过积极学习、借鉴国外同类作品的人物塑造手法，以多样化、接地气的艺术手法展现了案犯走上歧途或"法律人"堕落腐化过程的复杂性，虽有新意但却存在审美尺度难以准确拿捏的创作困境，需要谨慎使用。

第四章

塑造"法律人"形象的影像风格及其审美追求

与前三阶段相比，21世纪10年代以来的法治题材剧涵盖了更为丰富的职业类型，形成了不同的子类型剧，呈现出各自的发展规律、成熟程度以及在融媒体环境中不同的受众定位，也因此表现出多姿多态的影像风格和审美追求。首先，新时代逐渐兴起的律政题材剧、网络罪案题材剧的视听审美风格各具特色，不断丰富、扩充着法治题材剧的总体审美风貌。其次，主旋律法治题材剧中的刑侦题材剧、检察题材剧、法庭题材剧等子类型剧根植现实生活，在类型化创作的同时大胆创新，影像制作更为成熟精良。在无人机、水下摄影机等高科技设备的辅助下，这些主流法治题材作品多运用大场面航拍、小景别与两级镜头、多机位与多角度摄影等丰富的镜头语言表情达意，很大程度上突破了以往同类剧视听语言单一化、刻板化的创作桎梏，难能可贵地实现了艺术化与时代化表达。

本章将通过以"以'剧'带'人'"的研究思路分三节内容来一一论述本阶段丰富多元的影像审美风格。首先，法治题材剧中的子类型（刑侦、检察、法庭等一批主旋律法治题材剧）呈现现实主义的影像风格，主要以真实鲜活的"法律人"和"法律人"的日常工作、家庭生活为观照对象，镜头语言客观写实、悬念钩织，暴力场面的展现冷静克制、富有时代质感，彰显着中正和平的影像审美；其次，多数国产律政题材剧倾向于重包装轻内核、重颜值轻内涵的商业化运作模式，影像风格追求时尚感、都市感、幻梦感的整体审美风貌，满足了都市年轻观众的审美趣味和消费需求；最后，网络罪案题材剧则钟情于奇观化的视听风格，在整体偏暗的色调与光影交错中凸显出剧集惊悚、奇异的影像特色，这种以营造"快感"为目的的影像审美往往能够迅速收获一大批网生代粉丝、悬疑推理迷。笔者所论述的三节内容总体呈现并列关系，力图更全面系统地展现出各子类型剧的影像审美风格。

第一节 主旋律法治题材剧的"中正平和"美学风格

主旋律原本专指在音乐领域中多声部音乐中一个声部里的被烘托、被衬托的主要曲调。在1987年3月国家电影局召开的全国故事片厂厂长会议上首次提出"突出主旋律,坚持多样化"的口号后,"主旋律影视剧"的概念便被广泛运用。本书采用白小易教授对"主旋律电视剧"的广义概念界定:"主旋律电视剧是指那种采用现实主义创作方法,以表达主流意识形态为主旨,以歌颂和塑造各条战线的英雄模范人物为主要内容,以教育鼓舞人民群众为目的的电视剧作品。"①本章论述的刑侦题材剧、检察题材剧、法庭题材剧等主旋律法治题材剧属于主旋律电视剧的范畴,在总体创作理念上秉持"中正平和"的美学创作原则,通过情景设计、人物形象、画面构造、声音造型等一系列符号话语系统来弘扬社会主旋律、传播社会主义核心价值观、彰显时代公平正义的法治观念。

"中正平和"出自《孟子·尽心上》,即强调不偏不倚、不刚不柔,"乐而不淫,哀而不伤"。"中和之美"是儒家哲学理论上的中庸之道在美学思想中的体现,"中和之美""温柔敦厚""含蓄蕴藉"一样也是儒家美学中重要的美感形态。"中"的本质是儒家的中庸之道,所谓"极高明而道中庸"。《论语·雍也》中有"中庸之为德也,其至矣乎"的评价,中庸是儒家非常重要的哲学思想,中和之美意指在艺术创作中避免走极端和片面性,从而达到《左传》所描述的"五声和,八风平,节有度,守有序,盛德之所同"的境界,把具有对立倾向的方面处理得恰如其分,把握适度,既不超越,

---

① 白小易.新语境中的中国电视剧创作[M].北京:中国电影出版社,2007:154.

又无不及，使它们趋于完美、和谐。

"中和之美"集中体现了中国传统审美形态中的一种精致和优雅，非但自己的声情不能"过"，而且也不能使欣赏者产生在喜、怒、哀、乐等任何一种情绪上的"过"，所谓"哀而不伤，乐而不淫"的美感体验就在于此。情感被安放在相对和谐的形式中，基本不脱离"乐从和"的基本要求。对游走于对立概念两端的"中和"的把握，就是对儒家独特的中正与和美感的内在要求。主旋律法治题材剧的影像美学风格趋于庄重、敦厚、温柔的"中正平和"之美，剧中法治故事的表达根植中国现实（较多作品直接以真实的"法律人"故事为原型）、镜头语言中正平和（场景、服装、道具、化妆等追求艺术真实）、主要演员表演质朴自然，总体上显现出一种真实、新鲜而又温暖的现实主义风格，从而在整体审美风貌上区别于浪漫化/时尚化的律政题材剧以及冷峻暗黑的网络罪案题材剧的影像审美。但同时，近年来的主旋律法治题材电视剧中"法律人"形象的影像写真并非整齐划一，而是涵盖了庄重、纪实、质朴、轻喜剧等诸多要素，一方面是因为"法律人"职业身份的广泛多元性，另一方面则是源于近年来受众诉求的新变与多样。不少作品采用类型化的创作方式，在影像表达上适当吸收了一些网感元素和后现代美学风格，实现了主旋律的艺术化和商业化表达。

基于对主旋律法治题材剧故事内容和视听影像的整体考察，本书将其所呈现的庄严/崇高之美、惊险/悬疑之美、质朴/恬淡之美等主要审美风格进行重点阐述。但需要特别说明的是，以上具体作品与审美风格之间的对应关系是比较复杂的，某些法治题材剧只重点突出一种审美风格，某些作品则出现两种风格的交融渗透。比如《阳光下的法庭》《营盘镇警事》《草帽警察》《小镇大法官》等剧都是突出一种审美风格，只是《阳光下的法庭》属于上述的第一种情形，即端庄稳重的审美风貌；后三部作品则主要表现对质朴之美、中和之美的追求，属于上述的第三种情形。而《湄公河大案》《莫斯科行动》《破冰行动》等剧就表现出两种审美风格的交融渗透，既有对庄严/崇高的审美追求，也包含着惊险/悬疑的美学特色。

一、恢宏大气的庄严/崇高之美

庄严指端庄而有威严，形容人庄重、严肃、严正。见《法苑珠林》卷十三"求婚"引《菩萨本行经》："庄严自身，令极殊绝。"崇高作为一个特有的美学概念由古罗马学者朗吉努斯提出时，原意是指卓越的写作风格，但因为概念核心中的超越性因素而引发了中外众多思想家对其进行再阐释的兴趣。而今作为一种独立的审美范畴，崇高的意义被大大拓宽，在不同的语境中，它可以用来指代"伟大""恢宏""雄浑""壮阔""肃穆""华丽""崇拜""震撼""无限"等多重意涵。作为以犯罪、反犯罪、公平正义、道德法治为主要表现内容的主旋律法治题材剧，其本身就暗含着庄重、悲壮、威严、崇高等诸多审美要素，在善恶是非、二元对立的总体框架下，"法律人"惩恶扬善、捍卫法律尊严和公平正义彰显一种崇高的壮美，这正是主旋律法治题材剧所首要追求的艺术境界和效果。不少主旋律法治题材剧综合运用光影、色彩、调度、构图、视角、声音节奏等视听手段，在空间场景、人物造型、主题音乐、人物语言、审美意象等方面营造出端庄、稳重、威严的审美风格。

（一）中正平和镜语下的核心空间展示

作品多通过明亮的布光、轴对称的构图、大远景/全景镜头来展示"法律人"工作的内外部核心场景，置身其中的"法律人"不可避免地显现出一种崇高、庄严的形象气质，进而彰显全剧庄严、大气的影像审美。在外部场景中，作品普遍采用多机位、多角度摄影来表现"法律人"团队通力合作的壮观场面。借助无人机拍摄、监控镜头、微型摄像头等，通过全景镜头、大远景、俯拍、航拍的流畅切换，充分显现了"法律人"群体的威武雄壮。如在《湄公河大案》中，那场抓捕苏沃的雷霆行动，即充分表现了"法律人"集体出发、正气集结的气势，真实地还原了跨境追捕的细节：在完成一步步的摸排布控、锁定目标后，抓捕时机已然成熟。此时仰拍镜头中指挥中心的全体专案组人员起立、庄严地敬军礼，画面带有强烈的仪式感和象征感，大大强化了"法律人"群体的英勇无畏与威武豪迈，最后一战必将不辱使命。随即由缉毒干警、武警等组成的精干队伍兵分水路、陆路挺进。模拟监控镜头角度的俯视画面、低角度的仰拍画面、架设在特警车侧面的俯拍画面……在一系列俯仰升降镜头的不断切换展示中，"雷霆扫毒"行动紧张而又按部就班地进行。作品在展现一线干警的侦查、作战能力和精良的武器装备上可谓下足了功夫，充分展示出中国公安的高科技武器装备[1]，并通过直升机、快艇营造出现代空战、水战……这些极具真实性和带入感的武器装备和追捕场面恢宏、震撼，极大地满足了观众的观看体验和心理预期。

在内部场景中，主旋律法治题材剧对公安局、法院、检察院等"法律人"的工作场景造型也多凸显一种恢宏、肃穆的风格特色。如电视剧《人民检察官》中多次以固定机位、轴对称中心构图来展现巍然挺立的检察院建筑外观和外楼梯的大全景，仰拍镜头中给人一种庄重大气之感。空间的巨大突出了法的庄严，置身其中的人显得格外渺小，更加强化了法律的权威性与尊严感。

（二）整齐划一的制服传递团结凝聚的职业风貌

主旋律法治题材剧庄严、崇高、大气的审美影像风格也体现在对"法律人"群体标准化或整齐划一的制服展现中。制服又被称为工作服或职业

---

[1] 如无人侦察机、布雷的侦察机器人、测试枪弹轨迹的激光仪器，VZ58突击步枪、AK步枪、AR卡宾枪，手雷、烟幕弹、闪光弹等各类枪械弹药。

装，是"法律人"身份的外在标识。简洁大方、庄重得体的标准化设计不仅有助于建构庄重、威严的人物造型，也通过高辨识度传递出"法律人"形象凝聚有力的职业面貌。如在电视剧《人民的名义》中，侯亮平、陆亦可等身穿藏蓝色样式的检察服，既沉稳大方，又充分显示出新时代检察官的英挺威武。再如在《阳光下的法庭》中，白雪梅大法官在法庭审判中身着的是人民法院确定标准的"2010式"审判服，这种新式法袍较旧款增加了法徽、领徽和袖章。领子刺绣麦穗、齿轮、华表图案，胸前门襟上端为红色，针缀五粒（一大四小）胸扣，大扣代表公正执法，小扣代表四级法院。黑色的散袖口式长袍庄重、严肃；红色前襟配有装饰性金黄色领扣，与国旗的配色一致，体现了人民法院代表国家行使审判权的性质。具有真实质感、标准统一的制服能够形塑新时代法官群体端庄、稳重、庄严的气质，也进一步显现沉稳大气的作品风格。

（三）大气磅礴的音乐彰显庄严崇高的精神意涵

不少主旋律法治题材剧中的主题曲、插曲、片尾曲的曲调旋律大气磅礴，歌词内容或展现"法律人"忠诚履职、不畏艰难，或表达新时期"法律人"的家国情怀，或颂扬英模"法律人"的光荣事迹，或抒发"法律人"对家乡、对亲人的无限深情，展示了新时代"法律人"的卫士形象与新时代的法治精神和法治建设成就，具有独特的庄严、崇高之美。

其一，通过慷慨激昂、朗朗上口的歌词来塑造、烘托英雄"法律人"形象，传递一种庄严、崇高的精神意涵。

你静静地听／听世间那些悲欢／你默默地看／看穿了真相和谎言／你用心思辨／辩出了丑恶与良善／你写下公道／公道就在字里行间／选择这条路／就肩负起人间冷暖／法袍威严／又何惧一路孤单／法槌敲响／就像你铿锵誓言／公平正义／才是你最深的眷恋……《阳光下的法庭》的片尾曲《冷暖》作为一首"法官之歌"，歌词对仗工整押韵，以第二人称真实地讲述了法官的故事，唱出了法官的心声,颂扬的是剧中法官群体的伟岸品质。"法槌、法庭、法袍"象征了庄严神圣的法律,"公道、公平正义"传递了新时代的法治精神;"法袍威严/又何惧一路孤单"表达了法官们忠诚、敬业、耐得住寂寞的执着定力;"选择这条路/就肩负起人间冷暖"则彰显出法官们司法为民的深厚情怀:法有规,人有情。

其二,从曲调上来看,这些主题歌节奏旋律激荡,具有很强艺术感染力,体现着庄严、大气的韵律美。

如电视剧《人民的名义》的主题曲《以人民的名义》,旋律曲调慷慨激昂,充满凛然正气。歌曲开头"男:与谁同搏以肩上的职责,听一番枝繁叶落/看一抹烟霞交错,此时此刻情同手足在侧/女:与谁同卧以心中的执着,听一声青梅永乐/看一片繁星闪烁,此时此刻爱意永续你我"是两个对称的乐句,高音与低音的男女声二部合唱,既是真挚的呼唤,也是热情的颂扬。接下来是男声和女声的对唱,作为一个过渡。"男:以人民的名义赋予你,生命的尊严奉献的权利/女:当所有万马奔腾扶摇升起,一口气直达心底凛然正气/男:以人民的名义托付你,权杖的重量勋章的意义/女:当一切尘埃落定喧嚣归隐,一颗心情归故里潇洒落笔"又是两个对称的乐句,最后在二部合唱中结束全曲,曲调不断重复、变奏或发展,形式整齐而富有气势。整首歌曲节奏匀称,结构协调,气势高昂、催人奋进,真正体现了人民检察官的职责、使命和核心价值观。

(四)"法言法语"体现"法律人"的专业化形象

广义上的"法言法语"是指"法律人"从事法律活动的"言语行为"[①]。部分主流法治题材剧通过表现剧中人严谨规范地使用法律语言进行辩论、庭审等法律活动,成功塑造出"法律人"的高度专业性形象,也有力烘托

---

① 陈闻高.论法言法语 [J].标准科学,2012(6):66-72.

了作品庄严、大气的审美风貌。

《阳光下的法庭》作为最高人民法院影视中心制作的电视作品，在展现"法律人"的专业台词方面功力深厚，全剧从开端到结尾都得到了职业法官的专业把关。如第11集中所呈现的关于"志成化工污染清水河案"的庭审中，鹿鸣和宁致远两位律师的专业用语凸显了"律师语"的辩论性特征。双方的辩论台词针锋相对、迅速敏捷。在法庭中，律师鹿鸣的语言既有"一招毙命"的威猛，如"我方补充提交两份证据……所以我们怀疑，志成化工在出售的废酸中混入了MTP……我方再补充提交一份证据，这份证据就是何泰秘密保存的账本"，又显得彬彬有礼，在占据上风后，并没有得理不饶人，失去分寸和风度。尤其是最后一段陈述体现了鹿鸣沉稳内敛又充满激情的优秀律师品格。

而律师宁致远的辩论语言也不是泛泛之论，针对鹿鸣的辩词总是能够有效提出质疑，并恰当得体地自圆其说，如"对该证据我方没有异议，但对方的怀疑是没有根据的……因此这个证据和本案不存在关联性。"而且相较于青年律师鹿鸣，宁致远显然更深谙法庭辩论之道，并能够熟稔运用法律条文，不断强调以事实为基础，用证据说话，尽管最后败诉，但通过他运用的法律台词仍足以显现出一名资深职业律师的成熟与老练。

如上所述，剧中法官、律师等"法律人"群体正确地运用"法言法语"真实还原了一场威严肃穆、慷慨激昂的法庭庭审，更加契合法庭的庄严气氛，也使得作品呈现出一种端庄大气的庄重美。

（五）"立象以尽意"，多元修辞调度达成审美隐喻

"意象"是中国古典美学的一个核心范畴。《周易》中的"书不尽言、言不尽意""立象以尽意"等论述是指"象"能够表达"言"和"意"所不能完全表达的东西。"意象"作为一个美学范畴，首见于刘勰《文心雕

龙·神思》中，他提出："独照之匠，窥意象而运斤""神用象通，情变所孕"。在西方，苏珊·朗格曾针对"艺术符号"提出了"幻象"（illusion 和apparition）的美学概念，在她看来，艺术家创造的就是意象（幻象），"每一门艺术都有自己的特定的基本幻象，这种幻象便是每一门艺术的本质特征"①。在文艺作品中，"意象"兼顾着"意"与"象"两个层次，一方面感悟"意"转授于"象"而传递出的意蕴、意义与意志；另一方面考察"象"作为艺术形象是否能够准确地、鲜活地通过审美感兴进而传达和承载"意"。新时代的优秀法治题材作品将庄严崇高的寓意凝于审美意象之中，通过"立象以尽意"的方式使法治题材剧在庄严美的视听表达上有所留白，作品也因此生发出含蓄的表意之美。与此同时，法治题材剧又将这些有着寓有庄严/崇高文化密码的审美意象进行准确合理而又灵活多变的修辞调度，有效完成了作品整体审美意蕴与文化品格的提升。

其一，意象的"叠印"通常是对多重叙事时空的一种并置式构建——从时间维度上，将过去/将来的意象与现实意象相交织；从空间维度上，将具有某种内在关联的不同环境意象相叠加，从而形成带有杂糅性质的视觉效果。②法治题材剧通过对国徽、国旗、国歌等国家象征物的"叠化"修辞调度，有效地凸显了作品庄严的影像审美，也进一步激发了观众对于特定场景内在意蕴的积极体味。在《人民的名义》中，几个叠化意象镜头所组成的庄严宣誓场景激昂有力，振奋人心。在新老两代检察官抑扬顿挫的旁白以及威武雄壮的国歌背景音中，现实空间场景中陈岩石老人眼含泪花的面部特写、陈海等检察官坚定的脚步特写、国徽的全景展示、国旗护卫队集体正步出镜的飒爽英姿以及回忆空间中侯亮平、陈海举起右手目光坚定的中景镜头、陈老身穿军装的灰白画面不断叠化，"我是中华人民共和国检

---

① 朗格.艺术问题［M］.滕守尧，朱疆源，译.北京：中国社会科学出版社，1983：77.

② 杨怡静.论电视剧城市意象建构的修辞策略［J］.中国电视，2016（12）：50-53.

察官，我宣誓：忠于国家、忠于人民、忠于宪法和法律，忠实履行法律监督职责，恪守检察职业道德，维护公平正义，维护法制统一……"的宣誓词声声入耳，字字铿锵，给人一种崇高、神圣、庄严的美感体验。

其二，在法治题材剧的意象修辞中，"重复"调度是指将某个意象像回旋曲式那样不断地呈现，以强化"法律人"所承载的精神内蕴以及文本的叙事意义。在新时代法治题材剧中多次出现法槌、天平壁画、司法女神等象征公平正义的审美意象，通过对这些司法符号的"重复"调度、意义编码，既凸显了作品大气庄重的审美品格，也实现了现代法治理念的有效传达。《小镇大法官》中多次重复出现的法槌意象，象征着法的庄重严肃以及公开公正、文明审判的司法信条。法官王德忠手下的法槌，虽然敲打的大多是鸡毛蒜皮的日常生活琐事，但落槌之后却成功播撒了法治思维的种子。它也犹如维护小镇安定和家庭和谐的"稳定器"，将公平正义的法治理念敲在了百姓的心坎上。再如《阳光下的法庭》通过重复闪现司法女神像的审美意象，隐喻着"让人们在正义面前各得其所"的现代法治思维以及"国家利益和个人利益辩证平衡"的兼利哲学。结尾处，作品也通过"重复"意象修辞参与了叙事进程：受司法女神像内在意涵的激励，鹿鸣辞掉律所工作，最终实现了成为一名职业法官的梦想。

其三，在审美意象修辞调度中，对比手法中的衬托也具有十分突出的表意效果。主旋律法治题材剧广泛运用衬托手法显现审美意象与被衬托事物之间的关系，体现出极具艺术能量的隐喻效果。

《人民的名义》中的"孤鹰岭"意象、《执行利剑》中的"香山教寺"意象是剧中堕落"法律人"的"光荣之地"、灵魂的"得救之地"，寓有崇高、神圣之意。当郑怀山温情脉脉地向左琳讲述那个可以提供温饱与消除孤独的香山教寺故事、当祁同伟在孤鹰岭九死一生与毒贩殊死搏斗时，这些审美意象正向衬托着他们此时内心的感怀与善念。但原本意气风发、忠厚本分、从不越雷池半步的"郑怀山""祁同伟"们却一点点地被社会地位、权力、金钱、美女等诱惑侵蚀，距离自己的"精神高地"越来越远，直到穷途末路才意识到灵魂的缺失。最终他们重归孤鹰岭/香山教寺，试图在这些纯洁无瑕的灵魂栖息之地中找回最初的自我，"目视安身于这种表面上解放了的领域，一度还显现为一种幸福的目光"。在这里，这些庄严崇高的意象凭借反衬修辞力量实现了深度的表意功能——这种诗意中的人性堕落、美好中的人心罪恶，无疑极具震撼性的警示意义。

二、内敛克制的惊险/悬疑之美

美国剧作家威·路特以希区柯克的作品举例将"悬念"比喻为"埋炸弹"："从广义上讲，他埋下了一颗炸弹，这颗炸弹可能是物质的，也可能是感情的，然后把它留到最后爆炸。这样，它把戏剧中的能量释放出来，这种能量就是悬念。"[①] 惊险/悬疑是涉案叙事中不可或缺的艺术构成，没有惊险/悬疑就没有"法律人"的侦查、检察故事。在犯罪与反犯罪的较量中，大多要涉及阴谋的策划、犯罪的实施、伤害与被伤害、侦破、追与逃及惩罚等情形。这些内容本身就充满了惊险的戏剧元素和尖锐的矛盾冲突，具有故事的天然因素，是极具吸引力的强情节。艺术源于现实而高于现实，主旋律法治题材剧往往在积累大量现实案例的基础上，通过埋伏笔、设悬念、布线索等叙事手段、综合调用画面构图、景别景深、光线色调、音乐音响等声画组合手段使得正邪较量的故事更为曲折离奇、扣人心弦，力图给观众带来一种惊险/悬疑的影像美感。但同时，这些新时代的主旋律作品也始终秉持着现实主义美学原则，对"斗智"文戏和"斗勇"武戏的影像呈现较为内敛克制，追求动静结合的动态平衡，节奏把控张弛有度，努力

---

① 路特.论悬念［J］.宫竺峰，译.世界电影，1982（3）：171-188.

营造出一种不超过"临界点"①的惊险/悬疑之美,从而与追求暴力奇观最大化效果的网络罪案题材剧拉开了距离。

(一)"临界点"内的暴力动作表现"斗勇"武戏

主旋律法治题材剧中的"斗勇"武戏场面追求一种不超过"临界点"的动态节奏美:小场景内的打斗动作具有形式美感,宏观的大场面"武戏"呈现张弛有度、寓静于动,而对血腥刺激的暴力镜头呈现也相对弱化。这些内敛克制的动作场面体现了对"美的规律"的遵从,既有效规避了审查风险,也给观众带来一种现实主义美学视域中的惊险/悬疑之美。

首先,主旋律法治题材剧对室内小空间内的打斗动作呈现多具有一种吴宇森式"暴力美学"②的倾向。剧集在表现这些搏击动作时不断变换拍摄角度,穿插其中的升格镜头和时间延宕使画面具有诗一般的形式美感与节奏感,明确了屏幕暴力与现实暴力之间的距离,最大限度地吻合了观众对于"美的暴力"的想象和替代式宣泄。电视剧《莫斯科行动》不刻意展示"刀刀见血、拳拳到肉"的暴力血腥画面,武打动作设计漂亮准确、干净利落,具有一定的形式美感。剧中最为精彩的搏击动作画面莫过于姚凯与李东平手下赤手空拳的肉搏战。在逼仄的室内环境中,姚凯与众多俄罗斯高手过招,流畅的散打技巧和自由搏击在慢镜头、停格中显现出一定动态美、节奏美,大量的快切镜头展示出动作的多变性和极具风格的暴力美学,达到了凌厉的视觉效果。观众在为姚凯能否胜出

---

① "临界点"原是指物理学名词,指的是物体由一种状态转变成另一种状态的条件,亦借指事情性质发生变化的关节。当一事物到达相变前一刻时我们称它临界了,而临界时的值则称为临界点。本书所指的"临界点"是相关政策法规对法治题材剧中暴力惊异场面呈现的限制点以及大部分受众(尤其是青少年群体)所能够容忍、接受的限度点。

② 导演吴宇森所追求的"暴力美学"源于中国讲求"神韵""韵律""以形写神"的美学传统。他的作品继承了武侠片对动作美感的追求,也吸取了西方警匪片、歌舞片的一些拍摄技巧,形成了高度风格化的特色。

担心之余也更多地领略到了中国功夫和俄罗斯搏击术所带来的针尖对麦芒的视觉美感冲击。

其次，作品综合运用多角度拍摄、分屏呈现、内外部空间的快速切换、大/全/中/近景画面的快速交叉剪辑等视听手法来表现剑拔弩张的宏观大动作场面，既相对弱化了强视听刺激的暴力细节的展示，也使得画面呈现出一种静中有动、动中有静的视觉美感效果。电视剧《清网行动》通过综合运用直升机、无人机、大摇臂、轨道车等空中、地面设备全方位展现了众多惊险刺激、雷霆万钧的"清网行动"，其中尤以刑侦大队第一小组对毒贩章影的追捕行动最具代表性。在第7集中，鲁齐鸣、冯鸿涛兵分两路驾驶汽车追捕章影的大动作画面视觉冲击力强，抓人眼球。无人机、大摇臂、斯坦尼康等设备共同完成在惊险追逐场面的影像表达，在警方多辆车的夹击下，章影驾驶着黄色轿跑车突然变速急转弯，与正要转到街道上的大卡车形成对冲画面，眼看两车即将相撞，而此时画面却直接切换到警方的指挥室，较小的电脑屏空间也将追捕场景的惊险感适度放缓。紧接着，一连串的超低角度拍摄以及降格镜头的运用将车辆疾驰的速度感无形放大，汽车骤停、急转所产生的轮胎摩擦声与动感十足的背景音乐相互叠加，不断给观众造成心理压强。此后，多辆车在跨海大桥、立交桥以及一座座房屋中穿梭追逐的画面与指挥室中小屏幕所展现的汽车追尾、翻滚以及人质被扔下车的惊险画面不断快速切换，全方位的镜头语言丰富而又凌厉，力图呈现出一种张弛有度的惊险大动作场面。

最后，作品虽对惊险的动作场景多有展示，但不刻意制造强烈的视听刺激，严格遵循监管政策对暴力血腥场面的限制要求，努力呈现出一种内敛克制的惊险/悬疑影像。从受众审美心理的接受度来看，紧张刺激的暴力场景越多，审美的惊异性越强，但如果刺激性的场面过多，审美的惊异性则可能完全丧失甚至引起现实中的一些负面问题，因此这种"节制"影像呈现就显得尤为必要。经历了2004年被禁"黄金档"的漫长修正期后，新时代复苏归来的主旋律刑侦题材剧纠偏了之前作品的诸多创作误区，尤其体现在血腥暴力镜头的相对删减上，相较于强视听刺激的网络罪案题材剧或警匪题材电影，其惊险刺激场景的呈现要弱化很多。我们在同样改编自"10·5中国船员金三角遇害事件"的电视剧《湄公河大案》和电影《湄公河行动》中就能窥见一二。在电视剧《湄公河大案》中，故事开端就通过两起重要案件制造了紧张、悬疑的氛围：一个是由于我方情报失误，造成线人向红不知所踪、我国缉毒干警在追踪贩毒货车时一死一伤的惨痛局面；另一个则是中国两艘商船在湄公河上被一伙不明身份的蒙面分子劫持，船上的13名中国船员惨遭杀害，而滞留船上的数百公斤毒品也让中国船员背上了境外贩毒的罪名。但作品对这两个主线案件的惊险/悬疑感营造却较为冷静克制：总时长不超过4分钟、枪击凶杀的暴力血腥镜头不超过10个，且多是中远景展示。而且全剧的人物造型设计、空间环境布局、武打动作、暴力场景等方面的呈现都显得中规中矩，没有刻意进行奇观化"修饰"，故事紧张悬念感的体现更多地放在了后方的运筹帷幄、精妙推理以及现代化武器的展示上，暴力血腥场景的呈现相对弱化。而电影《湄公河行动》中的影像呈现则是另外一番风貌。影片伊始就通过模糊而摇晃的镜头展现了令人惊骇的制毒过程和众多吸毒者的迷幻场景。随后又通过多场火爆刺激、惊怖十足的画面来渲染暴力。在火车站追踪场景中，毒贩们拿着刀斧亡命砍杀方新武；在少年杀手游戏中，被毒品控制的娃娃兵背着步枪一边吸烟一边玩着以生命为赌注的轮盘赌——输掉比赛则被安排去充当"人肉炸弹"报复警局；在丛林追杀以及河道快艇的对战中，不时会有子弹爆头、火箭筒炸车、两车相撞爆炸的延时镜头展现，极为惊险刺激。

（二）暗流涌动的心理"纪实"展开"斗智"文戏

为呈现出一种相对克制的惊险/悬疑之美，某些作品在影像上直接对有激烈身体冲突和碰撞的武戏场景进行弱化处理，转而重点通过文戏来呈现寓静于动的影像美感。"斗智"文戏的惊险/悬疑感营造难度较大，如果处理不好将会导致最终效果平平淡淡，没有吸引力，但不少主旋律电视剧也通过精心策划与成熟的视听语言呈现了暗流涌动、危机四伏的心理战，同样能给观众带来一种紧张悬疑的张力影像之美。

首先，主旋律法治题材剧通过近景/变焦特写镜头的切换、背景音乐音响的适度放大等视听手段来捕捉人物面部的微变形、手/脚的颤抖、心跳加速等细节，窥探人物内心隐蔽、细微的心理波动，展现了正邪双方精彩的心理博弈战。电视剧《天下无诈》没有过多表现正反力量的激烈对抗场面，而重在表现跌宕起伏的"斗智"文戏场面。如邝钟等人对"假金主"林生问讯的一段影像呈现可圈可点，悬念感十足。剧中人物主体在画面中基本保持不变，但摄影机借助铺设轨道缓推的同时进行变焦，极大增强背景透视感，这一操作所造成的迷离画面让观众更加聚焦于"斗智"情节和"假金主"害怕被戳穿的复杂心理感受。随着问话的逐步升级，特写镜头将案犯的眼神、手、脚等部位的微动作予以聚焦，时钟的嘀嗒声、人物的心跳声和呼吸声作为背景音效也被刻意放大，悬疑的气氛在暗流中涌动。在邝钟高超的刑侦技巧以及持续的心理攻势下，林生也开始紧张得冒汗，在以还原真实为基调的特写镜头中，他脸上凹凸不平的毛孔细节被放大，脸上的肌肉开始抽搐，丰富的微表情显示他内心的防线已濒临崩塌。一方面，这段文戏问讯场面没有拆穿林生"假金主"的身份，让观众依旧沉浸于猜测之中；另一方面，剧中反电诈警察高超的"读心术"与"攻心术"也让观众获得了"期待视野"的满足。

其次，新时代的法治题材剧还通过一种独特的"意识流"镜语表达来直接展现文戏中人物内心的意识湍流。由大量闪回、闪进的快速剪辑、跳接、慢镜头与想象性画面组合成的"意识流"蒙太奇镜头能够深入人物复杂的内心情感世界，"不仅有理智思想，还有幻想、幻觉、情感波动等非理性内容"①，实现了现实时空与心理时空的转换，在不断强化着叙事悬念的同时描画出"可见的人"。

检察题材剧《决胜法庭》注重运用意识流镜头来表现"法律人"缜密的逻辑推理以及不法分子暗流涌动的心理世界，颇有特色。在江东银行杀人越货一案中，成熟老练的"意识流"表现手法深入表现了人物的内心世界，彰显出冷峻内敛的悬疑影像之美。在剧情开端，检察官们在会议室讨论案情时就插入了一系列跳切、快速剪辑的镜头。闪回画面不断模拟着傅小柔的细致推理，勾勒出金库管理员田明"引狼入室"，又因分赃不均被歹徒残忍杀害等情形，这既是对检察官推理思路的细致描摹，也是对吸引观众进一步观看的悬念的钩织。随后傅小柔在高剑的建议下来到勘察现场进一步寻找线索，此时黑白画面中依然展现出人物倏忽闪过的逻辑思维碎片。在接下来的几组交叉剪辑的审问镜头里，具有悬疑感的背景音乐在正邪对话交锋中不时闪入、闪出，重要嫌疑人王经理一脸无辜的茫然面容、快速的眼珠转动、狡猾的微笑、微微抿起的嘴角等微表情展现十分到位，层次感丰富，暗示其心中的紧张焦灼状态。直到王经理被带到真实的第一案发现场，检察官傅小柔和警察马力行相继对犯罪过程进行猜想和详解，不断给案犯施加心理压力，闪回镜头中不断切换王经理伪造第二现场、录制假监控视频、最后残忍杀害同伴田明的犯罪事实，而此时自知已无退路的王经理也早已腿脚发软，回忆画面中他的犯罪动机和现实画面中他因抽泣而夸张变形的嘴脸交替出现、叠化组接，极具视觉冲击力。

此外，主旋律法治题材剧也多通过意识流手法来表现剧中人的传奇经历，不断强化着悬念叙事，使得文戏情节的推进富有感染力。如电视剧《橙红年代》通过碎片化、多时空的方式呈现了平民英雄刘子光从失忆到恢复记忆的过程，强烈地吸引着观众对人物命运的关注。透过刘子光不断闪

---

① 凌振元.世界影坛的"意识流电影"[J].上海师范大学学报（哲学社会科学版），2002（6）：100-105.

现但不完整的记忆碎片，剧中多人的真实身份、胡蓉父亲以及刑警黄振武被杀真相被逐一揭开，在不断制造悬念的同时也让故事在独特的节奏感中有序展开。

最后需要说明的是，某些主旋律法治题材剧中所展现出的武戏动作奇观也不亚于网络罪案题材剧的惊险刺激程度。为实现有节制的悬疑美感效果，这些作品常常将文戏场面插入其中加以调节。文戏、武戏相结合，暗流涌动的"斗智""中和"了惊心动魄的"斗勇"，正邪多股权力相互博弈，此消彼长，从而使得整部作品也显现出一种动态平衡、寓动于静的影像张力美感。

三、含蓄蕴藉的朴实/恬淡之美

主旋律法治题材剧中含蓄朴实、恬淡自然的影像审美体现着温暖的现实主义美学原则。作品一方面通过舒缓摇曳镜头来展现乡村的原始自然风光。透过纪实/诗意的镜语描绘，凸显出基层"法律人"在琐屑日常工作中的艰辛劳碌以及"乐享生活、乐享工作"的达观心态。另一方面则通过"高光闪现"的极富有现实生活韵味的谚语化台词，传递着基层调解的温情与智慧。

（一）舒缓摇曳镜头下的纪实/诗意生活空间

在以基层"法律人"为表现对象的法治题材剧中，常常采用舒缓摇曳的运镜方式、柔美的色调和全景式的构图来展现乡村/小城市基层社区的原始/质朴之美。透过这种纪实性的镜头语言描绘，既传递出一种现实雕刻般的生动质感，也使得"法律人"的工作、生活空间被渲染上了一层浪漫、诗意的色彩。

一方面，舒缓摇曳镜头下的原始乡村生活不事雕琢、朴实无华，极具现实生活质感，与剧中"接地气"的基层"法律人"形象、自然又有力度的演员表演相得益彰，让观众很自然地信服剧中基层"法律人"的日常工作生活状态并真切地感受朴实生活场景背后的劳碌、不易与坚守。

电视剧《草帽警察》以平实真切的视听语言描绘了自然朴实的乡村影像，如青砖绿瓦的村落、随风飘荡的芦苇花絮、金黄色的棒子地、淅淅沥沥的雨滴、影影绰绰的树林等，散发着素雅恬淡的美感。在这种质朴、宁静的乡村环境里，观众仿佛闻到了炊烟、油盐酱醋的味道，很容易自然地去联想主人公刘五四的成长经历并感受合同制"草帽警察"们的淡淡忧愁、无奈和哀伤。《营盘镇警事》以人物原型范党育的生前住址——河北省枣强县大营镇实地取景，蜿蜒街道、乡野麦田、错落村舍等自然景物不事雕琢地展现，给人一种淡然朴素之美，依托这样纯天然的乡村生活图景，剧中"法律人"形象的刻画便有了坚实的生活基础，范党育在日常工作中面对的琐碎龃龉纠纷、履行职责时"乡情"的掣肘和牵绊都被忠实而生动地给予艺术化还原，产生了强烈的现实感染力。

另一方面，电视剧多采用逆光摄影和长焦镜头来展现出诗意、恬淡的乡村景观。诗情画意的镜头和轻喜剧的演绎将"法律人"的繁重工作或生活困境加以淡化，带有现实主义和浪漫主义交融的某种意味，也隐喻着基层"法律人"不畏难、不逃避的达观心态以及乐享生活、乐享工作的诗意心境。

电视剧《小镇大法官》通过长焦、逆光摄影和中全景式的构图描绘了清新秀丽的荷塘镇乡村景色：青山秀水、粉墙黛瓦、古老戏台、曲折画廊、宗祠庙堂、南方小镇建筑……这些极具地域特色的自然景物组合充满诗情画意，犹如一幅清新自然、淡雅悠然的水墨画。在含蓄、恬淡的镜语中，水乡小镇、古朴淳厚的民风民情、人与人之间真挚淳朴的情感和亲切朴实的人物形塑自然地融为一体。以王德忠为代表的基层法官常年穿行于荷塘镇的悠长驿道、小桥流水、古宅深巷，为村民定分止争、排忧解难、宣传普法，演绎出一幕幕小镇法官的温情故事。剧中百姓的生老病死、家长里短、夫妻吵架、邻里纠纷等生活矛盾、困境均在基层"法律人"轻松幽默的"和稀泥"调解中得到妥善解决，让观众看到了"法律人"在繁忙的法律工作中的一缕诗意绽放：只要坚守职业信仰和生活梦想，繁忙工作和生活困境也必有诗情和温馨。

（二）说理的谚语化台词传递"基层调解"的智慧与温暖

不同于惊心动魄的刑事案件侦破，《小镇大法官》《营盘镇警事》《江城警事》等剧中所表现的一些基层"法律人"的主要工作就是调节民事争端。在家长里短的基层调解中，他们动之以情、晓之以理的调解语言往往能够将大事化小、小事化了，特别是"高光闪现"其中的长谚语化台词平实、易懂、有理，极富生活韵味。在亲切朴实、感情真挚的只言片语间，不仅使得一个个具有平民特征的"法律人"形象"立"了起来，也凸显出见招拆招的基层调解智慧和浓浓的人情味。

首先，说理的谚语化的台词充分体现在"法律人"对基层民事纠纷的调解中。在一个个陈谷烂糠的矛盾冲突中，基层调解员们往往能言善辩、出口成章，尤其是经常冒出一两句形象生动的长谚语式台词最能起到"四两拨千斤"之功效：既让剧中得理不饶人的矛盾双方心服口服，也让电视机前的观众在一个个鸡毛蒜皮的小案件中明断是非、辨别法理。

在《营盘镇警事》中的一桩邻里之间的房产纠纷案件中，范党育苦口婆心地劝解，以一句"人生一世，草长一秋，生不带来，死不带去，咱一辈子给儿女子孙留啥？留情留义不留仇！"彻底打破了矛盾双方互不相让的僵局，凸显了范党育的基层调解经验及其对百姓心声的深刻洞察。"多算算社会账"是范党育在同事耳边经常唠叨的一句话。通过多算"社会账"，营盘镇的诸多民间矛盾纠纷常以"和稀泥"的方式被成功扼杀在摇篮里，生动诠释着基层"法律人"注重解决矛盾、预防犯罪的为民意识。

《小镇大法官》中的王德忠在处理"高大宽离婚案"和"吕峻岭争夺子女抚养权案"时，运用了"天上下雨地上流，小两口吵架不记仇""白天晚上吃一顿饭，晚上睡觉一个枕头""中国有句老话，叫宁拆十座庙，不毁一桩婚。你说这两口子过日子，哪有勺子不碰锅沿的？"等谚语式的台词进行调解，这些柔软的点拨诙谐可乐、富含民间智慧，让剧中人瞬间开悟，心悦诚服地接受调解方案，显现出中国基层"法律人"的大情怀与大智慧。

其次，这种谚语化的说理台词也体现在案件审判后"法律人"对罪犯的"心理疏导"中。《小镇大法官》中，在高大宽出狱后，王德忠对其劝诫道："路上好好走吧，别让风给吹跑了！"恨铁不成钢之余也暗含着王德忠期望义弟痛改前非、走正道的殷殷期盼。杜鹏因非法集资被捕入狱后，仍然不知悔改，在狱中愤愤不平。王德忠亲自前往狱中对其进行"心理疏导"。他拿出那些被杜鹏欺骗而陷入生活窘境的受害者照片，悉心劝解杜鹏"鞋湿了，不要怪河水，不要把仇恨记在河水的头上"。并让他把这句话转达给仍在怨恨自己的儿子小猛。王德忠口中一句通俗的谚语触动了两代人，杜鹏诚心认罪伏法，小猛也打开了心结，父子俩冰释前嫌。"人心换人心"的谚语化台词在心理疏导中犹如点睛之笔，使得罪犯的心结打开，也让观众看到了人民调解员身上浓浓的人情人味。

再次，说理的谚语式的台词以剧中人带有强烈个人深省色彩的画外音形式呈现出来。通过剧中主角"法律人"的言传身教，原本与之针锋相对的"法律人"或反对者真正从内心认可其良苦用心和基层调解理念，并最终以继任者或自省者的身份继续传递"法"的智慧与温暖。在电视剧《营盘镇警事》里，铁面无私的刑警队队长赵光明在与范党育长期的"不和谐"合作过程中终于明白了"警察"和警察工作的最本质含义："警察警察，警在先，察在后，警于案发之前，努力化解矛盾纠纷，察于案发之后，严厉打击违法犯罪。""救一个人就等于救一个家。每一个家好了，国就好了。"导演有意安排让赵光明在电视剧结尾处说出这些长谚语式的肺腑之言，深化了"警在先，察在后"的主题内蕴以及"和稀泥"的"为民"调解理念。《小镇大法官》中的高大宽在被王德忠多次教育后，在结尾处以幽默风趣的说理式内心独白总结了自己"游戏人生"的经验教训："人的生活方式有两种：有的人像草一样活着，但还是一棵草，长不大又天天被人踩；想不被别人踩，只有长成一棵树，活着是美丽的风景，死了也依然是栋梁之材。这活着死了都有用。这就是我高大宽做人的标准和成长的教训！"多次犯错甚至犯罪的高大宽能够以王德忠似的口吻表达出强烈的内心自省，更让观众体悟到王德忠"今天费些唾沫星子，明天就少点火星子"的"以人为本"司法理念的实际效用。

最后，说理的谚语化台词也低频但"高光闪现"在基层"法律人"与家人的对话中，侧面凸显了这些平时不善表露情感的基层调解员对家庭成员的无限爱意与愧疚之情。《小镇大法官》中，王德忠面对与自己生疏的女儿时，黯然神伤地说："蝌蚪找青蛙，在寻找的过程中就变成青蛙了。"将一位父亲内心的感怀、愧疚之心表露无遗；看到万长虹端茶倒水做家务的忙碌身影，王德忠不经意间的一句幽默风趣的感慨："几万块钱一桌的菜，也离不开两毛钱一包的盐！"道出了内心深处对女友的挚爱深情，让人备感浓浓暖意。

第二节　律政题材剧的时尚化审美

国产律政题材剧从2004年首部作品《暴风法庭》问世至今，出现了《离婚律师》《金牌律师》《继承人》《精英律师》等多部作品。从题材内容来看，这些作品选用的很多民事纠纷案例都是具有广泛社会基础的热点新闻与焦点事件，这些多维度的人情故事、"接地气"的情感主题容易构成一个迅速跟进生活节奏的"话题景观"，这使律政题材剧也具有了社会征候风向标般的观察价值。但一路走来，这些作品也在饱受争议中艰难行进，为将不同收视喜好的观众聚拢到一起，其往往将职场暧昧、婚恋纠葛、家庭矛盾等都市热门戏剧元素熔于一炉，在人物塑造上致力于刻画律政职场中出入CBD、开豪车、穿名牌的都市职业精英形象，因此"披着律政题材剧的外衣，演着偶像剧的爱情"成为该类型题材最容易出现的问题。总体而言，这些作品脱离现实生活、现实质感不明显，对律师群像的展现流于浅表，倾向于重包装轻内核、重颜值轻内涵的商业化运作模式，以带有小布尔乔亚情调的影像志呈现了时尚幻梦、都市商务的整体审美风貌。在视听影像中重点展现精英律政人才的都市生活空间和华彩霓裳，打造出了消费时代下缤纷绚丽的视觉美感和温馨浪漫的华彩乐章，以时尚、婚恋、都市、喜剧等元素迎合着网生代，尤其是年轻女性观众的审美趣味和消费需求。

一、都市空间镜像与人物造型"神话"

视觉元素是电视剧艺术传达内容的中心元素。国产律政题材剧追求时尚现代、华丽梦幻的视觉风格，力图给观众带来华美绚丽的美感享受。一方面，作品的故事背景一般发生在北京、上海等一线城市。剧集通过对代表性的都市地标建筑、车水马龙的城市街道、绚丽多彩的霓虹夜景等外部空间和现代时尚的酒吧、高级餐馆、公寓、咖啡馆、健身房、SPA馆等室内场所的交叉剪辑，细致描摹出了摩登现代、先锋潮流的大都市轮廓。另一方面，作品也注重对律师群体的"美丽修辞"，人物造型大多走时尚化、商业化的路线。其中男律师群体往往自带英气、商务、精干的职业气质；而女律师群体则妆容精致，身着时髦绚丽、样式繁多的华服，配以闪亮奢华的佩饰和名牌手提包，暗合了现代社会潜在的消费趋向，充分满足了观众追求潮流时尚的视觉享受。

（一）都市空间镜像

中国当代都市的发展和市民社会的形成，在极大程度上改变了中国都市社会所固有的审美风尚，使城市社会具有了更世俗化的消费主义审美风尚。①国产律政题材剧描绘的正是消费时代律师群体的"都市梦"，着力呈现消费社会中亮丽的都市景观。都市是都市意象的容器，法国地理学家潘什梅尔曾说，"城市中的特定场景既是一个景观，也可能是一种气氛、一种特征或者一个灵魂"②。剧中无处不在的高楼大厦、霓虹灯、酒吧、咖啡馆等现代都市意象群堆积在一起，不仅作为故事发生的背景而存在，还作为当代都市律师群体的一种生活态度和文化方式，营造出了时尚化、商务化的律政氛围，也让观众透过这些视觉符号去认知和体验城市意象所承载的精神内涵以及剧中人的情感脉络。

首先，从外部空间来看，律政故事的大都市取景保证了律政题材剧的都市存在感、节奏感和时尚感。剧中通过对代表性的都市地标建筑、车水马龙的城市街道、绚丽多彩的霓虹夜景的频繁展示，勾勒出了时尚、商务、动感又有活力的现代化都市整体风貌。在这样的大都市空间中精英律师们谈吐不凡、挥洒自如，上演着一幕幕唇枪舌剑、妙语连珠的律政故事，将观众的视线投向了表征现代都市神话的景观符码，然后在幻想中实现了与现代都市的融汇。

其一，现代化标志性建筑的特写最能体现国际化大都市景观和时尚前沿气息。律政题材剧往往借助这些现代化的城市意象来营造充满物质主义、消费主义的都市景观。如《金牌律师》《继承人》取景上海，东方明珠广播电视塔、上海金茂大厦、上海环球金融中心等现代上海标志性的都市名片

---

① 张武江，王玉玮.当代电视剧中的都市意象与文化本质［J］.当代文坛，2007（5）：158-160.

② 潘什梅尔.法国（下册）［M］.叶闻法，译.上海：上海译文出版社，1980：18.

时常以大远景、俯瞰镜头或广角镜头呈现，展现出时尚大都市生机勃勃的气象与活力，契合着年轻观众对流光溢彩的现代化大城市的想象。

其二，车水马龙、川流不息的城市街道是现代化大都市交通的真实写照，也成为打造律政题材剧都市氛围的重要元素。如《精英律师》中多次通过流畅、动感、剪辑连贯的镜头来表现精英律师罗槟开着豪车纵横于北京CBD城市街道的场景。豪华大气的美式座驾与周围高楼林立的景物相得益彰，形成了一道亮丽的城市风景线，也凸显出紧张忙碌的快节奏都市生活。

其三，绚丽多彩的霓虹夜景是都市景观的重要体现。在对时尚都市夜景的影像造型上，律政题材剧一般都会借助复杂的光影效果对城市夜景做出细致的修饰，借助于柔和而均衡的布光、精致的画面构图、柔美的色调以及鲜艳的色彩铺陈，为霓虹景观注入了许多浪漫、唯美的氛围。如《离婚律师》《精英律师》中经常会借助多机位、多角度、多景别摄影和复杂的光影技巧来描摹动感潮流、时尚繁荣的北京霓虹夜景，并且以吉他和萨克斯演奏出的轻快悠扬的轻音乐为背景，不知不觉地就把观众带到一种典雅精致的都市氛围中。

其次，从国产律政题材剧的内部空间呈现来看，无论是写字楼内的职业办公空间，还是展现律师群体娱乐休闲活动的高级餐馆、百货商场、酒吧等非职业空间，都是比较典型的符号化都市景观，既新潮又时尚。

其一，相较于警察、检察官、法官等公检法系统"法律人"的独立、固定、单调的办公场所，律师群体的办公地点——律所则常常位于高端写字楼的某一层内，与其他众多企事业单位共享高大的楼宇空间。律政题材剧常借对现代化办公环境的展示来营造华丽的都市氛围，并通过运用丰富的影像语言、充分融入叙事来凸显都市律师们的时尚魅力和商务风采。如《精英律师》中的律所整体设计现代时髦又相对冷静克制，既凸显出作品的整体视觉风格又契合着精英律师们的身份特征。室内主体区域用透明的玻璃窗和隔断做到了四面通透,使办公空间从视觉上被放大,隐喻着让正义在公开透明中实现的律所文化。剧中罗槟的办公室是整部剧的空间表现重点,站在玻璃窗前就能俯瞰北京CBD的核心地带,都市感尽显。室内的复古办公家具搭配低饱和度的抹茶绿墙面将20世纪60年代的经典室内风格和办公空间结合起来,让人备感温馨舒适。

同时,时尚现代的办公室意象也常常成为都市律师表达青春情感和个性追求的场景点缀与记录职场众生相的微缩胶卷,在明亮的办公室、宽敞的落地窗以及敞亮气派的大办公桌之间不断上演着男欢女爱、职场博弈的律政故事,让观众能够直观感受到现代都市职场的残酷、冷漠与温情。

其二,"作为城市中典型的消费空间,酒吧是一个巨大的隐喻场,它是当代城市人躯体和欲望的栖居地"[1]。"作为一种消费空间,是与资产阶级、城市和市场经济的发展联系在一起的,它代表着西方娱乐民主化的一个崭新的发展阶段。"[2]酒吧是国产律政题材剧中较为常见的都市意象之一,是展现律师现代化生活方式的重要载体。酒吧是他们宣泄内心疲惫、邂逅爱情的场所(在《继承人》中,借酒消愁的汤静在酒吧结识了律师郑昊,并在此后对其展开猛烈追求),是他们进行正常社交活动、增进友谊交流感情的场所(在《离婚律师》中,池海东与好友在酒吧K歌庆祝官司大胜),也是不满与仇怨的绝佳"宣泄地"(在《金牌律师》中,苏东在输掉官司的同时也丢了女朋友,一个人在酒吧买醉,向前来寻找他的同事全敏敏倾诉衷肠)。总之,作为典型的都市空间意象,酒吧中的光鲜、动感、放纵与消沉是都市律师群体多面人生的真实写照。

其三,咖啡馆成为律政题材剧的主人公们最常去的休闲场所之一,是

---

① 郑崇选.镜中之舞:当代消费文化语境中的文学叙事[M].上海:华东师范大学出版社,2006:135.

② 包亚明,王宏图,朱生坚,等.上海酒吧:空间、消费与想象[M].南京:江苏人民出版社,2001:2.

彰显小资情调的最佳选择。咖啡馆的繁荣是城市经济发展和市民观念转变共同的结果，它改造着市民的生活方式、社会心理、审美观念和价值观念，呈现了全新的都市消费景观。[①]在《继承人》中，律师郑昊、汤宁多次在咖啡厅谈论工作甚至约会，有闲有钱的他们更加重视"喝"的氛围和精致感；《金牌律师》中的咖啡馆开在几株枝繁叶茂的香樟树下，柔和的光丝透过树叶空隙投下斑斑驳驳的疏影，这个颇有情调、独特而安静的时尚消费景观也成为律师朱言和苏东放松心情、谈天说地的临时世外桃源。作品通过咖啡馆这个充满着浓厚的小资情调的现代化场所，编织出当代律师白领们充满情调的精致生活，也潜在传达着现代社会的消费文化和价值观。此外，在律政题材剧中也高频闪现着高档餐厅、健身房、网球场等都市空间意象，在此不多做赘述。

总体而言，这些典型的内外部都市空间意象凸显着华丽时尚的都市风貌，也象征着作为白领阶层的都市精英律师群体品位、情趣与格调，满足了消费时代下年轻观众的都市想象与审美追求。与此同时，在这些钢铁、金属、玻璃等都市建筑元素的映衬下，作品表达和传递的是律师群体冰冷、繁忙、残酷与蓬勃、喧嚣、梦想并存的现代职场态势，让受众去体悟大城市拼搏者的奋斗青春、都市情怀和情感命运。

（二）人物造型"神话"

化妆、服饰、随身道具是塑造人物外形的基本元素，是不可分割的整体，影响着人物的整体形象。三者不同的搭配，能够塑造出不同的人物形象，它们相互借助、相得益彰，使得"法律人"形象在外形上立体、饱满起来。国产律政题材剧对律师群体的人物造型大多走时尚化、商业化的路线，重点突出律师们高端商务、时尚靓丽的一面。从外在层次看，人物造

---

① 哈贝马斯.公共领域的结构转型［M］.曹卫东，王晓珏，刘北城，等译.上海：学林出版社，1999：32.

型与充满现代气息的都市生活空间相匹配，共同建构了时尚华丽的都市职场影像；从内在层次看，这种人物造型"神话"传达了一种小资情调和时尚流行文化，满足着消费社会中的年轻观众对时尚生活方式的多元化想象。

　　一方面，国产律政题材剧对职业男律师的人物造型努力贴合"偶像+精英"的人物定位。在妆容造型上普遍注重底妆，努力营造一种有妆似无妆的裸妆效果，并充分利用西装、衬衫、领带、皮带、皮鞋、手表、眼镜的搭配重点突出男性律师英气、商务、精干的一面，也潜在传递出一种讲究品位和精致生活的"小资文化"。"'小资'们一有可能就会将自己的生活的方方面面作弄得饶有韵味，甚至他们的身体本身都成为一种浪漫情调的素材。"① 如《精英律师》中罗槟出场时总是西装笔挺、领带平整，头发梳得一丝不苟，显得职场范、优雅范十足。其随身佩戴的高档腕表也是高频次出镜，并时常给予中景或特写展示，凸显出精英律师的时间观念和效率意识。王牌律师罗槟对生活品位的追求精细到了他工作生活中的每一个细节，体现出都市小资的时尚气质与优雅格调。

　　另一方面，相较于男性律师，国产律政题材剧对女性角色的人物造型则更为时尚新潮、丰富多变，暗合了现代社会潜在的消费主义趋向。正如有论者所言，消费主义的威力是巨大的，它"借助大众传媒等形式，无形中将社会不分阶层的所有人都裹挟于崇尚消费至上的价值系统和生活方式中"②。在剧中可以看到堆砌的时尚符号元素：知性精致的妆容、百变靓丽的服饰和国际名牌手提包等，这些靓女、华服、美景的集中展示充分满足了特定观众的视觉享受和审美趣味。

　　首先，服饰的符号性决定它高度匹配着剧中人的职业身份和职位变化。

---

① 包晓光.小资情调：一个逐渐形成的阶层及其生活品味［M］.长春：吉林摄影出版社，2002：86.

② 陈伟丽，毛华栋.论中国当代的消费主义文化：以电子产品的消费为例［J］.成都理工大学学报（社会科学版），2012，20（5）：11-17.

"一件商品，无论是一辆汽车、一款大衣、一瓶香水，都具有彰显社会等级和进行社会区分的功能，这就是商品的符号价值。"①《继承人》中律师汤宁的职业装款式新潮、百搭多变，重点突出其干练、知性的职业气质。剧中波点图案的衬衫+黑色休闲西服的简约版搭配、香芋紫色西装马甲+同色系水墨印花衬衫的青春时尚版搭配、红色西装外套+内搭的白衬衫高调艳丽版搭配将女主人公汤宁或威严、或灵气、或美艳的多变性格衬托了出来，暗合了当代社会的流行时尚元素，也加深了观众对作品时尚唯美视听风格的印象。在《精英律师》中，权璟律所的行政秘书栗娜"每集一换"的着装、摇曳的风情和昂首阔步的姿态让她成为律所流动的"人体衣架"，和众多西装革履的男律师们形成鲜明对比。无论是栗娜在剧集里常穿的简约大方、颇具设计感的高端裹身裙，还是升职为行政主管后穿的白色西装+黑色套裙，都较为时尚绚丽，凸显出其不凡的品位与格调。

其次，律政题材剧中的时尚品牌佩饰也作为一种无声的语言完成着对女性律师的形塑，既凸显出剧集时尚华丽的影像审美，也潜在地传递着消费时代都市律师白领群体的优雅生活品位。如闪现于《精英律师》中的款式多样、品牌繁多的手提包，堪称一场华丽的香包展示大会。栗娜的拎包品牌时尚婉约、复古端庄，符合作品对其"美艳女秘书"的人物定位；蓝红初次登场时拎的小羊皮材质、外形精巧的高档手袋也与她的贵妇身份相吻合。此外，小巧精致的珠宝、腕表也都作为"高颜值"的时尚单品融入剧中女性角色的造型中，进一步为作品绚丽华美的整体视听风格增光添彩。如剧中廖佳敏佩戴的品牌项链造型自然柔和，平衡了这位职场女强人的棱角感；栗娜的项链和耳钉精巧细致，符合其优雅干练的职业气质。作品高频闪现的形形色色的时尚符码，既体现着都市白领的优雅审美趣味，也成功地将观众带入一种典雅精致的小资氛围中。

---

① 陶东风.大众文化教程［M］.桂林：广西师范大学出版社，2008：241.

国产律政题材剧展现的绚丽缤纷的幻彩霓裳与赏心悦目的品牌佩饰，契合了特定观众的都市生活体验和心理期待，也完成着对消费文化的意义生产。"这些意义对于了解日常生活是有用的，而且有助于影响每个个体在日常生活中内在与外在的行为。"①也就是说，律政题材剧通过人物造型"神话"的意义生产，对观众的言行举止、衣着打扮、审美趣味具有一定的引导作用，甚至会形成某种时尚风潮。观众在接受、解读文本的过程中确认了他们所认同的时尚元素或流行文化、感受到了"快感"，同时，他们也会通过网络社交平台不断分享与传播剧中蕴含的多维时尚信息和流行文化。作品通过对人物的时尚化造型完成了与观众尤其是年轻受众的深度互动，也促成了这一类型的兴盛。

二、"都市梦"描绘与"治愈系"特色

相较于刑侦题材剧、法庭题材剧、检察题材剧等子类型剧中恢宏大气、紧张悬疑的音乐选择，国产律政题材剧多选用POP，R&B，Soft Rock等风格的歌曲。它们以戏剧式音乐的表现形式随着剧情发展而时隐时现，一方面配合着画面来共同描绘时尚绚丽的"都市梦"，契合着年轻观众对现代都市生活的多彩想象；另一方面也通过贴合剧情来抚慰现代职场人孤独无助的焦虑情绪，凸显出优质律政题材剧温暖人心的"治愈系"特色。

（一）时尚音乐配合画面，共同描绘"都市梦"

作为现代文明标识的都市空间给人们带来现代化的生活体验和丰富想象，也改变了人们的价值观念与心理状态。国产律政题材剧重视现代感和都市感的营造，描绘的是消费时代律师群体的"都市梦"：室外频繁地展示

---

① 费斯克.理解大众文化［M］.王晓珏，宋伟杰，译.北京：中央编译出版社，2001：52.

现代化的地标建筑、车水马龙的城市街道、绚丽多彩的霓虹夜景等大都市景观；室内则多为简洁现代的办公室和梦幻的时尚场所。为配合这些视觉符号构成的亮丽都市景观，剧中音乐的选择也大多具有新潮、动感的风格特色，但涉及不同的视觉画面，也各有千秋。流行音乐能够产生一种听觉上的后景和前景，使得时尚都市景观仿佛具有了第三度空间。可见，律政题材剧中以相对固定、相互配合的视听符码共同营造了时尚华丽的律政影像，彰显了律师群体时髦现代的生活方式，契合着年轻观众对现代都市生活的缤纷想象。

在电视剧《精英律师》中，多次展现律师罗槟个人的出场秀：高档公寓内潇洒帅气的换装动作，乘坐豪车穿梭于高楼大厦林立的北京CBD，豪华写字楼外昂首阔步的行走姿态，气派办公室内指点江山、意气风发的自信状态等一连串的镜头调度流畅自然，快节奏的声画剪辑精准到位。在精致的光影效果中，"棱角与锋芒/锋芒/别沮丧/那些希望梦想/都终将绽放/终将绽放"的歌词被演唱者阿云嘎以时尚略带沙哑、极具穿透力的声线和高亢嘶吼的嗓音传递出来，铿锵有力、充满昂扬的斗志。视听效果的叠加勾勒出生机勃勃的现代化大都市风貌，也将一匹驰骋于大都市律政疆场的桀骜不驯"独狼"形象诠释得淋漓尽致，契合了观众对大都市景观以及现代化生活方式的美好憧憬和幻想。

（二）温馨乐曲贴合剧情，凸显"治愈系"特色

德国社会学家齐奥尔格·西美尔在其《大都会与精神生活》中曾指出："都会性格的心理基础包含在强烈刺激的紧张之中，这种紧张产生于内部和外部刺激快速而持续的变化。"[①] 对于在城市中打拼的"蜗居""蚁族"群体来说，整日在快节奏、竞争激烈的职场中忙碌工作，面临着物质与精神上

---

① 西美尔. 时尚的哲学 [M]. 费勇，吴蔷，等译. 北京：文化艺术出版社，2001：186.

的双重压力，难免会产生焦虑、无助、孤独、迷惘的心理感受，与这些负面情绪伴随而来的则是内心对个人成功、物质财富以及美满情感生活的渴望。国产律政题材剧创作抓住了现实中都市拼搏者的典型心理特征，充分发挥了影像的"造梦"和情感抚慰机制，试图以轻松活泼的职场轻喜剧故事、通过诉诸温情的力量去抚慰被现实生活刺伤的年轻观众的心灵。从精神分析的角度来看，电视剧其实是观众情感投射的对象，"如果观看主体喜欢一部影片，那么叙事世界的细节必须充分地允许他以某种本能满足他有意识的和无意识的幻想愉悦"①。如果观众能够从剧中获得某种精神补偿和安慰，那么这部作品就发挥了"治愈"的作用。

为配合"治愈系"②的剧情，部分优质律政题材剧多采用流行乐曲在不同的情节点适时适度地表情达意，歌词词意也高度贴合剧情发展，既让观众看得"过瘾"，也能慰藉其心伤。

其一，部分优质作品通过时尚动感、节奏明快的轻音乐、爽利不拖沓的台词配合律政故事，共同营造出"官感满足"的快节奏职场"爽感"。《继承人》《金牌律师》《精英律师》等剧中的高档写字楼内，多次上演男女主人公快步疾走、慷慨激昂地讨论案件的情节。剧中《别让爱迷路》《不爱的练习》《明明爱》等歌曲感情充沛饱满却又不失柔软细腻，歌词与旋律有机结合，具有强烈的情绪感染力。在这些流行音乐的烘托下，剧中人在人影中来回穿梭，语速极快地机智"斗嘴"，背景则是律所上上下下工作人员紧张忙碌地处理各项事务，弥漫着一种快节奏的都市职场气息。在准确的

---

① 麦茨.想象的能指：精神分析与电影［M］.王志敏，译 北京：中国广播电视出版社，2006：92.

② 参见《维基百科》。"治愈系"一词则来源于日本流行文化，最初指的是一类浪漫抒情、使人身心放松的音乐，很快扩展到动漫、电影领域，在中国也流传开来。"治愈系"作品充盈着情感的力量，不采取激进的宣泄方式缓解现代人的精神压力，表现风格上较为清新自然，能够在较长的时间内起到放松心情、温暖人心、净化心灵的作用。

镜头调度和快节奏的声画剪辑中，音乐、人声、音响的流畅转换、叠加使得"小珠串"式的律政职场故事越发动人心弦，一个个离婚、继承、知识产权案例的分析和初步方案往往在几分钟的时间内敲定，给观众带来一种无与伦比的职场"爽感"，以轻松活泼、不激进的宣泄方式缓解了现代职场人的精神压力。

其二，剧中多采用浪漫温馨的抒情音乐或相对温和的慢摇滚音乐来贴合残酷律政职场背后的温情故事，力求营造一种充盈着情感力量的音乐氛围，抚慰甚至"治愈"现实中都市职场观众焦虑不安甚至是受过伤害的心灵。在《精英律师》结尾部分，权璟律所因罗槟正义和良知的"救死扶伤"陷入资金链危机，于是树倒猢狲散，大部分律师离开了律所。此时，背景音乐《现在的我》抒情的前奏响起，弦乐也层层递进，"要经历过那么多/才能勇敢面对寂寞/冲淡夜色如墨/活用力过每一刻都要快乐/我还是我/把伤痛写成一首热烈的歌/将夜温热人的脸庞/活用力过每一刻都要快乐/我还是我把伤痛写成一首热烈的歌/绚烂的歌我的歌/我的歌"，歌曲在吉克隽逸充满张力的沙哑嗓音的演绎下，从柔情推至畅快淋漓的极致表达，使观众能够明显感受到主人公面对律政职场竞争的无情与残酷依然独立勇战的自我牺牲精神。而在律所最为危急的时刻，"新人"麦飞却选择应聘归来。延时镜头中主题曲《当代诗人》"在较逐一场/没有终点的梦又能怎样/硝烟从未散场又怎样/纵然百孔千疮/他全力对抗理论逻辑思想/相互碰撞/字典形容公平/让证据/解开最后真相……"的音乐震撼响起，三位依然坚守战线、坚守梦想的律师敞开胸怀欢迎麦飞的加入，让观众清晰地感受到主人公"用柔韧力量温热世间冷酷、用无畏面对将来和过往"的真诚与温情力量，也不自禁地陷入作品的精神世界当中——用善良捍卫原则立场、对真理无限渴望、对原则充满信仰才是对精英律师的正确注解。作品力图通过抒情摇滚音乐将观众心中的已有情结或情感唤起，与剧中人物一起感受到一种挣扎、迷惘后的情感宣泄，从而达到一种精神上的共鸣和挥洒状态。

最后需要指出的是，律政题材剧费尽心思用时尚符码所堆砌的华丽视听盛宴占据了观众的脑容量，的确在一定程度上满足了现代都市年轻人的审美趣味和心理需要。但这种高扬物质主义、消费主义的"乌托邦"影像却相对弱化了对公平、法治、奋斗、励志等主题内蕴的传达，因而也缺少了真正打动人心的情感力量。与之相较，《洛城法网》《皇家律师》《律师本色》《傲骨贤妻》《逍遥法外》等国外优质律政题材剧则往往能通过真实生动的影像表现出法律行业发展和法治建设进步的前行轨迹，既凸显出情、理、法相互抵牾的深刻内涵，亦能将观众引向对人生、人性和人情的多维度思考。由此看来，国产律政题材剧的影像审美探索依然任重而道远。

第三节　网络罪案题材剧的奇观化审美

纵观近些年来网络罪案题材剧的创作面貌，总体上呈现出一种奇观化的镜语风格。"奇观（ spectacle ）"的概念最早由英国电影理论家劳拉·穆尔维提出，她指出影视艺术中的"奇观现象"可以充分满足观众的两种观影心理和视觉快感——窥淫癖和自恋癖。随后中国学者周宪运用"奇观"概念和奇观电影理论对中国的"大片"电影进行了读解、阐释。周宪教授认为"奇观""是指非同一般的具有强烈视觉吸引力的影像，或是借助各种高科技电影手段创造出来的奇幻影像和画面"，它们"倾向于观众的本我及其视觉快乐原则"，并且随着人们娱乐化审美需求的不断加深，这些视觉奇观"不再是叙事的附庸，而是逐渐开始支配叙事了"。[①]奇观化的影像审美倾向在网络罪案题材剧中体现得较为明显，在视、听呈现中分别表现为一种"暗、黑、惊、奇"的视觉风格以及"社会派推理体"的人物语言风格。在

---

① 周宪.论奇观电影与视觉文化［M］//方宁，陈剑澜.中国文艺研究前沿报告.上海：华东师范大学出版社，2007：26.

网络剧冷峻肃杀的"黑镜"画面中，罪恶、阴谋、血腥的暴力场面常常在阴/雨/雪/暗夜环境中上演，暗黑空间中凸显着人物的内心的阴影与创伤型记忆。与此同时，整体偏暗的色调与光影的交错中也显现出网络剧对惊悚、奇异影像的迷恋，这种"暗、黑、惊、奇"的视觉奇观制造了异类快感，努力迎合着网生代受众追求新鲜、刺激、猎奇、"大尺度"的审美趣味。

"社会派推理体"的人物语言体现的是"中国式神探"超高的智商以及精妙的推理过程。自成一体的缜密推理语言不仅能够在较大程度上满足"探案迷"们求新求异的心理诉求，还能够以某种特殊的形式积极引导观众主动参与到叙事中与神探们一起探寻案件背后的真相以及罪恶的根源，进而完成关于表象的真与假、生命的轻与重、人性的善与恶等人生观和价值观的深度思考。

一、暗、黑、惊、奇的视觉风格

法国影评家尼诺·弗兰克（Nino Frank）提出了"黑色电影"[1]的概念，"黑色电影是按情调而不是类型界定的，其最突出的在视听语言上的特征就是对黑色的追求，包括低调摄影、高反差以及一些黑色元素的运用"[2]。这一拍摄技巧在网络罪案题材剧中得到了普遍的运用，呈现出了以黑色、灰色、蓝色等冷色系为主的暗色调的视觉风格，营造出硬朗、质感的影视画面效果。在冷峻肃杀的"黑镜"画面中，犯罪活动多发生在雨、雪、夜等冷色调的环境中，象征着罪恶、阴谋、血腥的产生；在极具神秘感和风格化的暗黑空间中，既有犯罪者人性"阴影"的极端化隐喻，也有"法律人"创伤型记忆的表现；整体偏暗的色调与光影的交错中更加显现着部分作品对

---

[1] 即指以20世纪四五十年代，好莱坞拍摄的主要以城市中昏暗的街巷为背景、反映犯罪和堕落的世界的影片。

[2] 王猛.黑色电影的"黑色追求"［J］.北京电影学院学报，2008（4）：75.

惊悚、奇异影像的迷恋，这也是刑侦类题材剧老生常谈的创作症结，亟待反思和纠偏。

（一）阴/雨/雪/暗夜环境中的罪恶与悬疑

网络罪案题材剧中的叙事时间多为阴森恐怖的夜晚以及阴天、雨天、雪天等非常规天气，这也使得网络罪案题材剧多充盈着暗黑的色彩基调。阴天、雨天、雪天、暗夜透过的光亮构成的黑镜画风能够突出冷冽肃杀的整体环境氛围，象征着阴谋、血腥的产生，与罪恶、悬疑构成了强象征关系，力图给观众带来一种忐忑不安的情绪感受。

在《暗黑者 2》《法医秦明》《心理罪》《他来了，请闭眼》等剧中几乎每个罪案都发生在夜间、雨雪天等极端天气里。在《法医秦明》中的坟地女尸案中，凶杀场景发生在夜间的墓地，在凛冽的寒风呼啸、低照度不饱和的影调中，戚静静被变态杀人狂李旭绑在墓碑上用绳子活活勒死，中景镜头下死后的戚静静长发飘飘，跪倒在墓地中，在周围暗黑环境的映衬下更显苍白无色、阴森恐怖，月黑风高杀人夜的惊悚画面能够给观众带来强烈的心理刺激。在《暗黑者 2》第 32 集中的雨夜山庄杀人案中，暴风骤雨、电闪雷鸣的天气突出了压抑、不安的情绪氛围，清晨的光线因雨天而显得昏暗，当能见度不高的光线通过百叶窗的缝隙透射进山庄内，幽暗的走廊、阴森的房间、遮蔽的尸体营造出云谲波诡、扑朔迷离的氛围。凶手行凶时，作品多次用直射光和侧逆光拍摄显现出其面目狰狞的特写，当行凶得手后，他拖着长长的影子在黑暗中行走、奔跑，并不时露出凶恶的眼神回看镜头，极为惊悚可怖。

《无证之罪》中暗淡阴冷的风格、冰天雪地的美术置景高度契合了哈尔滨"冰城"的城市气质。剧中演员的服装、场景的设置、气氛的安排，都笼罩在一片灰色中，隐隐地透着阴森、透着寒气。在冰冷的昏暗气息中，冷峻的犯罪故事与凛冽肃杀的环境完美融合在一起，也让整部剧多了几分社会写实力度和文艺气息。正如作家贾行家在《纸工厂》中所说,"在我们东北,失落的人、绝望的人太多了"。剧中每个人物似乎都隐藏着一段不为人知的过往,内心背负着沉重情感包袱的他们有彷徨、有失落,更有绝望。神秘的离职法医骆闻绝望到用高智商去犯罪,他每次行凶都选择在大雪纷飞的夜晚,而"雪"通"血",本该接受惩罚的罪恶之人接受着"雪人"(骆闻)的法外制裁,象征"血债血还",给人以黑夜中寻找"明白"的希冀。

(二)暗黑空间中的"阴影"效果与神秘氛围

网络罪案题材剧中暗黑空间光线幽暗、阴森可怖,如神秘幽闭的办公室、阴森恐怖的走廊、狭窄细长的死巷等。这样的"结构空间富有表现力和容量"[①],能够使情节发展更为集中、戏剧冲突更为强烈,让观众本能地产生心理压迫感、恐惧感。网络罪案题材剧常常借这一幽暗封闭的空间来制造极致化的"阴影"效果,营造一种神秘诡异的氛围,也凸显出人物非正常的心理与极端化的人格。

一方面,网络罪案题材剧多通过暗室空间来表现犯罪人不为人知的秘密和特殊的癖好,也暗喻着他们潜在人格中的"阴影"[②]。剧中的反面人物既有心理变态的性格障碍者,也有亦正亦邪的双面人物。他们的密室常常是一个高度封闭的单元,室内光线幽暗,气氛诡异。这些不能公开的、昏暗的、封闭的房间内不仅藏匿着他们的秘密和种种罪恶,也象征着他们阴暗扭曲的心理,如阴影一般见不得阳光,只能隐藏在不为人知的某处,一旦这些暗室被发现,也即是案件真相大白之时。

---

① 瓦依斯菲尔德.空间与节奏 [J].婴子,译.世界电影,1985(4):46-59.

② 分析心理学认为,集体无意识的主要内容是原型,而阴影是极其重要的一种原型。阴影即先天倾向,它是人性中阴暗的、未被认识的一面。它包括一切激情和不道德的欲望和行为,它是本性中的原始部分。人身上的一切邪恶根源存在于阴影中,所以人要避免邪恶,就必须压抑和排斥阴影中兽性的一面。

在网络罪案题材剧《心理罪》中多次展现案犯江亚的暗室。室内灰暗幽闭，几盏简易灯投射的昏黄光源营造出极致化的阴影效果。逼仄的空间内却有一个大大的水池，几乎占据了四分之三的空间，里面常常浸泡着尸体，暗红的血水溢出池面，营造出一种极具视觉冲击力的神秘惊悚氛围，使观众本能地产生心理压强。封闭的暗黑空间也隐喻着江亚的人性"阴影"，作为方木的"影子敌人"，他富有正义感的同时又有严重的心理障碍，年少时的经历让他内心充满了压抑和仇恨，为了"惩恶扬善"，他公然向警方挑衅。在他看来，也许只有在暗黑空间中才能回归"本我"并实现心中所谓的"正义"与"公平"。再如《致命追踪》中的毒枭大熊的暗室空间同样阴森可怖、压抑闭塞。剧集在表现其暗室时，在构图上用窗框、墙壁等前景割裂画面，形成一种突兀的紧张感和不平衡感，独特阴影效果下狭窄幽深的走廊、阴森昏暗的楼梯都带有隐秘而危险的气息，令观众产生潜在的不安全感。大熊平时有暴力摄影的特殊癖好，他的暗室既是那些暴力相片的洗印室，也藏匿着他偷窃、故意杀人、强奸幼女的惊天秘密，同时亦象征着犯罪人丑恶、阴暗的心理。最终暗室被发现，而他也因这种特殊暴力所留下的"证据"而被仇家报复杀害。

另一方面，如果说暗黑密室表现了犯罪人的隐藏秘密和人性"阴影"，那么网络罪案题材剧利用暗黑空间制造的阴影效果则极大地凸显了"邪魅"警察身上的神秘气息，增强了惊险、悬疑效果，强烈地吸引着观众的注意力。

在《白夜追凶》中，哥哥关宏峰与弟弟关宏宇进行身份交接时，家中基本处于黑暗的状态，月光透过百叶窗将阴影投射在他带有长刀疤的脸上，营造了阴郁悬疑的氛围，也暗示了关宏峰深沉寡言而又细腻缜密的性格特征。不只在家中，关宏峰单独出现在警队办公室、会议室以及解剖室等其他空间场景中也常被置于百叶窗折射的阴影中，一条条阴影将关宏峰的脸庞分为黑白两部分，在或明或暗的画面中，双胞胎兄弟的身份真假难辨，明暗与黑白做着罪恶与救赎/虚假与真相的表意功能。

如本书第一章所述,"邪魅"警察多具有一种"创伤型"人格,而暗黑空间中的"阴影"效果恰能将"法律人"不断闪现的记忆碎片进行贴切的影像描摹,既营造极强的悬疑感与惊悚效果,也更易于将观众带入剧情,与剧中人产生情感共鸣。同样在网络罪案题材剧《白夜追凶》中,在总体色调偏暗的空间中两次呈现了主人公关宏峰黑暗恐惧症的发作。关宏峰的第一次病发源自一次突发事件:夜晚,关宏峰独自留在家中,突然的电路故障使得室内的电器开始异常。在忽明忽暗的灯光中,关宏峰开始慌乱不安,画面也不断在摇晃的人与物之间快速切换,持续制造着紧张、悬疑的视觉氛围。随后,单一弱光源的投射营造出恐怖的阴影效果,处于阴影中的关宏峰随即发现了被他失手杀害的伍玲玲的"魅影",她诡异地微笑着在手中把玩那把让自己丧命的手枪。此时关宏峰的心理幻觉进一步升级,脸上的长刀疤不断渗血,手上也满是血迹,他惊恐地跌坐在地上。而此时镜头又将伍玲玲惊骇的"阴阳脸"予以特写展示,随后的中景中她停止诡笑,凄厉地冲向关宏峰,在这千钧一发之际,室内恢复光明,关宏峰的幻觉终止。暗黑空间中所表现的这一次的发作只是铺垫性的悬疑钩织,也为更大一次悬念的爆发埋下了伏笔。而关宏峰的第二次发作同样发生在黑暗的空间里:当天晚上,王志革潜入警队切断电源造成"停电",察觉到危险的关宏峰慌忙中去通知在警队值班的高亚楠。他艰难地在昏暗的楼道间移动,在几近晕厥的状态下,他强撑着身体与高亚楠会合并成功地将她从王志革的枪口下解救出来,但强大的意志力在关宏宇出现后即刻溃散,他陷入了昏迷。暗黑空间中明暗交替的光影和独特的阴影效果将"法律人"的创伤型记忆给予最大化的显现。

(三)极端化影调下的惊悚感与反常态的身体奇观

在整体偏暗的环境中,网络罪案题材剧常利用摇晃镜头、交叉快速剪辑及蒙太奇等手法来制造极为紧张刺激、惊险恐怖的视听影像。在或明或暗的光影流动中，反常态的身体奇观目不暇接，"一见而惊"的猎奇狂欢迎合着部分观众追求强快感、强刺激的感官欲望。

"惊奇"是人们对于作品的审美效应的一个重要标准。对于人们的审美心理来说，惊奇或惊异是获得快感的必要契机。① 审美惊奇的客观基础在于艺术作品或审美对象本身的"奇"和"异"，就网络罪案题材剧中表达层面而言，其通过表现陌生化的人物、奇异化的场景来满足受众的视觉奇观和惊奇感需求。相较于主流法治题材剧对枪战、搏击、海陆空大追逐等宏大场面的"奇观"场景，网络罪案题材剧更多的是对奇异影像的迷恋，从而更具视觉冲击力。在很多网络悬疑题材剧中，承担着"身体奇观"的关注对象不再是女性的身体，而是案发现场令人惊骇万分的尸块，或者是正在进行尸检的受害者尸体。通常情况下会给予这些尸骨和切割过程以特写镜头，"惊奇"的视觉效果也会被无限放大。如《法医秦明》中所呈现的"油炸手"、皮肤纹理、伤口形态等尸体形态极为逼真。在碎尸案中，当林涛打开受害者房门时，地上、墙上布满了死者的血迹，随之而来的还有整屋子被血腥味吸引蜂拥而出的苍蝇，真实感极强的现场给人以强烈的视觉冲击。在网络罪案题材剧《骨语》中，逼真的人骨、尸块、人头、内脏等众多"重口味"画面的呈现让人毛骨悚然……反常态身体奇观通过大特写镜头将观众的视线聚焦，营造出强烈的窥视感和刺激感。

恐怖的感觉也是一种高强度的刺激，是日常生活中惯常被压抑的一个部分，是对内心矛盾的无意识表达和张力的释放。一方面，它在某种程度上能提高人的反应能力和爆发力。网络罪案题材剧中适度的恐惧感营造对观众来说只是一种对危险的模拟，适度的恐惧能够将紧张情绪唤醒，让观众感到一种极富乐趣的快感体验。另一方面，高度的恐怖会产生惊吓的效

---

① 张晶.审美之思：理的审美化存在［M］.北京：北京广播学院出版社，2002：196.

果。网络罪案题材剧过度追求感官刺激，对恐怖感的营造停留在生物水平，以丑为美、极力展示丑恶现象和变态心理，使电视剧艺术成为追求丑的工具，是严肃的刑侦题材作品所不能容许的。

一些网络罪案题材剧中的暴力极具刺激性的特点，在还原案发现场时普遍做到了真实，逼真的艺术场景、极端的暴力场景，令人毛骨悚然。一些残忍的画面有时还会以特写镜头直接冲击观众的眼睛，带来的不仅是感官的刺激，更是精神上的战栗。

网络罪案题材剧的猎奇审美创作是偏感官的审美，追求的是快感、奇观的最大化效果，注重满足观众所需要的强视听刺激、惊险猎奇的心理需求，缺乏对深层审美意蕴的感知与追求。在瑰奇的画面呈现背后，草根性的偏感官审美、野生性的猎奇过度、大尺度的"审丑"都亟待纠偏与反思。

二、"社会派推理体"的人物语言风格

设谜和解谜是大多数网络罪案题材剧的主要特征，处于隐蔽地位的案犯是设谜者，他们费尽心机地百般掩饰，制造假象，以便自己逃脱罪责。案件就是案犯设置的谜，案犯作案留下的蛛丝马迹，就是解谜的线索。而剧中的"法律人"更像是一个个"中国式神探"，他们往往具有理性的思维、机智的头脑以及超常的逻辑推理能力。他们运用各种侦破手段，或进行细致的调查取证，或进行严密的逻辑推理，或采用巧妙的心理攻势，或采用先进的科技手段，找出真凶并将其绳之以法，最后破解案情之谜，将谜底揭示给观众。正是基于设谜和解谜的主剧情设置，所以剧中"法律人"的语言也相应地呈现出较明显的推理体特色。而且，当前多数国产罪案题材剧偏向于"社会派推理体"，即试图通过缜密的逻辑推理和真相的揭示探讨隐藏在案件后的社会问题，因而剧中人物的对话、独白、旁白以及解说词也都或直白或隐晦地传达着创作者想要表达的主题立场，不仅能够在较

大程度上满足"探案迷"们求新求异的心理诉求，还能够以某种特殊的形式积极引导观众主动参与到叙事中与"中国式神探"一起探寻案件背后的真相以及罪恶的根源，进而完成关于表象的真与假、生命的轻与重、人性的善与恶等人生观和价值观的深度思考。

（一）"法律人"的集体智谋破解烧脑迷局

剧中的"社会推理体"语言密集地体现在高智商侦探之间的"推理式"对话中，更多展示的是"法律人"集体的破案智谋。"法律人"在依靠缜密的逻辑推理和精妙的专业技能不断发现新线索、探寻犯罪过程，直至解码案件真相，也将观众带入自成一体的烧脑迷局中。

在《法医秦明》中，法医秦明、法医助理李大宝、警察林涛对沉尸案件的推理对话，细致展现了精妙的推理过程。秦明首先对凶手在死者腹腔内放入大量石块的沉尸方式发表看法"……凶手既然选择了这样的方式去杀人，那么站在他的角度、他的立场上就一定有着凶手的逻辑"，这一想法激发了李大宝的灵感，她站在凶手的角度大胆猜测："头部丢失，为了掩藏真实身份，尾指丢失，因为死者戒赌……"随后秦明的语言提示让李大宝进一步锁定凶手的目的就是器官移植。两人顺藤摸瓜，通过检测死者身体里残留的麻醉剂含量，发现了凶手故意加大麻醉剂量但会加大器官移植难度这一关键矛盾点。随着林涛提供的全市住院排查记录和协警所展示的视频录像，"法律人"们也基本锁定了凶手的身份。

在本次推理中，秦明和李大宝抓住麻醉剂量这一关键点成功锁定死者郭立强的哥哥郭立富为案件的最大犯罪嫌疑人，从对沉尸方式的疑惑到矛盾点的发现再到真凶的锁定，整个人物对话的推理过程展示不超过4分钟，严密细致不拖沓，让观众看到了"法律人"集体精妙的推理技巧与高超的破案智谋。而"慈善企业家"郭立富伪善的面具被揭下后，也让观众在惊叹之余对这场"手足相残"案件背后的犯罪动机的揭露更为期待。

（二）舞台剧式的内心对话揭示案件真相

"社会派推理体"的人物语言也可以以一种奇观化的舞台剧式的内心对话形式呈现，进而完成对犯罪动机、犯罪心理、犯罪过程的推理过程。这种人物内心自述式的"推理体"语言在以法医为主体的网络罪案题材剧中较为常见，一则可以清晰地展示法医在观察或解剖过程中的所思、所想、所感，二则可以通过与"尸体"等非生命体对话的叙事形式解码案件真相，为逝者发声的同时也表达出对社会和人生的思考，体现出网络罪案题材剧的人性情怀、社会问题意识与现实质感。

在《法医秦明》中，法医秦明在解剖室中尸检时多次与逝者"对话"，和被害人尸体独处的时间往往成为秦明破案的关键。剧中，秦明和一男一女两位死者"对话"，缜密细致的自述式推理让人印象深刻。"男的先死，女的随后，你们两个都是被勒死的，这有可能是凶手惯常的作案手段……"秦明以这样新奇的开场白与死者对话，结合自己的观察和检测结果来分析凶手的作案手段和作案动机。在与男死者的"对话"中，秦明根据皮肤的颜色、浸在水中的松弛程度推测出其死亡时间，从脖子的勒痕推断出凶手的身高、作案工具、谋杀方式、两人的搏斗过程以及凶手可能的作案动机。而在与女死者"对话"中，秦明根据其后腰上的文身、脸颊上的吻痕、手上佩戴戒指的痕迹、处女膜的修复时间推理出凶手的作案方式并开始大胆猜测女死者与男死者、凶手之间的关系"到底是什么让你心灰意冷？你的手上有最近还佩戴戒指，但他的却没有，或许你只是一厢情愿，也许你曾经想要嫁给他，但他只是玩玩而已……"新颖的自诉式"对话"显现出秦明丰富扎实的专业知识与逻辑缜密的推理能力。通过与躺在解剖台上的逝者对话，秦明完成了对案件的剖析和对生命的感叹，正如剧中秦明的自述："每个逝者都有自己的故事，但在生前没有机会说完，我帮他说完。"

相较于前作，《法医秦明之幸存者》中的秦明则显得更为神奇"通灵"，在案件结束后,秦明眼前常会浮现出被害人的身影,他通过与"死而复生"的死者对话,进一步探讨人性善恶与世间冷暖。在丁振案中,秦明以自己高尚的道德品质和职业素质来宽慰仿佛看穿一切、死不瞑目的丁振。面对死者丁振愤愤不平的心情,秦明耐心宽慰道:"说实话,我不能保证心中没有刺,但是我可以保证,我依然还有爱。""毕竟我跟他之间,以父子关系生活了那么多年难道不是吗?"这些话仿佛戳到了丁振内心的痛处,"那一段的痛苦,你知道吗?我就没有爱吗?"秦明以劝诫为目的地反击道:"你有爱吗?你所要做的选择,并不是认不认这个儿子,而是选择是不是要救一个孩子的生命。你拥有的这一切,让你无法面对失败,无法面对孩子不是亲生的事实,你甚至不愿意再核实一次,不是吗?"听到这里,原本愤懑的丁振长叹一口气,释怀地说道:"无论如何,我都谢谢你,秦法医,你让我瞑目了。"而最后的两句台词则更像是导演借两人之口对观众诉说,极具教化意味。秦明问:"到最后,你还有什么话想跟我说吗?"丁振道:"当憎恨占据了你的心灵,不管你是多么成功,都会陷入无边无际的黑暗。"丁振与秦明握手,"秦法医,希望你把我的感受告诉更多的人,让他们少走弯路"。

这种以"生死对话"的呈现视角新颖独特,理性的对话氛围中植入了感性的色彩,直抵人性最深处,让观众对故事产生共鸣的同时引发对人生、人性的深层次思考。与此同时,作品也通过戏剧舞台式自诉的展现方式表现了"法律人"和逝者的关系,由此,法医工作者"为逝者代言,为亡者鸣冤"的工作信念与精神也得以有效传递与彰显。

(三)"心灵侧写"击破案犯心理防线

"社会派推理体"的语言也体现在"法律人"与案犯的深入交谈中。网络罪案题材剧中的主角大多是犯罪心理学专家或推理神探,在案情陷入困境时,他们没有反复进入犯罪现场勘查,而是往往如"聪明的一休"般凝神沉思，片刻间就能在脑内完成对案发现场以及嫌犯作案过程的想象性模拟，以旋转木马式①智力结构快速带领观众进入剧情。作品通过表现"法律人"对案犯的犯罪心理、犯罪动机以及犯罪手法高度还原式的"心灵侧写"，成功击破其心理防线，为侦破案件带来转机，也让观众充分领略"法律人"超高的智商与神奇的推理能力。

在《法医秦明之幸存者》的第9集中，金小万的父亲金凡在证据面前承认自己打了儿子，但否认杀子。因眼睛问题住院的秦明根据之前的零星证据在脑中迅速模拟出了犯罪现场以及金凡的作案过程。随后，他担心金凡不招而很难形成完整的证据链，便让羽毛送自己去警察局找金凡聊聊，为案件早日侦破争取时间。秦明开场便对金凡说："有件事我必须告诉你，金小万在入水之前还是活着的。"本来一脸不耐烦的金凡瞬间表情凝固了，一脸震惊地说："你骗人。"接着秦明开始了对金凡的"心灵侧写"："如果我没猜错的话，那天晚上你不仅仅只打了他一巴掌。金小万先是额头磕碰在了餐桌的一角，但是小万并没有停止对你的指责，你一怒之下，用绳子把小万的手绑了起来，想给他一次彻底的教育。可是没想到，意外发生了，金小万的后脑勺重重地撞击在电视柜上，微弱地呼吸加上你的慌乱，所以你误认为小万已经死了，但是，其实你并不知道，这只是因为猛力撞击而导致的突发性休克。"（整个推理表述中所展现的画面是当时的犯罪过程）这时，镜头切换到了金凡难以置信的惊愕表情。随后，秦明以自己从小万的口腔、呼吸道中发现的证据，继续向金凡说明小万是死于溺水的真相。而此时中景镜头中的金凡眼噙泪水、满脸悔恨，痛苦地大叫着"罪孽"。作

---

① 其一，旋转木马并不是真正的马，因此观众骑在木马上并不是真正接受考验，也不需要检验骑术，只需要坐马观花即可；其二，如果不让观众骑在木马上，他们就无法参与进来，尽管这是一种伪参与，但参与的形式本身却带给了他们相应的满足；其三，专业的逻辑推演如旋转木马的旋转运动，对观众来说，具备一定的刺激性。参见杨健.拉片子：电影电视编剧讲义［M］.北京：作家出版社，2007：8.

为父亲和杀人凶手的他，心理防线已经被完全击破。

在对案犯"心灵侧写"的过程中，观众可能并不明白秦明是如何通过纵横交错的线索导引就能得出如此精准的推论，而作品也没有留给观众充分揣摩的时间，但如果没有这种快节奏叙事，观众可能就无法继续坐在"木马"上了。最后留在观众脑中印象最深的，也许就是金凡的"误杀"行为以及无比悔恨的表情，而这也是"社会派推理体"语言的最大魅力所在。

（四）"哲理化"+"黑色幽默化"的台词折射社会现实

"社会派推理体"的网络罪案题材剧对复杂人性和社会现实问题的映射常常隐晦地体现在剧中人"哲理化"+"黑色幽默化"的对话、旁白以及内心独白中，力图让观众在惊叹和欢声笑语中体悟案件之外的社会万象与世间冷暖。

首先，"法律人"在案件进行或结束后所得出的高度凝练的推理式结论往往具有一定的哲思意味，通常以旁白或画外音的形式呈现，很好地将故事叙述与人生思考融为一体，折射出案件背后的人生感悟或人性深度。如在《法医秦明》的"小吃街碎尸案"中，秦明在下水道中找受害人尸骨时，不经意间引用法国作家雨果的一句名言："下水道是一个城市的良心，文明社会中一切卑鄙丑恶的东西，一旦用不到了，就会扔到下水道。"就会激发起观众内心强烈的自我反思和感想。而当每个案件真相大白之后，秦明会以札记或者语录的形式写出个人感悟："我们内心的恶魔，把这座城市变成了地狱。""一个人走向邪恶不是因为向往邪恶，而是错把邪恶当成他所追逐的幸福。""人往往就是这样，做了一百件正确的事，只要有一件糊涂的事，之前的功劳，全都白费了。"等。这些独有哲思的话语都以画外音的形式出现在剧中，强烈地引导着人们的思考和感悟。

其次，为平衡戏剧效果，侦探们在破案过程中也会随口说出一些颇具戏谑性、荒诞感的"黑色幽默化"台词，为剧集增添趣味性的同时引发人们对案件之外的社会现实问题的深入思考，颇具后现代文化的娱乐表征。这些"黑色幽默化"台词常密集体现在"法律人"个性化的口头禅和经典语录中。如《暧昧侦探》中的"柯南二十年坚持不发育"；《暗黑者3》中丁局长的小学生词汇式惯用套词"好多好多""这么大这么大""超级超级"，法医梁音特有的口头禅——"活人就是××"体："活人就是盲目""活人就是虚伪""活人就是善变"以及罗飞的经典语录"华丽的外表，底下爬满了虱子。""我有省警官大学的饭卡，这还不能证明我是学校的人吗？"等，这些剧中人的台词中注入了很多黑色幽默的元素，既有荒诞的笑点，又有反讽的幽默，颇有后现代文化语境中戏仿化、游戏化的审美趣味。另一方面，"法律人"在讨论案情间隙的对话中也频繁闪现着荒诞化的幽默金句。如在《法医秦明》第3集中，面对河中的无头尸体，侦查三人组在犯罪现场开始了闲聊。李大宝："这就是为什么我不游野泳。""现在很多河流都有污染呀，有机农药、滴滴涕、工业废水什么的。真的，游多了都不用担心怀孕了。"林涛："游泳池里会不会好一点？"秦明："……正规的地方都没事，最多也就是喝点尿。一个成年人游泳四十五分钟，要喝十六毫升的尿。"这些插科打诨式的人物对白在带给观众欢乐的同时也不忘审视社会现状、痛击社会乱象，将矛头直指案件之外的环境污染、黑心企业、国民素质堪忧等现实问题，能够引起人们的价值认同与情感共鸣。

在网络罪案题材剧所呈现的"社会派推理体"人物语言中，"法律人"以新鲜独特的表述方式将犯罪者的犯罪手法、犯罪心理以及犯罪动机深入浅出地剖析开来，观众充分沉浸其中并随着主人公的视角一起寻找线索，梳理信息，不断地在心中提出猜想，又不断地推翻修正，就如同一场趣味盎然的解谜游戏，在找到答案的那一刻将收获一种奇妙的"快感"，如同经历了一场探秘解谜的惊奇之旅。在此基础上，案件背后的种种罪恶根源、社会真相也会在观众面前徐徐展开，而这种社会问题则可能是一种弥散性的、根深蒂固的社会症候，反映出一种普遍性的或焦虑、或沉闷、或压抑的社会环境，并不会因为一个案件的成功侦破而得到根本性解决。观众在领略到推理趣味的同时也会对人性善恶、宿命轮回、社会公平正义等问题产生自己独有的思考，这也是悬疑推理题材多年来一直备受观众青睐的原因所在。

综上所述，新时代的主旋律法治题材剧根植于现实法治生活，在类型化创作中积极探索革新，以更为纯熟精良的视听语言完成了对庄严/崇高之美、惊险/悬疑之美、质朴/恬淡之美的艺术化与时代化表达，彰显着现实主义的影像审美；多数国产律政题材剧常用时尚华丽的视听符码堆砌出消费主义的"乌托邦"影像，在一定程度上弱化了对人物精神内蕴和情感命运的表达，和国外诸多优质律政题材剧存在着较大差距；网络罪案题材剧则偏向于奇观化的影像风格，其通过"暗、黑、惊、奇"的视觉奇观和"社会派推理体"的语言制造了异类"快感"，虽高度契合了网生代受众追求新鲜、奇异的审美趣味，但也因过度猎奇、大尺度展示而遭到非议和诟病。

第五章

"法律人"形象塑造的
缺失与反思

以上章节分别对"法律人"形象的类型谱系及其审美表现、建构策略、精神内蕴、影像风格及其审美追求进行了全面细致的分析与阐释。但同时也应看到，受创作观念、利益驱动、接受语境等因素的影响与干扰，这一时期"法律人"形象的塑造也存在一些创作症结，如正面人物形象塑造的脸谱化、对现实主义创作原则的偏离、"审丑"误区、情感泛化、"权谋书写"等。本章将结合具体创作现象进行归纳与分析，并对造成这种创作症结的内在、外在原因加以探讨。

第一节　"法律人"形象塑造的缺失

贯穿多数法治题材剧的潜在主线是正与邪、善与恶、罪与罚、生与死的二元化矛盾冲突，形成了相对固定的结构模式。二元对立叙事的优点是旗帜鲜明突出、主题倾向性正确，有利于发挥剧中意识形态的承载与传输功能，罪与罚的教育警示功能也被发挥到最大化，而不足之处则在于绝对的二元模式限制了法治题材剧叙事的自由度，使人物塑造、情节设置、结构安排以及视听影像的变化性和多样性难以得到有效的发挥。

一、"法律人"形象塑造的脸谱化

在这种二元对立的潜在叙事框架下，"法律人"形象的塑造也容易出现脸谱化的创作症结，这在偏英雄叙事和宏大叙事的法治题材剧中表现得相对突出。脸谱化形塑最突出的特征就是刻画人物的公式化、概念化倾向，让观众感觉不是如别林斯基所言的"熟悉的陌生人"，而是"熟悉的老熟人"。具体表现为正面人物形象的神圣化、完美化以及无情化塑造。首先，神圣化塑造体现在"法律人"往往天赋异禀、大智大勇，遇到任何不利局面或困境均能够化险为夷、妥善解决。其次,完美化塑造体现在正面"法律人"形象往往具有崇高的职业理想与道德品质,体现着时代主流、文化主流和精神主流,能够彰显大善、大爱的主题。如较多法治题材剧中公检法系统的高级干部大多都胸怀全局、光明磊落、兢兢业业;中层领导无一不是赤胆忠心、坚守正义、疾恶如仇;普通执法者有着正直善良、机智勇敢、无私无畏的共性特征。最后,无情化塑造体现在这些"法律人"形象具有超人格的无私奉献与牺牲精神,特别是在处理挚爱亲朋的安全受到威胁、家人需要照顾与陪伴、家人请求"破例帮忙"等家庭与职业的冲突时,他们往往执拗而果断地"舍小家为大家",缺少人情味。

相比之下,法治题材剧对反面人物、灰色人物或中间人物的塑造往往更丰富、生动和真实。剧中在表现案犯的犯罪行为、心理、动机时总是形形色色,千姿百态。在表现中间人物时也注重描摹其善恶交织的性格复杂性,如《莫斯科行动》中讲义气、有底线的李东平和马长江,《天下无诈》中重情重义的田禾等。而《破冰行动》《人民的名义》等剧在表现堕落"法律人"时,也往往通过让其遭遇情感与理智的两难选择来展现人性中所残存的善和美,而且剧中马云波、祁同伟等腐败堕落分子在结尾时都表现出了一定的人性觉醒与自我反思。因此,这些反面人物因"千人千面"的多样化呈现和内心复杂性的揭示,反而具有更深刻的认识价值和艺术价值。

其实,正面人物形象的脸谱化也是老生常谈的问题,至今仍普遍存在于包括法治题材剧在内的主旋律作品中。究其原因,笔者认为有以下几点。首先,从中国的文化传统和美学观念上看,"圣化"尊长和"神化"英雄的传统审美观根深蒂固,艺术创作上美化和拔高正面人物成为惯例,对创作者的影响深远。孔子编纂《春秋》的原则是:"为尊者讳耻,为贤者讳过,为亲者讳疾。""讳莫如深,深则隐。"这种微言大义的春秋笔法对后世的文艺批评和文艺创作影响深远。以致在史、诗、词、赋、传奇、戏曲、小说中,美化明君圣主、名将良臣,颂扬其"丰功伟绩"而讳其"耻""过"

成为主调。创业之主、中兴之君、良臣贤相是儒家理想的最高体现，因为承担着"载道"的重任而逐渐被模式化和理想化。古代的文学作品如"南曲传奇之祖"《琵琶记》、古典小说《三国演义》《水浒传》、历史演义小说《封神演义》《隋唐演义》《说岳全传》等都通过塑造完美无瑕的"忠""义"人物来传递儒家正统思想。现代文学中的"左翼文学"、新中国成立后的"红色经典"也都强调正面人物对革命胜利的重要意义。多年来，主旋律法治题材剧一直在不遗余力地美化、神化"法律人"，正是这种文化传统和美学观念的具体表现。

其次，创作者为凸显法治题材剧政教宣传、主流价值观承载的社会功能而将正面人物进行脸谱化塑造，而这种简单化、定型化的人物形象也确实比较容易凸显崇高的精神品格与理想信念，正如格·尼·波斯彼洛夫所说的"一切与主题内蕴承载无关的东西，都必然会缩减到最弱最小的程度"①。但脸谱化、概念化的人物对意识形态的传递和表达未免过于生硬和刻意，必定不能有效"询唤"观众对"法律人"英雄的心理认同，亦不能与其所蕴含的精神内蕴产生共鸣、共情，进而规范自身行为。

再次，法治题材剧中的"法律人"形象在众多观众心中具有"保护神""正义的使者"的特殊地位。创作者为投合观众对完美政法英雄的群体想象和崇拜心理，一味地突出"法律人"形象的正面共性特征，常常将主要人物与传统的英雄主义、集体主义、理想主义等主流价值观相关联，而不敢对其稍有"亵渎"。即使这些正面"法律人"偶尔流露出一些畏惧、软弱、欲望等人性的弱点，创作者也总是让其在最危难的时刻凭强大的意志力自我纠正和修复，进而实现内心突破和情感升华。

最后，正面人物的脸谱化塑造也和创作者"先入为主"的僵化教条主义创作观念密不可分。不少法治题材剧的创作者明知自身缺乏对"法律人"

---

① 波斯彼洛夫.论美和艺术［M］.刘宾雁，译.上海：上海译文出版社，1981：32.

丰富多彩的职业和家庭生活真实性的系统认知，却不去深入实践，不去仰观俯察、获取第一手的资料，而是躲在房间里"闭门造车"，用僵化的概念和教条主义把人物"变成时代精神的传声筒"。在这种"先入为主"的创作理念主导下创作出来的人物和故事必定是干瘪的、缺乏鲜活灵动性的，自然也无法让人物"活起来"，走进受众的心。因此，与真实"法律人"生活严重脱节的"千人一面"人物形象充斥于主旋律法治题材剧中，正是创作者违背艺术创作规律、摒弃电视剧艺术的创新品质、缺乏专业工匠精神酿成的恶果。

就法治题材剧的类型特点、艺术价值及其所承担的社会责任而言，塑造正面"法律人"形象、崇高的英雄形象固然没错，但问题在于如何塑造和诠释。简化的艺术形象并不是僵化教条的脸谱化塑造，它是在单纯中寓丰富，是人物性格某一方面的"加厚"和"放大"。如何突破桎梏、有效避免"法律人"形象塑造陷入"千人一面"的怪圈，仍然需要创作者在实践中仰观俯察、探索创新。

二、现实主义的偏离与真实性呈现的悖论

现实、真实感和艺术虚构的问题历来是电视剧人物塑造和情节展现所要面临的一个棘手问题。它涉及主客体双方及物质世界三个维度盘根错节的问题，由此可以展开无休止的形而上追问和思辨，诸如纯然客观的"真实"是否存在？"现实"是否因主体而有差异？是不是有多少个主体，就有多少个主体感知到的"现实"？由于个体局限，如何把握整体的"现实"？是否可以推导出"现实"其实不过是主观建构出来的？……①

首先，所谓"真实再现"的依据是建立在对当下社会现象和事实的观照基础上的，社会现实并非人们随心所欲描绘的图画，新闻报道、实

---

① 戴清.近年来现实题材电视剧的创作症结［J］.东岳论丛，2017，38（3）：169-175.

证调查、纪录片等"真实"程度更高的媒介信息都在为人们提供分析判断的背景和依据，"艺术真实"最终需要经得起"成年人的现实感"的考量；其次，对本质主义保持质疑的同时，将相对主义推向极致的认识论同样是需要警惕和反思的，因为这可能会让我们陷入无标准、无差别的虚无主义泥淖。应该说，法治题材剧作为一种具有主旋律意识形态承载功能的电视剧类型，其情节和人物塑造过于真实和过于虚假都会引来一系列的问题和争论。而这个"度"的把握在于表现形式能否更好地承载表现内容，无论是宏大叙事还是小事件展现，都在于是否揭示了生活真实、是否达到了现实主义的深度。然而不少作品往往不能达到有效的平衡：或者有意无意地遮蔽了生活真实，或者因过于真实而遭到非议……

（一）过于真实

高度纪实的美学风格最鲜明地体现在带有强烈纪实色彩的刑侦题材剧以及多数网络罪案题材剧中。该类作品以多样化的表现手法和"情境再现"的方式呈现了超真实的宏大的抓捕场面、枪战场面和压抑的封闭空间，极大地满足了观众对真实刑侦案件的幻想欲求。但与此同时，该类型创作也因真实"情景再现"的"失度"表现而受到广泛批评。

首先，剧集过于真实地敞开表现案犯的犯罪动机、作案过程及其家庭生活，甚至对血腥暴力场面和情节过分细致地渲染，缺乏对丑与恶的遮蔽，尤其会对心智未成熟的青少年观众带来负面影响；其次，作品大胆起用现实中的一线"法律人"参与演出、过于真实地塑造"法律人"的日常工作或者过细地表现公检法人员的办案过程，也在无形中泄露了公安人员的破案思路和侦查手段，实际上为案犯提供了一个反侦察的函授课堂；最后，部分法治题材剧以超现实手法再现"法律人"破案过程的种种艰辛以及对破案时间的过度延宕，并以平行交叉的叙事结构来讲述案犯继续逍遥法外、持续作案的过程，也在客观上让观众误认为"法律人"的智商低下。而这似乎也成为此类剧作的一个创作悖论：大部分观众希望法治题材剧尽量真实也喜欢其所独有的"真实再现"，但同时也在忧虑或批评太真实的创作手段有时的确会产生不可小觑的恶果。

艺术源于生活，又高于生活。刑侦题材剧过于真实的"情景再现"是把双刃剑，敞开与遮蔽的"度"的把握非常重要，如果百分之百地照搬生活，把戏拍得太实，就很有可能会产生负面影响，但如果过于胡编乱造，把戏拍得过虚，也容易失去此类剧作应该有的吸引力。新时代的法治题材剧肩负着推进法治文明建设进程、弘扬时代法治精神的重要使命，如何通过对"虚""实"的把握，既能吸引受众关注又不会产生审美偏差，仍然需要进一步探索和努力。

（二）局部失真

除了过于真实的创作诟病，还有一部分法治题材剧存在局部失真甚至整体失真的"硬伤"，损害了法治题材剧"揭示真实"的审美价值与艺术功能。这种创作症结具体体现在以下几个方面。

首先体现在法律条文、司法实践等法律专业性细节的局部失真中。如较多律政题材剧中出现了诸多误解法律及"法律人"的桥段。如《离婚律师》第3集中离婚官司打成"净身出户"、第5集中分居两年自动离婚、第9集中打官司很快进入开庭程序、第14集中有特殊关系的两名律师同时代理原被告而不回避（严重违背职业道德）、第22集中庭审如辩论赛般自由洒脱等情节都经不起专业推敲，有误导观众之嫌；《精英律师》中何赛信誓旦旦地论述现实中并不存在的《知识产权法》、戴曦"花式背诵"错误的法律条款、罗槟"断章取义"《婚姻法》等法律条文乱用、与真实司法实践相背离的失真情节不胜枚举，既无法真实呈现律师群体的原貌，也不利于对观众的法治宣传教育。

其次是法治题材各子类型剧在人物塑造中存在不同程度的艺术失真

问题。如前所述的网络罪案题材剧对"体制外"警察形象的"邪魅化"塑造、反面人物的"传奇化"塑造等虽有新意，但都不具有普遍性，缺乏生活质感；主旋律法治题材剧中"法律人"形象的概念化、符号化处理及其家庭成员的"矮化"塑造有违艺术真实性，容易给观众造成隔膜生硬之感；律政题材剧中对律师群体的"空心化""泛情化"处理，也都存在"悬浮""空洞"之弊。

最后体现在部分法治题材剧多聚焦于小情小爱的私人场域及对社会公共问题、复杂的现实矛盾开掘不足上。如当下的国产律政题材剧多将婚恋纠葛、职场争斗、家庭伦理、都市时尚等热门戏剧元素熔于一炉，娱乐气息过重，职业感和责任感缺乏，行业问题的复杂性涉及不够，不仅消解了励志主题，也削弱了普法效果；再如《小镇大法官》《江城警事》等以基层"法律人"为表现主体的法治题材剧在专业性、开掘生活的力度及原创力的整体水平上都比律政题材剧高不少，但在具体的情节表现中也多局限在离婚、复婚案件以及爱恨纠葛的婚恋问题，对基层法治改革、乡村空心化、年轻人的现实焦虑等社会公共问题触及不多，或多或少地弱化了揭示当下城市社区/乡镇生活矛盾的力度。

细加检视不难发现，这些法治题材剧中人物塑造的艺术真实缺失、细节缺乏生活实感既有现实原因，也有创作理念与态度问题和艺术功力欠缺的原因。从创作的现实语境来看，当下中国法治建设进程和行业发展现实纷繁复杂，若将其准确提炼并将其进行恰当的艺术转化，确实需要依托创作者足够的热忱、勇气和才情；在创作的主观意图上，部分创作者仅仅满足于收视率、点击量的商业成功，而缺乏健康的价值观与工匠精神，自然会影响到作品的最终成效。此外，政策导向、媒介环境、创作自由度等客观因素的影响也是毋庸置疑的。

弘扬和发展现实主义，主要有两个问题需要从理论层面加以解决：一是如何处理好局部真实与整体真实的关系；二是如何处理好客观真实和主观想象的关系。如果其中任何一个问题没有得到正确解决，那么现实主义就难免会陷入片面或误区。[①] 对于法治题材剧的有违艺术真实性问题，我们认为既应该抓大放小，也应该粗中有细。首先，法治题材剧叙事需要通过真实可感的"法律人"形象塑造来展现波澜壮阔的法治建设进程以及时代法治环境中的多维关系和复杂存在，将"全面依法治国""德治与法治相结合"的现代法治理念巧妙内化其中；其次，法治题材剧也应该通过鲜活灵动的细节来还原真实"法律人"日常工作生活的方方面面，让观众在心悦诚服、潜移默化中系统认知法律常识，感受到"法律人"的现代服务理念和职业伦理坚守。

艺术真实在"真善美"统一的艺术创作原则中占据极为重要的位置，缺失了"真"的艺术创作，无论在美和善的结合上多么出彩，都是不均衡的畸形产物。尽管新时代的法治题材剧在艺术真实的把握上仍然存在诸多问题，但只要创作主体坚持现实主义创作原则和工匠精神，尊重社会现实和文艺发展规律，就能够不断创作出让人信服的、具有现实生活质感的法治题材精品力作。

第二节　对"法律人"形象的文化反思

本节将结合社会语境、创作局限等因素对"法律人"形象进行文化反思，透视融媒体环境的大众趣味，揭示社会心理与大众文化脉搏。

一、畸形消费与法治题材剧的"审丑"误区

根据英国学者迈克·费瑟斯通的定义："消费文化是指消费社会的文

---

① 杜飞进.重申与弘扬现实主义的必要性［N］.人民日报，2016-03-01（24）.

化,它伴随着现代社会符号的生产、日常体验和实践活动的重新组织。"①随着全球化、信息化以及市场经济的逐步形成,消费主义和消费文化也逐渐蔓延到文化层面和文艺创作领域,由此引发了"大众文化消费"浪潮。作为一种外来社会思潮,文化消费主义在中国的渗透和发展中也产生了一些负面因素,呈现出消费意识庸俗化、消费产品奢侈化、消费过程娱乐化、消费精神意识形态化等畸形消费样态。②

在这种畸形消费样态的影响下,法治题材剧通过商业化模式的包装融入了多种消费符号元素,满足了观众的娱乐审美需求,换来了高涨的收视率和丰厚的经济效益。但过多消费符号的插入使得法治题材剧成为一种大众消费的"娱乐符号",其商品化的特性消解了文化属性,让作品的创作与生产变成了消费的产物,尤其是对大众"审丑""以丑为美"等低俗消费趣味的投合更使之失去了主旋律电视剧应有的灵魂特质和伦理道德承载功能。

"丑"作为"美"的对立物是美学思维中不可或缺的环节。"丑"显示的人物形象的负价值,是合规律性与合目的性的相互背离和多种形式的不统一。③生活丑不具有美感,但当它经过艺术加工而成为否定性的艺术典型,就会获得一种独特的审美价值。法治题材剧将各种犯罪心理、犯罪现象及其背后所藏的社会意义艺术化地真实反映出来,体现了合规律的真;同时通过对反面角色的审美批判,体现了合目的性的善;剧中的"丑""恶"转化为具有审美价值的艺术形象,这是一种以其艺术的存在否定自身现实存在的美。

观众在"审丑"过程中对反面人物和丑恶现象往往产生一种喜恶参半

① 费瑟斯通.消费文化与后现代主义 [M].刘精明,译.南京:译林出版社,2000:165.

② 殷文贵.文化消费主义的存在样态及其意识形态批判 [J].思想理论教育,2019(10):62-67.

③ 杨金燕.再议"丑"之为"丑":5·12大地震的美学思考 [J].学理论,2009(7):24-25.

的"情感矛盾"（弗洛伊德语）的特殊心理，这种心理会导致审美快感。这种快感体现为将"丑"升华为一种惊异、恐惧、怜悯或者厌恶的感情，从而使得在快节奏、高压力的社会中生活的人们得到一种宣泄、净化和陶冶。因而法治题材剧中那些尖锐的矛盾冲突总能把观众带入一种既"丑"又"美"，既现实又超越的审美感受中。

亚里士多德曾说"丑经过艺术的摹仿情况就变得有利"①。但在大众文化和商业畸形消费逻辑的双重驱使下，以反叛道德、宣泄欲望、崇拜另类奇观为旨归的过度"审丑"趣味也在法治题材剧中体现出来。作品中所存在的"低劣"的丑是表现丑的形式技巧的拙劣、丑的本质内容和"恶"因素膨胀；而作品中同样普遍存在的过度传奇化甚至猎奇化的"丑"则是对美的形式规律和审美理想的有意违背和歪曲，是"丑"因素不断增长最终达到极致的阶段。部分作品刻意利用丑的负面价值激发观众的"本我"欲望，由"审丑"演化为"嗜丑、追丑、炫丑、扬丑"，陷入了"审丑过度""美丑错位"的误区，是对中西方千百年来"丑学"遗产的错误实践和严重戕害。

具体体现在，首先，部分法治题材剧尤其是网络罪案题材剧为追求情节的曲折离奇，对犯罪过程和破案过程的表现太过细致，刻意渲染案犯的畸形人性与扭曲心理，这种真实的"情景再现"比较失度，受众观感和社会效果不佳；同时，某些作品为迎合部分观众的"恶趣味"，过度表现凶杀、绑架、强奸、虐待等恐怖变态的暴力场景和身体奇观，对青少年的健康成长与真善美的价值观形成有负面作用。

其次，部分法治题材剧淡化现代法治观念、无视正义伦理、过于强调非正义、非道德的"恶行"，并且以"道德"为借口掩饰非道德行为，对剧中以"正义之名，行不义之事"的行为缺乏旗帜鲜明的审美判断，让观众

---

① 亚里士多德.诗学［M］.陈中梅，译注.北京：商务印书馆，1996：32.

善恶难辨。例如《善始善终》中的边防局副处长罗同彪无视社会法律和职业道德，利用职务之便非法牟取钱财，然而作品也表现了他在利益追求背后对亲情、爱情、友情的责任，无形之中消解了人物的恶行；《无证之罪》中的离职法医骆闻为了让警方替自己的妻子、女儿复仇，策划了多起"雪人杀人案"；《真爱的谎言之破冰者》中缉毒大队队长黄伟忠为了女儿的安全不惜为大毒枭蔡炳坤提供可靠情报，置他人的生命与尊严于不顾……不难看出，上述作品中的人物都以"善"的初衷实施了一系列"恶"行，在此情形下，观众极易走进"审美迷宫"，出现暂时性的审美错乱或颠覆，导致美丑、真假、善恶难辨。正如有论者所言："我们主流的商业影视剧现在存在着一种颠覆梦幻的叙事模式，形成了一种与经典的叙事成规相对峙的恶无恶报、善无善报的叙事逻辑，这种价值取向不仅在心理上粉碎了观众对于作品抱有的梦幻想象，而且也在精神上摇撼了观众对于社会公正与历史正义的集体认同。"①

诚然，摈弃传统"善恶对立"所诉诸的善恶有报的价值导向，以此种颠覆性的法律人物形塑来展现丑恶、洞悉复杂的人性与社会，不失为一种新鲜的尝试，也能够在一定程度上引发人们的深度思考。但作为肩负一定普法任务和伦理诉求的法治题材剧来说，更应该有效避免将观众置于善恶游移不定的人物形塑和善恶不分的叙事语境中，积极承担起应尽的义务和责任。

最后，除了堕落"法律人"的塑造误区，部分法治题材剧还对犯罪人的传奇性、道德性进行了充分而过度的集中展示，陷入了"审丑过度""美丑错位"的创作误区。

受中国古代公案小说和西方侦探推理小说的影响和渗透，法治题材剧尤其是刑侦题材剧一向有着"传奇化"的叙事传统。无疑的，对"法律

---

① 贾磊磊.重构中国主流电影的经典模式与价值体系［J］.当代电影，2008（1）：21-25.

人"天赋异禀、机智勇敢的性格特质进行适度的传奇化改编,对于凸显其英雄性、崇高性的精神品格有一定的意义和功效。但是过度的"传奇化"如果运用到反面人物的塑造中便会出现很多问题。部分法治题材剧尤其是网络罪案题材剧在表现犯罪者与"法律人"斗智斗勇的过程中,往往展示出其奇高的情商、智商以及反侦察能力。这些"犯罪专家"们在被抓捕前几乎从不犯错,极富有神秘气息和"传奇化"色彩。《暗黑者》中的"暗黑者"Darker几乎以一己之力将一支"法律人"队伍牵着鼻子走,尽管"法律人"群体奋力抓捕,但是命案始终接连发生;《无证之罪》中的杀手李丰田具有狠绝、阴冷、亡命徒的特质,他"人挡杀人,佛挡杀佛",火烧金主任、绳勒邵海、枪杀火哥、打死东子、逼死骆闻,还试图用熔化的铁水浇严良……他身上的力量感、传奇性和神秘色彩被极化呈现,更像是一个具有高超捕食技能的猎手。此外,某些法治题材剧中将犯罪者的好父/母、夫/妻、儿/女、哥/弟形象凸显出来,如《清网行动》多次表现大毒枭章影对女儿、丈夫的愧疚之情;《善始善终》《湄公河大案》《天下无诈》中都细致刻画了犯罪人兄弟之间誓死不渝的感情;等等。法治题材剧将犯罪者这些正常的人性特征真实地展现出来,但他们的罪恶却是不可能通过对亲人、朋友的爱来救赎的。如果过度地展示不法分子"善"的一面,也极易造成观众的审美混乱。

当然,《越狱》《绝命毒师》《飞天大盗》《都市侠盗》《怪盗山猫》等外国的罪案题材剧也通过成功塑造更为立体丰富、更加贴近人性(善恶的两面性常常可以矛盾地存在于一个人的内心世界)的犯罪者形象,赢得了评论界的认可和受众的广泛欢迎。在这些罪案题材剧的叙事语境中,外部环境是危险的、混乱的、非道德的,造成这种失序环境的根源是阶层矛盾。低阶层的反抗与高阶层的败坏构成了绝大多数罪案的内在根源。剧中的多数犯罪者有着各自鲜明的性格特征,常常被赋予合乎逻辑的犯罪动机,他们以自己的方式维护社会公平正义,救亲人/民众于危难是他们共同的标志，因此社会底层的、边缘人群的犯罪者个体犯罪也被转换成了全社会的症候。如美剧《越狱》最大的特点是通过一个特殊事件反映了美国的很多个层面，对于这些层面的思考和关注正是对于人性的观照，通过越狱者们各自的故事与他们背后的家庭，我们基本上可以看到整个美国都市的画卷。在剧中，越狱者是一群性格与心态截然不同的人。他们的入狱原因、生活背景和越狱理由也截然不同：有凶残的杀手，也有精神障碍人士，有为了爱情不顾生命的男人，也有为了家庭可以牺牲一切的丈夫，有白人也有黑人，有黑社会老大也有军队服役的士兵。他们虽然都是罪犯，但他们也同样是人，这种复杂和多面性让剧情变得更加扑朔迷离，让人物变得更加立体和丰富。而且作品对于犯罪者的英雄叙事明确地传递着当代美国人的英雄意识，是个人英雄情结的展现，更是其社会主流价值观的集中表达。

但需要说明的是，中国与很多欧美国家在社会语境、审美认知以及观众现代民主意识的启蒙程度上存在差异，欧美罪案题材剧对于犯罪人物角色塑造的方式在中国市场并不一定行得通。因此，努力探索出适合中国主流意识形态话语体系和契合中国受众审美接受习惯的作品，才是法治题材剧创作者们努力的方向。

二、原欲释放与"法律人"的情感泛化

在漫长的人类文明史中，"原欲"①总是被遵循现实要求的"自我"与遵循社会规范的"超我"限制着，其自身永不熄灭的能量释放冲动使理性与非理性之间的冲突难以消融。而文艺的升华作用则是理性力量为了消除这种对立在文化领域采取的能量转移策略，弗洛伊德在《诗人与幻想》中用"原欲升华说"对众多文学经典进行了心理学解读，集中表达了他关于"艺

---

① 弗洛伊德把"原欲"定为剖析人一切社会活动的终极动因，它流动不拘，并伺机超越生殖的需要去寻求快乐。

术是原欲的补偿"的文艺观以及"决定生活目的只有快乐原则的意图"①的唯乐原则，从达·芬奇的绘画、莎士比亚的戏剧、高尔基的小说，到柴可夫斯基的音乐、惠特曼的诗篇，都寄寓着创作者们因自身的享乐主义原欲在现实中得不到充分的满足转化而来的理念。精神分析理论虽然有过于草率和偏执的缺陷，但它对快感原则的理论发现在当下文艺创作中还是有其适应性和阐释力的。

可以说，弗洛伊德的"性本能"和"唯乐原则"学说对当今社会的媒介环境、文化语境、文艺创作以及受众接受也产生着巨大的影响。"在弗洛伊德思想的影响下，肉体的、生理的原欲快感由逐步解禁到凯歌高奏，乃至进入审美文化领域的核心地带；无中介地直接呈现肉体的、生理的快感成为当代社会最令人瞩目的一种社会文化现象。"②新时代的刑侦题材剧尤其是诞生于互联网语境下的网络罪案题材剧也受到"唯乐原则""快感文化"等文化语境和受众接受环境的影响，在人物角色塑造、视听呈现以及类型偏移中都着重考虑"原欲释放"这一人类行动的主要激发因素，使视听快感聚集于本我之中代表生命本能的"原欲"，"唯乐原则"在其价值功能体系的娱乐维度上得到较大程度的显现。部分剧中的英雄主义、集体主义频频遭遇解构，主旋律法治故事被"美感至上""身体猎奇""情感泛化"的声光符码所表述，公平正义的表意机制经由"快感"的包装得以凸显，商业化、娱乐化特征突出。正如有学者指出："娱乐是能量的燃烧，它只有燃烧的过程而没有另外的目的，或者说，娱乐的能量燃烧过程就是目的。"③

法治题材剧中的"原欲释放"和"快感"追求首先体现在剧中"法律人"演员角色的选择上。在较多法治题材剧尤其是律政题材剧中，为满足

---

① 车文博.性学三论与论潜意识［M］.长春：长春出版社，2004：93.

② 季中扬.论西方美学思想史中的快感概念［J］.北方论丛，2009（5）：129-132.

③ 高楠，王纯菲.中国文学跨世纪发展研究［M］.北京：人民文学出版社，2008：85.

观众"心中存在的实现快乐原则的强烈倾向"①，高颜值的"偶像派"明星多担任剧中的第一主角，而众多演技派演员只能充当"绿叶"，就连取得良好收视效果和口碑的《人民的名义》也因第一主角陆毅在众多"老戏骨"陪衬下演技单薄生硬而受到质疑。

在当代视觉文化霸权和粉丝经济的推波助澜下，"名人和奇观填补了空虚，进而造就了娱乐崇拜，同时也导致了一种浅薄、浮华的商品文化的统治"②。创作者将粉丝对偶像明星的颜值崇拜和火热情感巧妙地移植到法治题材剧中，不仅满足了粉丝们狂热的肤浅审美，而且也助长了追星族们对偶像相关"衍生"产品的非理性消费。如国产律政题材剧多注重对明星主角们的美丽"修辞"，一次次为粉丝精心布置唯美的"意象城"，使得粉丝们越发陶醉于俊男靓女的标准"身体审美"，也在潜意识中越来越关注自身的造型打扮、穿衣风格、饮食方式，并致力于将身体根据电视剧中偶像的标准进行人为化改造，而由此催生的化妆品行业和整容行业更是方兴未艾。因此，有着中国法治文化、时代法治精神宣传使命的法治题材剧刻意满足观众浅表的"原欲"感官刺激需求与盲目、狂热的奇观追逐，反映出其社会价值的缺位和"审美"价值的错位，既不利于当代法治文明精神内涵的培育与弘扬，也与"中国梦"所要求的"志同道合者"灵魂聚力为国兴、为民福的精神旨归背道而驰。

其次体现在部分法治题材剧对于身体外形的过度迷恋与裸露展示上。弗洛伊德曾说："本能欲望是人类创造力的内驱力，也是快感的动力源。"③某些作品为满足人的本能欲望和深层次的心理快感，即"窥视癖"④，致力

① 弗洛伊德.弗洛伊德后期著作选［M］.林尘，张唤民，陈伟奇，译.陈泽川，校.上海：上海译文出版社，1986：6.

② 罗杰克.名流：关于名人现象的文化研究［M］.李立玮，闵楠，张信然，译.北京：新世界出版社，2002：25.

③ 弗洛伊德.梦的解析［M］.李莉，译.福州：海峡文艺出版社，2019：21.

④ "窥视癖"又称观看癖、窥淫癖，是指酷爱观看他人性活动或者性器官以获得性满足的一种性变态心理。

于打情色"擦边球"。例如在《红蜘蛛》《红问号》《中国刑警之女子刑事档案》等以表现女性犯罪内容的法治题材剧中，犯罪人大多穿着暴露、妩媚妖娆；《善始善终》中多次出现"偷窥"洗澡的镜头；《非黑即白》中也多次表现缅甸毒枭强行掳掠妇女进入黑屋中的场景；《白夜追凶》中女警察亲自扮演应召女郎引案犯上钩，最后被褪去衣物的背影镜头也被摄入其中……其实，这些裸露"身体镜像"极大地满足了受众的窥视欲望，即"窥视癖"。正如劳拉·穆尔维所言，"男人是推动故事向前发展的主动角色，女性角色只是被展示的色情对象，男性受众通过与剧中男主人公视线投射或身份互认，注视或占有女性角色以产生替代性的视觉快感和满足感"。①

19世纪末，尼采和理查德·舒斯特曼等美学家渐续提出将身体纳入审美范畴，身体审美逐渐发展成为一个重要的审美研究区域，并且形成了完整理论体系。而"身体美学"在诸多法治题材剧中却被严重异化为对于女性身体的过度迷恋与裸露展示，力图让观众在充满荷尔蒙的荧屏狂欢中寻求到一种被异化的"快感审美"，宣泄心中潜伏的无意识冲动。如果任由这种只为满足人们"原欲冲动"与欲望感官的创作趋势蔓延，那么法治题材剧内在的精神意义和人文素养将会在悄无声息中流失殆尽。

最后体现在法治题材剧子类型剧的迁移和杂糅上。部分法治题材作品特别是多数国产律政题材剧将"职业"元素与"情感"内容本末倒置，融入了过多的婚恋纠葛和男欢女爱的内容，彻底沦为了"披着行业剧外衣的偶像剧"。这些剧的主人公是检察官、法官、律师、警察，剧情却都是为男女主人公暧昧、交往、分手、复合、结婚服务，充斥着"狗血"的情感戏码，虽也获得了高收视和高收益，但这种形式大于内容、喧宾夺主的"审美"误区使得作品流于浅薄、庸俗，丧失了法治题材剧应有的文化观和职业观。

---

① 穆尔维.视觉快感与叙事电影 [J].周传基，译.影视文化，1988(1)：4.

其实，情绪饱满、诚挚动人的情感戏在法治题材剧的叙事中也能够起到"调味剂""推进器"的作用，让人紧张的心情恢复为和谐的"溶解性的美"①。但如果"用量"不准、喧宾夺主，便会产生"借个身份谈恋爱"的错位感，也无法带给观众更高层次的审美体验。

---

① 席勒.审美教育书简［M］.张玉能，译.南京：译林出版社，2012：25.

结　论

新时代法治题材剧对"法律人"形象塑造进行了卓有成效的艺术探索。

首先,新时代法治题材剧所展现的"法律人"共同体的人物谱系更为开阔、多元,行业涉及公安、检察、法院、律政、司法、海关、审计、检验检疫以及纪检监察等多个领域,即使对单一职业群体的展开也体现出较强的纵深感,如剧中所呈现的警察系统除了之前刑侦题材剧常表现的刑警、缉毒警、经济犯罪侦查警察等常规警种,还出现了戒毒警、铁警、反电诈警、法医等较为陌生化的警种。此外,本书创新性地将"法律人"人物形象谱系分成三类并对其进行全面的阐释。在以"法律人"社会职能的划分标准中,"人民性"清官、非体制的"邪魅"游侠、"智德统一"的"正义的使者"等形象展现着法治题材剧对"法律人"群体的文化人格和职业精神气质的艺术想象;在承担不同角色功能的"法律人"形象类型中,运筹帷幄的指挥者、大智大勇的执行者、职责明确的助手、堕落迷失的阻挠者等四类形象都表现出鲜明独特的审美特色;在"法律人"形象的艺术类型中,部分优质作品中的扁形、圆形人物形象塑造到位,体现出较高的艺术审美价值。

其次,新时代法治题材剧"法律人"形象的叙事策略颇有特色,主要体现在以下三个方面。其一,"法律人"群像组合遵循着相形对写的创作原则,与其他剧相比,"一超多强""双雄联盟""多点交织"的人物群像结构在以二元对立为基础叙事框架的法治题材剧中更为鲜明突出,对比共构的"法律人"群像形成了一个个内部的"张力场",而这些小"张力场"又会影响到正邪、善恶对立的大"张力场",进而有效地调节着电视剧整体的叙事节奏和情节脉络走向。其二,"法律人"间的多重人物关系也在职业线与非职业线中广泛展开,职业线中的"传帮带"制、小组作战、男女搭档组合勾连了师徒情、战友情以及若即若离的暧昧情愫;非职业线中则通过公私冲突中的两难抉择、"显""隐"叙事来表现"法律人"的家庭危机及其突围方式。其三,法治题材剧塑造"法律人"的戏剧冲突具有渐变式/突变式特色,多数刑侦题材剧往往通过"高潮前置"+"戏核"的结构来展开侦查缉凶、政治集团斗争、人民反腐等正邪对立的大冲突。而众多律政题材剧和法庭题材剧则往往通过"串珠式"结构展开磨合型、渐变式小冲突。大小冲突交织，也使得电视剧的节奏呈现出波澜起伏的美感。

再次，新时代法治题材剧中的"法律人"形象所承载的精神内蕴也更为复杂、多样。除了承载着传统英雄主义、集体主义精神、理想主义等主流价值观以及发挥着罪与罚的警示训诫作用，新时代法治题材剧对中国当代法治文明、现代法律职业伦理以及时代法治精神有着更深厚生动的诠释和彰显。部分优质作品立足于中国现实法治建设环境，贴合普法教育、反腐倡廉、冤案纠错、海外追逃等社会热点，通过塑造"法律人"形象来承载法律至上信仰、公正平等理念、程序规则意识等时代法治精神，将国家"全面依法治国""'德''法'相结合"的现代法治建设理念巧妙地内化在"法律人"对情、理、法、权冲突的巧妙处理或艰难选择中，引导人们系统认知法律知识、坚定法治信仰，身体力行助力法治建设，对于改造国民法律工具主义、宗法意识的思想基础，普及公民法治教育、提升中国社会的法治文明程度，进而形成全社会的法治风尚都具有一定的实际效用。

最后，新时代法治题材剧塑造"法律人"形象的影像制作更为成熟、精良。这不仅体现在主旋律法治题材剧中，更体现在新时代渐渐兴起的律政题材剧和网络罪案题材剧中。其一，刑侦题材剧、检察题材剧、法庭题材剧等一批主旋律电视剧秉持"中正平和"的美学创作原则，以丰富多元的视听手段呈现了庄严/崇高之美、惊险/悬疑之美、质朴/恬淡之美等三类主要的美学风格。某些电视剧如《湄公河大案》《莫斯科行动》《破冰行动》的商业类型化创作趋向明显，表现出两种甚至三种审美风格的交融渗透，在主旋律法治题材剧的影像表达上有一定的突破。其二，多数国产律政题材剧以带有"小资情调"的图像志呈现了时尚感、都市感、幻梦感的整体审美风貌，尤其满足了年轻女性观众的审美趣味和消费需求。其三，网络罪案题材剧则以"暗、黑、惊、奇"的视觉风格以及"社会派推理体"的人物语言努力迎合着网生代粉丝和悬疑推理迷对奇观、惊悚、快感的影像审美。

但同时，受到传统创作观念的囿限以及消费文化、粉丝经济等经济文化因素的多面"夹击"，媒介融合时代下的"法律人"形象塑造也存在着正面人物形象塑造的脸谱化、过分"审丑"、"权谋书写"、对现实主义创作原则的偏离等创作症结和不足，亟待纠偏和反思。

法治题材剧曾经几起几落，有过辉煌繁荣，也有过低谷徘徊，始终在栉风沐雨中不断地创新探索。新时代强势归来的法治题材剧在诸多方面都展现出了新风貌和新景观，实属不易。对于法治题材剧的未来发展与传播趋势，本书也提出几点拙见。

首先，法治题材剧应立足法治建设新时代，继续秉持现实主义美学的创作导向，讲好中国"法律人"故事，反映民生民意。尤其是在"悬浮""架空""猎奇"等"伪现实主义"现象充斥于律政题材剧、网络罪案题材剧等子类型剧之时，发扬现实主义品格、润泽观众内心更成为法治题材剧创作的重中之重。一方面在取材时就应该积极地深入生活，努力从丰富广阔的法治现实中捕捉"法律人"职业、家庭生活的复杂性、多样性和变化性；另一方面在生产制作过程中既要理性审视"法律人"各阶层的生存境况，也要以扎实的戏剧基础和真实可感的细节还原社会法治现实的时代质感，真正打造出温暖、积极、健康的现实主义法治题材精品力作。

其次，法治题材剧若加速实现"提质增效"的繁荣新景观，彰显社会辐射力和国际影响力，还需要在创作中多方借鉴和学习。一方面需要从文学、电影等姊妹艺术中获取创作灵感和支援力量。公案小说的戏剧情境钩织、侦探小说中的悬疑推理情节以及"新主流大片"电影的一套现代化重工业生产体系的类型范式等都可以为法治题材剧创作提供积极的经验借鉴。另一方面也需充分汲取国外优秀作品的先进创作理念。英美悬疑题材剧中边拍边播的弹性叙事结构、对女性"法律人"英雄的高质量形塑、"编剧中心制"以及强视听性和高专业度的影像呈现都值得国产法治题材剧学习。

最后，法治题材剧所塑造的"法律人"形象要具备信服感和说服力、让观众真正地"喜闻乐见"仍需继续努力探索。尤其是在新时代的社会文化语境和融媒体环境中，如何挖掘主旋律法治题材剧与新媒体平台的有效连接点，实现既满足细分受众的心理需求，又匹配于智能算法分发规则的传播，亟待深思。本书认为可以从两个方面进行探索尝试。一方面，在内容制作上，应该通过网络平台与受众建立平等有效的对话空间，开展定制化的内容生产。创作者在创作初始或边拍边播的过程中应通过互联网社交空间充分了解大众关心且有意义的法治内容点，对点状内容实施合理扩容，定制性地进行人物塑造和悬念效果铺陈，进而实现定制内容与受众的共情、共鸣、共振。当然定制内容仍然以记录积极的"法律人"新生活为基石，如某些网络罪案题材剧刻意地满足网生代的恶趣味也是作品创作中所要极力规避的。另一方面，在媒体平台传播中，法治题材剧应该从整合传播的思路出发，搭建主旋律思路下的新媒体传播矩阵。一方面要考虑各平台的特殊性，寻求作品的精神内核与各平台传播特色的结合点，进行感官化、碎片化传播或内容再生产，例如，短视频平台采用免费全剧点播、剧情节选、某一主题的剧情集锦、依托原创元素的重新编辑、作品周边发布、弹幕与评论等；微信平台充分利用公众号、朋友圈、小程序传播，微博平台的官方微博、热搜超话、表情包、微博视频、评论互动、线上线下活动等创博方式；等等。另一方面，也要考虑各平台间的配合度，打好新媒体传播的组合拳，针对不同平台的不同特点，合理调整作品传播中的各元素的权重指标，寻求"1+1＞2"的最优矩阵组合。

许多业界、学界专家预测，以2019年为起点的未来十年，将会是主旋律影视剧的黄金十年。根据当下时代环境和文化语境来看，这一推测毫无疑问将成为未来中国电视剧发展的一种显在趋势。相信在一系列利好因素的助力下，肩负着"沉甸甸"使命的法治题材剧定会在未来的发展征程中一路繁花。

参考文献

一、著作

（一）国内著作

［1］尹继佐，鲍宗豪.漫谈集体主义［M］.石家庄：河北人民出版社，1984.

［2］高尔纯.短篇小说结构理论与技巧［M］.西安：西北大学出版社，1985.

［3］张寅德.叙述学研究［M］.北京：中国社会科学出版社，1989.

［4］朱立元.接受美学［M］.上海：上海人民出版社，1989.

［5］张文达，高质慧.台湾学者论中国文化［M］.哈尔滨：黑龙江教育出版社，1989.

［6］刘笃才.极权与特权：中国封建官僚制度读解［M］.沈阳：辽宁大学出版社，1994.

［7］王一川.中国现代卡里斯马典型：20世纪小说人物的修辞论阐释［M］.昆明：云南人民出版社，1994.

［8］翟学伟.面子·人情·关系网［M］.郑州：河南人民出版社，1994.

［9］林昌建.权力错位与监控［M］.北京：中国方正出版社，1996.

［10］韩震.重建理性主义信念［M］.北京：北京出版社，1997.

［11］刘再复.性格组合论［M］.合肥：安徽文艺出版社，1999.

［12］夏勇.走向权利的时代：中国公民权利发展研究［M］.北京：中国政法大学出版社，1995.

［13］包亚明，王宏图，朱生坚，等.上海酒吧：空间、消费与想象［M］.南京：江苏人民出版社，2001.

［14］张晶.审美之思：理的审美化存在［M］.北京：北京广播学院出版社，2002.

［15］孙柏.丑角的复活：对西方戏剧文化的价值重估［M］.上海：学林出版社，2002.

［16］车洪波，郑俊田.中国当代制度文化建设［M］.北京：中国商务出版社，2004.

［17］金开诚.文艺心理学概论［M］.北京：北京大学出版社，2004.

［18］卢蓉.电视剧叙事艺术［M］.北京：中国广播电视出版社，2004.

［19］申丹.叙述学与小说文体学研究：第3版［M］.北京：北京大学出版社，2004.

［20］叶朗.中国美学史大纲［M］.上海：上海人民出版社，2005.

［21］陈吉德.影视编剧艺术［M］.北京：中国广播电视出版社，2006.

［22］李恒基，杨远婴.外国电影理论文选：修订本［M］.北京：生活·读书·新知三联书店，2006.

［23］李胜利.电视剧叙事情节［M］.北京：中国广播电视出版社，2006.

［24］郑崇选.镜中之舞：当代消费文化语境中的文学叙事［M］.上海：华东师范大学出版社，2006.

［25］张育华.电视剧叙事话语［M］.北京：中国广播电视出版社，2006.

［26］宋家玲.影视叙事学［M］.北京：中国传媒大学出版社，2007.

［27］杨伯峻.论语译注［M］.北京：中华书局，2007.

［28］曾庆瑞.电视剧原理：第二卷·文本论［M］.北京：中国传媒大学出版社，2007.

［29］戴清.家的影像：中国电视剧家庭伦理叙事研究［M］.北京：中国传媒大学出版社，2008.

［30］高楠，王纯菲.中国文学跨世纪发展研究［M］.北京：人民文学出版社，2008.

［31］李茂增.现代性与小说形式［M］.上海：东方出版中心，2008.

［32］李泽厚.华夏美学·美学四讲：增订本［M］.北京：生活·读书·新知三联书店，2008.

［33］邓晓芒.人之镜：中西文学形象的人格结构［M］.上海：上海文艺出版社，2009.

［34］李明伟.知媒者生存：媒介环境学纵论［M］.北京：北京大学出版社，2009.

［35］李泽厚.美的历程［M］.北京：生活·读书·新知三联书店，2009.

［36］王文升.廉政文化论［M］.北京：中国方正出版社，2009.

［37］夏荔.中国涉案电视剧叙事审美研究［M］.北京：中国电影出版社，2009.

［38］尹建民.比较文学术语汇释［M］.北京：北京师范大学出版社，2011.

［39］罗贯中.毛宗岗评点《三国演义》［M］.毛宗岗，评改.杭州：浙江古籍出版社，2012.

［40］张智华.电视剧类型［M］.北京：北京师范大学出版社，2012.

［41］曾艳兵.西方现代主义文学概论［M］.北京：北京大学出版社，2006.

［42］杨溟.媒介融合导论［M］.北京：北京大学出版社，2013.

［43］许身健.法律职业伦理［M］.北京：北京大学出版社，2014.

［44］王充.论衡校注［M］.张宗祥，校注.郑绍昌，标点.上海：上海古籍出版社，2013.

［45］余素青.法庭审判中事实构建的叙事理论研究［M］.北京：北京大学出版社，2013.

［46］彭国翔.良知学的展开［M］.北京：生活·读书·新知三联书店，2015.

［47］傅修延.中国叙事学［M］.北京：北京大学出版社，2015.

［48］韩非.韩非子［M］.高华平，王齐洲，张三夕，译注.北京：中华书局，2015.

［49］龙迪勇.空间叙事学［M］.北京：生活·读书·新知三联书店，2015.

［50］刘绪源.儿童文学的三大母题［M］.上海：复旦大学出版社，2015.

［51］荀况.荀子［M］.方勇，李波，译注.北京：中华书局，2015.

［52］郭昭第.中国叙事美学论要［M］.北京：人民出版社，2016.

［53］李本森.法律职业伦理：第3版［M］.北京：北京大学出版社，2016.

［54］段鹏，张君昌.融媒背景下中国广播影视发展趋势研究［M］.北京：中国传媒大学出版社，2017.

［55］杜学文.中国审美与中国精神［M］.太原：山西出版传媒集团，北岳文艺出版社，2018.

［56］郭哲.法律职业伦理教程［M］.北京：高等教育出版社，2018.

［57］谭君强.叙述学研究：多重视角［M］.北京：中国社会科学出版社，2018.

［58］王春林.文化人格与当代文学人物形象［M］.广州：广东高等教育出版社，2018.

［59］管仲.管子［M］.李山，轩新丽，译注.北京：中华书局，2019.

［60］刘二永.中国古典剧论中的叙事理论研究［M］.北京：中国社会科学出版社，2019.

［61］石先钰，韩桂君，陈光斌.法律职业伦理学［M］.北京：高等教育出版社，2019.

［62］肖军，赖继.刑侦剧研究：第一卷［M］.北京：群众出版社，2019.

（二）国外著作

［1］弗洛伊德.弗洛伊德后期著作选［M］.林尘，张唤民，陈伟奇，译.陈泽川，校.上海：上海译文出版社，1986.

［2］福勒.现代西方文学批评术语词典［M］.袁德成，译.成都：四川人民出版社，1987.

［3］阿尔托.残酷戏剧：戏剧及其重影［M］.桂裕芳，译.北京：中国戏剧出版社，1993.

［4］亚里士多德.诗学［M］.陈中梅，译注.北京：商务印书馆，1996.

［5］车文博.弗洛伊德文集：第5卷［M］.长春：长春出版社，1998.

［6］哈贝马斯.公共领域的结构转型［M］.曹卫东，王晓珏，刘北城，等译.上海：学林出版社，1999.

［7］布尔迪厄.关于电视［M］.许钧，译.沈阳：辽宁教育出版社，2000.

［8］罗杰克.名流：关于名人现象的文化研究［M］.李立玮，闵楠，张信然，译.北京：新世界出版社，2002.

［9］车文博.性学三论与论潜意识［M］.长春：长春出版社，2004.

［10］李普曼.公众舆论［M］.阎克文，江红，译.上海：上海人民出版社，2006.

［11］弗洛伊德.性欲三论［M］.赵蕾，宋景堂，译.北京：国际文化出版公司，2007.

［12］贝维斯.犬儒主义与后现代性［M］.胡继华，译.上海：上海人民出版社，2008.

［13］罗素.心的分析［M］.贾可春，译.北京：商务印书馆，2009.

［14］福斯特.小说面面观［M］.苏炳文，译.北京：人民文学出版社，2009.

［15］埃尔斯特.心灵的炼金术：理性与情感［M］.郭忠华，潘华凌，译.北京：中国人民大学出版社，2009.

［16］戴弗雷姆.法社会学讲义：学术脉络与理论体系［M］.郭星华，邢朝国，梁坤，译.北京：北京大学出版社，2010.

［17］韦伯.经济与社会：第2卷（上册）［M］.阎克文，译.上海：上海人民出版社，2020.

［18］森.正义的理念［M］.王磊，李航，译.刘民权，校译.北京：中国人民大学出版社，2012.

［19］拉扎斯菲尔德，贝雷尔森，高德特.人民的选择——选民如何在总统选战中做决定：第3版［M］.唐茜，译.北京：中国人民大学出版社，2012.

［20］延森.媒介融合：网络传播、大众传播和人际传播的三重维度［M］.刘群，译.上海：复旦大学出版社，2012.

［21］普林斯.叙事学叙事的形式与功能［M］.徐强，译.北京：中国人民大学出版社，2013.

［22］查特曼.故事与话语小说和电影的叙事结构［M］.徐强，译.北京：中国人民大学出版社，2013.

［23］格尔克.情节与人物找到伟大小说的平衡点［M］.曾轶峰，韩学敏，译.北京：中国人民大学出版社，2014.

［24］麦基.故事：材质·结构·风格和银幕剧作的原理［M］.周铁东，译.天津：天津人民出版社，2014.

［25］萨特.存在与虚无［M］.陈宣良，译.北京：生活·读书·新知三联书店，2014.

［26］昂纳，弗莱明.世界艺术史：第7版修订本［M］.吴介祯，等译.北京：北京美术摄影出版社，2015.

［27］巴尔.叙述学叙事理论导论：第3版［M］.谭君强，译.北京：北京师范大学出版社，2015.

［28］查特曼.术语评论：小说与电影的叙事修辞学［M］.徐强，译.北京：中国人民大学出版社，2016.

［29］康德.康德三大批判合集［M］.邓晓芒，译.北京：人民出版社，2017.

［30］芒福德.城市发展史起源演变与前景［M］.宋俊岭，宋一然，译.上海：上海三联书店，2017.

［31］齐泽克.意识形态的崇高客体［M］.季广茂，译.北京：中央编译出版社，2017.

二、期刊、报纸

［1］刘再复.关于小说进化历史轮廓的一般描述［J］.小说评论，1985（2）.

［2］怀宇.普洛普及其以后的叙事结构研究［J］.当代电影，1990（1）.

［3］贾磊磊.荧屏上的中国刑警形象［J］.中国电视，1993（4）.

［4］仲呈祥.于平实中尽传神采：评电视剧《有这样一个民警》［J］.中外电视，1990（6）.

［5］张晶.审美惊奇论［J］.文艺理论研究，2000（2）.

［6］严昌洪.近代商业学校教育初探［J］.华中师范大学学报（人文社会科学版），2000（6）.

［7］夏启发.繁盛与隐忧：公安题材影视作品透析［J］.文艺理论与批评，2002（4）.

［8］张文显，卢学英.法律职业共同体引论［J］.法制与社会发展，2002（6）.

［9］郭立新.法治社会中的法律职业共同体：兼论中国法律职业共同体的形成之路［J］.河南省政法管理干部学院学报，2003（6）.

［10］戴清.论公安反腐题材电视剧创作中存在的问题［J］.中国电视，2004（6）.

［11］李胜利.论电视剧的情节强度［J］.当代电影，2006（2）.

［12］陈传芝.观众的角色意识探微：试析韩国家庭伦理剧在中国的接受之维［J］.电影文学，2007（24）.

［13］王猛.黑色电影的"黑色追求"［J］.北京电影学院学报，2008（4）.

［14］季中扬.论西方美学思想史中的快感概念［J］.北方论丛，2009（5）.

［15］王茵.近年美国电视剧创作类型与特点［J］.当代电视，2009（9）.

［16］熊德米.法制文学在中国的发展及影响：从《狄仁杰》系列剧热播谈起［J］.电影文学，2009（24）.

［17］张莹."红色经典"改编剧的回归、突破与未来之路：以《洪湖赤卫队》、《江姐》、《永不消逝的电波》为例［J］.电视研究，2010（12）.

［18］李洪杰.法律职业共同体诠释［J］.人民论坛，2010（20）.

［19］张永刚.当代西南边疆少数民族文学的主体倾向［J］.文学评论，2012（2）.

［20］房伟.论山东新世纪电视剧的宏大叙事策略［J］.山东师范大学学

报（人文社会科学版），2013，58（5）.

［21］陈宝良.中国官本位意识的历史成因［J］.中州学刊，2014（2）.

［22］黄月平，金一驰.法与情、理关系辨识［N］.北京日报，2014-12-15（18）.

［23］刘清华.涉案剧《国门英雄》的叙事美学分析［J］.电影文学，2014（5）.

［24］邵明.讲好中国故事：电视剧《湄公河大案》的思想与艺术分析［J］.文艺理论与批评，2014（6）.

［25］徐健.公安题材电视剧的叙事生长点与可能性：评电视剧《湄公河大案》［J］.中国电视，2014（10）.

［26］杜飞进.重申与弘扬现实主义的必要性［N］.人民日报，2016-03-01（24）.

［27］管雪莲.超级IP制造时代的"玛丽苏式神话"［J］.探索与争鸣，2016（3）.

［28］龚云.怎么看当前树立大局意识的紧迫性［J］.人民论坛，2016（30）.

［29］谭文鑫.小与大的辩证法：电视剧《小镇大法官》观后［J］.中国电视，2016（9）.

［30］文卫华，曾一珺.IP热潮下国产玄幻剧叙事特色解析［J］.中国电视，2016（12）.

［31］赵博雅.《湄公河行动》中的国家形象及其文本表述［J］.当代电影，2016（11）.

［32］戴清.近年来现实题材电视剧的创作症结［J］.东岳论丛，2017，38（3）.

［33］严红兰.电影《烈日灼心》的张力美［J］.电影文学，2017（6）.

［34］张建伟.司法的外衣 制服与法袍［J］.中国法律评论，2017（3）.

［35］沈晓霞，杨少强.浅析电视剧《小镇大法官》对法制内涵的创新表达［J］.当代电视，2017（4）.

［36］李霞.公安刑侦励志剧《警花与警犬》的艺术构思［J］.当代电视，2017（5）.

［37］王海丽.从《人民检察官》看国产行业剧的发展［J］.当代电视，2017（7）.

［38］董燕.中国当代文学中情法冲突的三种书写形态：以《毒手》《河边的错误》《云破处》《蛙》为例［J］.福建论坛（人文社会科学版），2017（8）.

［39］刘婷.中国影视剧中英雄主义的当代表达［J］.中国电视，2018（1）.

［40］肖映萱."宅腐双修"："女性向·耽美"单元导读［J］.文艺理论与批评，2018（5）.

［41］吴鑫丰，范志忠.主旋律电影的创作转型与文化流变［J］.当代电影，2018（5）.

［42］陈红梅.从《红海行动》看"新主流大片"的影像表达与类型探索［J］.中国文艺评论，2018（6）.

［43］付李琢.罪案题材网络剧如何拥有现实主义品格？［J］.中国文艺评论，2018（6）.

［44］王剑.电视剧《人民的名义》创作与传播特征探析［J］.当代电视，2018（8）.

［45］戴清.精神频谱的时代嬗变：改革开放四十年现实题材电视剧［J］.中国电视，2018（10）.

［46］朱新梅.推动中国影视走出去对策研究［J］.中国广播电视学刊，2018（10）.

［47］金春平.新时期文学的清官叙事与民族国家转型的现代建构［J］.南京师范大学文学院学报，2019（2）.

［48］陶冶.迷局、宗族与国家形象：电视剧《破冰行动》的三个面相
　　　［J］.中国电视，2019（8）.

［49］马芳芳.刑侦剧《破冰行动》的意识形态分析［J］.当代电视，
　　　2019（9）.

［50］范志忠，于汐.新中国成立以来融入纪实元素的电视剧的审美嬗
　　　变［J］.中国电视，2019（10）.

三、学位论文

［1］李世新.中国侦探小说及其比较研究［D］.成都：四川大学，
　　　2006.

［2］高一萍.面向海外的中国电视剧生产与传播："全球本土化"的研
　　　究视角［D］.武汉：武汉大学，2015.

［3］胡焕刚.当代中国法官职业角色的重构［D］.北京：中共中央党
　　　校，2015.

［4］夏丹波.公民法治意识之生成［D］.北京：中共中央党校，2015.

［5］吴强.中国当代公安刑侦小说研究［D］.长春：吉林大学，2019.

附录1：1979—2009年法治题材剧中"法律人"形象塑造的发展流变

从1979年的《神圣的使命》开始，法治题材电视剧至今已走过了40多年的风雨历程。一路走来，法治题材电视剧有过辉煌也有过低谷，也不断调整着作品的呈现方式和题材内容。

根据笔者自制的附图1可以看出以下几方面的特征。首先，各阶段的作品数量存在较大差异，如1979—1993年（萌芽起步期）该类作品的播出数量很少，最多1部；1994—2004年（蓬勃发展期）该类作品的播出数量波动上升，尤其是2001—2004年每年都有超过10部作品问世，足见该类题材剧在本时期内所呈现的蓬勃发展势头与受欢迎程度。2005—2009年，该类作品的创作也经历了短暂的低谷波折期。21世纪初十年创作明显回暖，每年均有至少5部作品问世。

其次，这些不同阶段的法治题材剧所呈现的检察手段、办案技巧、法庭辩论等视听场景乃至特定的行业价值观并不完全一致，尤其是随着时间的推进，该类作品塑造的公安干警、检察官、法官、律师、国安、海关等"法律人"形象在不同时期有着较为明显的变化。本附录通过以作品带人的方式离析出不同阶段法治题材剧中"法律人"形象的发展变化特征。

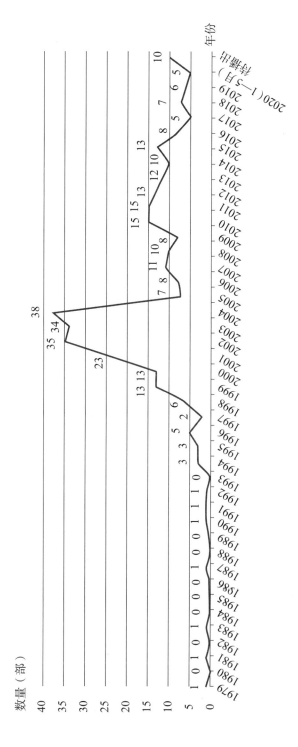

附图 1　1979—2020 年（1—5 月）法治题材电视剧变化折线图

数据来源：《中国电视剧》、《中国电视艺术发展报告》、电视猫、豆瓣网等网站

（一）萌芽起步期法治题材电视剧中的"法律人"形象（1979—1993年）

1978年党的十一届三中全会以后，在社会经济的高速发展、法治建设的不断推进、思想文化的持续繁荣等多重影响下，创作者自发自觉地选择以法律题材作为创作素材，实现了法治题材电视剧的自觉创建。法治题材电视剧在1979年开始崭露头角并开始有了刑侦题材剧、法庭题材剧等子类型的细分，但受20世纪80年代电视普及率不高、娱乐消费活动较单调以及前所未有的"电影热"等因素的影响，起步期的法治题材电视剧的创作和播出数量相对较少（附图2）。

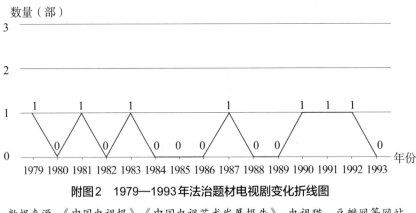

附图2　1979—1993年法治题材电视剧变化折线图

数据来源：《中国电视报》、《中国电视艺术发展报告》、电视猫、豆瓣网等网站

从附图2可以看出本时期仅有7部作品，每年播出作品都在1部以下且每部集数多为10集左右。其中1987年的《便衣警察》开启了法治题材电视剧的收视热潮，该剧在当年播出时曾形成人人争睹的场面，反响十分强烈，不仅让观众了解了警察这个职业，也是刑侦剧"海岩效应"的开始。该剧先后获得第八届全国优秀电视剧"飞天奖"三等奖、第六届大众电视金鹰奖、公安部首届金盾影视奖。另外一部经典作品是1990年播出的《有这样一个民警》，该剧取自现实生活的"心智的果实"，坚持了"从人民生活中

发现美，表现美"的创作准则①，成功塑造了杨明光这一典型社会主义新人的形象。当时还有一些短篇刑侦题材剧如《玫瑰香奇案》，显示了改革开放初期商业消费文化的端倪。通过观看、分析和对比这些早期的法治题材作品，可以发现这些剧作常常具有浓厚的人文主义情怀和道德感，展现了作品对当代社会的深刻洞察和中国法治建设的敏锐关切。

中国法治文学的历史悠久，在先秦时期就已经萌芽，在两汉至唐宋期间迅速发展并且达到发展高潮，在元代就已经成熟。古代的法治文学塑造的都是清官的形象，他们高风亮节、清正廉洁、明察秋毫。随后，受欧美文学、苏联文艺思想的影响，中国的法治文学逐渐转向侦探小说。改革开放后，随着经济的发展、社会主义法治社会的逐步建立、各项法律政策的健全、互联网技术及影视技术的进步，这些兼具社会价值和娱乐功能的文学作品被搬上大银幕。《神圣的使命》《刑警队长》《新岸》均改编自同名小说，《便衣警察》是著名作家海岩的作品。这一时期的大众文化市场异常活跃，广播影视也成为民众最重要的大众文化消费产品，将优秀的法治文学作品改编成电视剧，实现了法治剧文学性、大众性、文化性和法律性的统一。

首先，由于初期的法治题材剧还显稚嫩，这些作品在"法律人"形象塑造上带有脸谱化、扁平化与程式化的倾向，正反人物的对比也通常陷于白与黑、正与邪、善与恶、十全十美与十恶不赦等二元对立的创作窠臼中。在导演创作意识上始终放不下刻意"剧以载道"的思想包袱，主要侧重于表现描绘"法律人"侦破探案过程和对不法分子的道德谴责，而往往忽视了对人物的工作生活及内心世界的细致刻画，人物形象塑造不够复杂、丰满和立体。这种较为单一化的创作理念或手法后来被指责为"假大空""概念化""公式化"，"弃之如敝履"也成为此种创作观念在下一阶段法治题材剧创作的命运。

---

① 仲呈祥.于平实中尽传神采：评电视剧《有这样一个民警》[J].中外电视，1990（6）：22-24.

其次，本时期法治题材作品中的警察或法官形象较少进行奇观化塑造，具有一种非直观暴力的创作倾向。如在电视剧《刑警队长》中有三条明显带有暴力倾向的叙述线索——夜间谋杀案、油田轮奸案和车站爆炸案，但是该剧并未呈现具有"暴力视觉快感"的作案过程，且没有任何暗示和隐喻的表现。显而易见，电视剧中的警察或法官没有过多地展示出"以暴制暴"的奇观化暴力行为，"法律人"对"暴力行为"的使用程度被降到最低限度。

最后，我们可以发现本时期的法治题材剧在努力地塑造一种平民化的大众"法律人"形象，虚构性、娱乐性的内容表现较少。如《刑警队长》中张峻的棉大衣、《无人电梯》中大柯的夹克以及《梁子》中梁子的大背心都是非常寒酸的。另外，在《刑警队长》中，警车缺油，警察局长还需安排为警察送煤、送菜等。这种"平民化""生活化"的人物塑造与叙事策略，使中国早期法治题材剧中的"法律人"形象成为一种标准的国家形象和公平高效的"国家机器"的运转者，他们客观、公正、理性，集法律与权力的尊严于一身，在有效激发电视受众心中"伸张正义，战胜邪恶"的"英雄梦"的同时，也将国家意识形态毫无违和地融入受众的心中。

（二）蓬勃发展期法治题材电视剧中的"法律人"形象（1994—2004年）

从笔者自制的附图3中可以看出，从1994年开始法治题材剧的播出数量开始超过两部，这也是以此年份为萌芽起步期与蓬勃发展期分界点的最直接原因。总体而言本时期的法治题材作品呈现出波动上升的发展趋势，11年间的播出数量达到了175部，尤其是2002—2004年的年播出量均保持在30部以上，呈现出蓬勃发展的前进势头。在创作数量高唱凯歌的同时，以刑侦题材剧为代表的法治题材剧也受到了电视剧导演的普遍青睐和观众的一致欢迎。从收视率上来说，"在数十家中文卫星电视台的节目安排中，公安题材的电视节目占有极为重要的位置……就播放节目的比例而言，有时

'公安题材'的作品竟然超过半数以上，近乎已接近'无警无匪不成戏'的
程度。"①

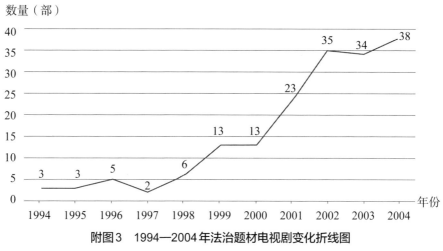

附图3　1994—2004年法治题材电视剧变化折线图

数据来源：《中国电视报》、《中国电视艺术发展报告》、电视猫、豆瓣网等网站

本时期法治题材电视剧呈现出蓬勃发展、高位运行的发展态势。从文
化语境中来看，有了物质、法治和政策基础，文艺作品记录时代发展变迁
的功能越来越突出，文化娱乐市场越发繁荣兴盛，法治题材的创作人才也
在不断增多。因此法治题材电视剧在本时期得到了较快发展，无论是数量
还是质量都有了较大提高，出现了一批影响大、传播广、获奖多的代表性
剧作。

在具体创作过程中，这些作品坚持"突出主旋律，坚持多样化"的创
作原则，深入社会主义法治生活的各个层面当中，在表现内容与形式上均
实现了突破，能够以强烈的现实意义引发人们深刻的思考。本时期的创作
受到前期"人文主义法治剧"创作的影响，基本停留在以线索和侦破案件
的过程作为主要表现元素，赋予主人公多元化的性格，在表现警察、律师、

---

① 夏启发.繁盛与隐忧：公安题材影视作品透析［J］.文艺理论与批评，2002
（4）：43-48.

法官和检察官等"法律人"以及案犯的个人生活和感情世界方面都做得较为到位，取得了较大的成绩。其中成绩比较突出的便是以《大法官》《控辩双方》《公安局长》《暴风法庭》《中华之剑》等为代表的主旋律法治题材电视剧。

主旋律法治题材电视剧往往以"事"为主，基于复杂的案情编织起一张巨大的故事之网，但在叙事框架内，又令剧中的每一个人物都成为这个复杂网络迷局中的一点，这种以"事"带人的"网状叙事"模式将立足点放在一波三折的案情、你死我活的殊死争斗上，对于人物的刻画会显得单薄且缺乏足够的细致度。但这些主旋律作品也逐渐摆脱了"新时期"初期作品中警察英勇无敌、疾恶如仇，法官刚正不阿、正义凛然，检察官果敢冷静、不枉不纵的"高大全"人设，"性格组合论"主导了"法律人"形象的塑造。这些主旋律作品所塑造的"法律人"形象除了英雄气概这一面，出现了越来越多儿女情长的一面。剧中的警察、法官、检察官等"法律人"也摆脱了工作异常繁忙的状态，开始兼顾日常生活：交友恋爱、情牵小家、健身娱乐、纵情高歌等。总之，剧作对人物的塑造更像是一个个鲜活具体、兼具理性与感性的"人"。

在主旋律法治题材剧中，需特别关注的便是纪实类作品的迅速扩张流行。这类剧作以再现真实生活中曾发生的一个或多个刑事案件的侦破过程为主要叙述内容，可以允许适当的情节"搬演"、再现，甚至艺术虚构，能够全面深入地剖析、触及社会生活中的重大刑事案件，涉及人的道德品质和精神面貌，描写其复杂命运。纪实性法治题材剧的首部作品是1994年播出的《9·18大案侦破纪实》，此剧一经播出便引起了巨大的轰动。这部作品也荣获了第十五届"飞天奖"二等奖、全国精神文明建设"五个一工程"电视剧奖等众多奖项。其他纪实性法治题材剧的代表作还有《济南7·9大案侦破纪实》《12·1枪杀大案》《一号围捕令》《中国刑侦1号案》等10余部作品。

另外，随着社会经济体制的变化，尤其是电视剧自身功能向多元化的方向发展，具有明显娱乐特征的法治题材剧应运而生。这类作品不遵循现实主义美学的创作原则，动作性、娱乐性、奇观化的内容显著增强，类型化特征较为明显。其一，在编剧方面，"海岩剧"的热播便是法律影视的专业性和娱乐性完美结合的一个鲜明例证。"海岩剧"的代表作《永不瞑目》人物关系盘根交错、剧情发展跌宕起伏，有俊男靓女的感情纠葛，也有缉毒枪战的动作场面，给受众提供了一场视听盛宴，成为法治题材剧在主旋律与商业化方面实现融合的典范。另外陆天明的《大雪无痕》《省委书记》、周梅森的《绝对权力》、张成功的《天府之国魔与道》《黑冰》《黑洞》《黑雾》等明显带有编剧个人色彩和风格的法治题材剧本或小说也在本时期内被搬上荧屏，在频频获奖的同时也收获了极高的收视率。其二，在呈现方式上，这些作品通过唇枪舌剑的法庭辩论、惊心动魄的破案过程、云谲波诡的检察案例来吸引受众，显现出鲜明的娱乐化、商业化与大众化的特征。其三，某些演员成为公检法"专业户"，逐渐形成一种固定的创作及表演模式，比如高明、王庆祥、尤勇、于荣光、丁勇岱、郭凯敏、王志飞等演员在多部法治剧中来回穿梭，保持着较高的出镜率，也在一定程度上加速了本时期法治题材的类型化进程。

与主旋律法治题材剧一样，这些类型化明显、带有强烈娱乐色彩的法治题材剧摒弃了"高大全"式的无欲英雄形象塑造，而是着力呈现出个性十足、立体丰满的平民英雄。从积极意义上来说，本时期这些荧屏上熠熠生辉的一系列"法律人"形象兼具中国传统儒家文化道德的理想人格和现代感的人格品性的诸特征。比如《重案六组》中的江汉、《公安局长》中的李西东、《刑警本色》中的萧文、《犯罪升级》中的沈永祥等硬汉形象一方面坚守着厚德载物、推己及人的忠恕之道，诚信友善、和而不同的处事原则与行侠仗义、主持公道的豪放品格，另一方面体现出强烈的敬业意识、独立的人格精神和开拓创新的工作热情等颇具现代文明意识的精神品质。

这些"法律人"身上汇聚了一个时代的国家和人民普遍的心愿、意志和精神追求，彰显了优秀的传统精神品格与健康向上的时代精神内涵，其崇高的精神人格力量可以让受众获得审美愉悦和灵魂净化。从消极意义上来说，这些娱乐痕迹较重的电视剧因创作态度问题、创作类型以及艺术规律的限制等因素，存在着编造痕迹较重等创作误区，需要加以规范、引导，实时纠偏。

（三）波折低谷期法治题材电视剧中的"法律人"形象（2005—2009 年）

2004 年 4 月 19 日，国家广电总局下发了《关于加强涉案剧审查和播出管理的通知》，① 随后国家广电总局又下发了《广播影视加强和改进未成年人思想道德建设的实施方案》，希望在社会形成有利于未成年人健康成长的文化氛围和舆论环境，其中特别针对涉案剧提出了杜绝色情描写、控制暴力内容等一系列要求。

一系列的政策性调整直接影响了法治题材剧的创作数量，曾经被称为中国电视剧市场"三驾马车"之一的涉案剧（另外两类题材为古装剧和家庭伦理剧）在驰骋荧屏多年后遭遇滑铁卢。如附图 4 所示，本阶段的法治题材电视剧仅有 40 多部，每年的创作数量不超 11 部，且多数作品大多只能在央视或地方卫视的"深夜剧场"（大约午夜一点以后）、地面频道以及网络平台播出。

这些政策性的规定也许对法治题材剧创作带来一些限制，但从前期该类作品急剧膨胀的现实状况及艺术生产应该兼顾经济效益和社会效益的长

---

① 《关于加强涉案剧审查和播出管理的通知》明文规定："各省级电视剧审查机构对涉案题材的电视剧、电影片、电视电影要加强审查把关，特别是对表现大案要案，或表现刑事案件的电视剧、电影片、电视电影、电视专题节目中展示血腥、暴力、凶杀、恐怖的场景和画面，要删减、弱化、调整。"

远发展来看，政府适度的政策干预是很有必要的。在没有分级的情况下，含有的暴力、血腥、色情等不良内容的画面的确会对未成年人的成长发展造成不良影响；过多呈现侦破过程、侦破手段或案犯的犯罪手段，甚至可能使罪犯更猖獗并导致犯罪率激增。当本应弘扬社会正能量的法治题材剧反而给社会造成不良影响的时候，它就失去了存在的根基和意义。

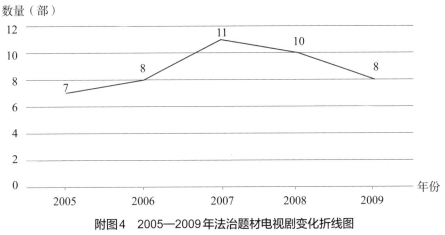

数量（部）

附图4　2005—2009年法治题材电视剧变化折线图

数据来源：《中国电视报》、《中国电视艺术发展报告》、电视猫、豆瓣网等网站

本时期内的法治题材剧一个相对固定的电视剧类型从兴盛到创作不景气的真正原因在于该类题材自身内部的核心矛盾（内容雷同和缺乏创新而失去了活力）无法得到有效解决。单就作品来看，我们需要在拓展二元对立的人物呈现视角、跳出模式化的故事框架、加大法治建设的表现力度和突破类型限制等几个方面进行突破和精进。

法治题材剧虽在这一时期进入"寒冬期"，但可喜的是本时期电视剧作品基本都坚持了自身的社会观照和文化指引，在一定程度上加强了对社会现实的洞察、思考和关怀，在保留紧张感和悬念感的同时不过多地展示暴力与阴暗，热情讴歌公平与正义、牺牲与奉献的正能量。另外，表现各类"法律人"的作品也较为丰富，其中既有表现警察队伍的《任长霞》《警中警》《高纬度战栗》《对手》《神圣使命》《惊天动地》《天网》等刑侦题材剧；也有表现律师群体的《律政佳人》《别对我说谎》等律政题材剧；亦有表现法官队伍的《女法官》《最终判决》《无罪辩护》《法庭风云》等法庭题材剧；还有表现现代国家安全局侦查人员的《落地，请开手机》等国安题材剧。这其中的优质作品在"法律人"形塑上也颇具特色：一方面，剧集注重用幽默风趣的表现手法着力描绘"法律人"的工作、生活，以轻松写意的方式展现"法律人"内心最质朴、热血的真实情感。如《重案六组》总是以轻松、幽默的亲民化基调细致描摹警察办公室里的悲喜笑泪，常常一集两案，一面是笑一面是泪，往往能够引起受众内心的情感碰撞和心理共鸣。另一方面，该类剧集也开始弱化、模糊"法律人"真实详细的探案方法和高科技侦破手段，转而以案件的烈度和人物性格的丰富性为表现重点，并有意强化有明显性格冲突的正面"法律人"之间的对抗性，以此来增强故事的戏剧张力与生活质感。如《高纬度战栗》便借助正直执拗的刑警邵长水对警察劳冬林的怀疑、否定、肯定，塑造了劳冬林这一具有多方面才能和极具人格魅力的鲜活警察形象，这样的人物设计凸显了人物性格的对抗和情感的碰撞，不失为一个有益的尝试。

总之，以上三个阶段法治题材剧中"法律人"形象的塑造既有宝贵的经验也有沉痛的教训，为2010年之后法治剧的"回暖"提供了充足的动力与能量。

附录2：论文的研究样本：2010年以来法治题材剧中"法律人"代表形象名录

附表1　2010年以来法治题材剧中"法律人"形象名录

序号	播出年份	电视剧名称	剧中"法律人"形象代表
1	2009年	《正义使命》	检察官：赵杰、方正刚
2	2010年	《别对我说谎》	律师：万舍健、蔡纯蔷
3	2011年	《国门英雄》	海关缉私警察：关汉生、关双
4	2012年	《营盘镇警事》	警察：范党育、赵光明、高宇成、何雨桐
5	2012年	《便衣支队》	警察：麦小龙
6	2014年	《守望正义》	检察官：夏青、李大康
7	2014年	《婚里婚外那些事》	法官：庄亚明、田家群、郑立君 律师：李达仁、蔡小琴
8	2014年	《离婚律师》	律师：池海东、罗鹏
9	2014年	《湄公河大案》	警察：江海峰、高野
10	2014年	《清网行动》	警察：冯鸿涛、谢冰洋、海玲、鲁齐鸣、罗令令
11	2015年	《刑警队长》	警察：顾铭、胡德强、邱冰
12	2015年	《草帽警察》	警察：刘五四
13	2016年	《人民检察官》	检察官：夏静茹、方大庆 书记员：周雯雯
14	2016年	《国家底线》	检验检疫员：丁达

续表

序号	播出年份	电视剧名称	剧中"法律人"形象代表
15	2016年	《小镇大法官》	法官：王德忠、姜浩
16	2016年	《警花与警犬》	警察：杜飞、李姝寒、倪娜、唐优优
17	2016年	《谜砂》	警察：齐雁南、戴文星 检察官：林冰
18	2017年	《人民的名义》	省委书记：沙瑞金 政法委书记：高育良 市委书记：李达康 检察官：侯亮平、陆亦可、季昌明 警察：祁同伟、赵东来
19	2017年	《继承人》	律师：郑昊、汤宁、戴波、钟克明 法官：周童
20	2017年	《江城警事》	警察：杨先、王欣伟
21	2018年	《执行利剑》	法官：左琳、于川 律师：郑怀山 书记员：顾小艾
22	2018年	《莫斯科行动》	警察：陈尔力、宋琳、段会军、玛莎、姚凯、康志国
23	2018年	《猎毒人》	警察：魏海、江伊楠、赵毅
24	2018年	《刀锋下的替身》	警察：陆安明、陆海
25	2018年	《橙红年代》	警察：胡蓉、韩进
26	2018年	《阳光下的法庭》	法官：白雪梅、欧阳春、穆国柱 律师：鹿鸣、宁致远
27	2018年	《真爱的谎言之破冰者》	警察：靳远
28	2019年	《因法之名》	警察：葛大杰、仇慕、陈谦和、仇曙光 检察官：邹桐、邹雄 律师：陈硕
29	2019年	《破冰行动》	警察：李飞、李维民
30	2019年	《天下无诈》	警察：邝钟、马赛、朱西宁、关前线、廖北京、涂门、柯宥嘉
31	2019年	《精英律师》	律师：罗槟、封印、何赛、顾婕、麦飞

续表

序号	播出年份	电视剧名称	剧中"法律人"形象代表
32	2020年	《决胜法庭》	检察官：高剑、傅小柔 律师：叶紫琪、邓凯文 法学学者：叶龙恩
33	2020年	《猎狐》	警察：夏远、吴稼琪、杨建群
34	2020年	《三叉戟》	警察：崔铁军、徐国柱、潘江海、夏静怡

附表2　2010年以来网络罪案题材剧中"法律人"形象名录

序号	播出年份	电视剧名称	剧中"法律人"形象代表
1	2014年	《暗黑者》	省警官学校教授：罗飞 警察：韩灏
2	2015年	《心理罪》	犯罪心理学天才：方木 警察：邰伟
3	2015年	《他来了，请闭眼》	犯罪心理学家：薄靳言 警察：李熏然
4	2015年	《暗黑者2》	警察：罗飞、穆剑云、尹剑、熊原、曾日华 法医：梁音
5	2016年	《心理罪2》	犯罪心理学天才：方木 警察：邰伟
6	2016年	《十宗罪》	警察：画龙、梁书夜、包斩、苏眉
7	2016年	《法医秦明》	法医：秦明 法医助理：李大宝 警察：林涛
8	2017年	《白夜追凶》	警察：关宏峰、关宏宇、周巡
9	2017年	《无证之罪》	警察：严良、林奇 法医：骆闻
10	2018年	《雷霆战警》	警察：刘鸿涛
11	2018年	《骨语》	警察：尚桀、宋咪 法医：夏萤

序号	播出年份	电视剧名称	剧中"法律人"形象代表
12	2018年	《法医秦明之幸存者》	法医：秦明、陈诗羽 警察：林涛、王珂
13	2019年	《冷案》	警察：罗英玮、蔡文心、夏洛阳、冯壹
14	2019年	《暗黑者3》	警察：罗飞、周浩、尹剑 法医：梁音
15	2019年	《善始善终》	警察：方寒（化名：方末）、齐侠、韩楚东
16	2019年	《天网行动》	警察：庞嘉、赵一阳
17	2019年	《伪钞者之末路》	警察：王湘北、魏贤宇
18	2019年	《心灵法医》	法医：明川 警察：罗笔芯
19	2019年	《漫长的告别》	警察：付翔
20	2020年	《重生》	警察：秦驰、冯潇
21	2020年	《燃烧》	警察：高风、刘青叶
22	2020年	《凶案现场》	警察：冯浪、范芸、马铁霖
23	2020年	《唐人街探案》	警察：林默
24	2020年	《不完美的她》	网络安全侦查员：林绪之
25	2020年	《特别任务》	警察：李文涛
26	2020年	《特案追缉》	警察：童帆